reinhardt

Anne Gold

Unter den
TRÜMMERN
verborgen

Friedrich Reinhardt Verlag

Alle Rechte vorbehalten
© 2016 Friedrich Reinhardt Verlag, Basel
Lektorat: Claudia Leuppi
Gestaltung: Bernadette Leus, www.leus.ch
Illustration: Tarek Moussalli
ISBN 978-3-7245-2150-1

www.reinhardt.ch

Lüge schlägt immer in Trümmer.
George Sand

1. Kapitel

«Aber sicher. Francesco freut sich auch. Bis morgen Abend ... Tschüss.»

«Worauf freue ich mich auch?», fragte Kommissär Francesco Ferrari misstrauisch, als er ins Wohnzimmer trat.

«Hallo, mein Schatz!»

Monika küsste ihren Lebenspartner zärtlich.

«Wer war das?»

«Och, niemand. Hattest du einen guten Tag?»

«Ja, danke. Nur dieses Wetter! Die Temperaturschwankungen sind ganz schön anstrengend. Am Morgen ist es kalt und bereits am Mittag verschmachte ich. Und dann diese Regengüsse aus heiterem Himmel.»

«Bist du hungrig?»

«Schon, aber ...»

«Es gibt Saltimbocca alla romana.»

Vorsicht, Francesco! Wenn sie dir eines deiner Lieblingsgerichte an einem normalen Arbeitstag vorsetzt, läufst du blindlings in eine Falle.

«Saltimbocca an einem gewöhnlichen Montag?»

«Ist es dir nicht recht?»

«Doch ... schon ... aber ...»

«Was aber? Nadine kommt auch. Yvo kann leider nicht, er muss an eine Sitzung.»

Spätestens jetzt klingelten alle Alarmglocken. Meine hochgeschätzte Kollegin Nadine Kupfer hatte den ganzen Tag kein Sterbenswörtchen darüber verloren, dass sie zum Nachtessen kommt. Wenn das nicht seltsam ist? Ganz zu schweigen vom geheimnisvollen Telefongespräch … Über was freut sich Francesco? Ha! Na wartet. Dieses Mal durchkreuze ich eure Pläne. Puma, die kleine schwarze Katze der Nachbarin, schmiegte sich an Ferraris Bein. Liebevoll strich er über ihr glänzendes Fell.

«Du bist ja ganz nass!»

Vorsichtig schaute sich der Kommissär um. Die Luft schien rein zu sein. Kaum hatte er diesen Gedanken zu Ende gedacht, hörte er Monika aus der Küche rufen.

«Untersteh dich! Wag es ja nicht, ein Handtuch zu benutzen. Hier, nimm Haushaltspapier.»

Sie muss ohne mein Wissen Kameras im Haus eingebaut haben. Irgendwie unheimlich. Big Sister is watching me. Monika warf ihm eine Rolle zu, ihr Blick duldete keine Widerrede. Ferrari riss drei Blatt ab und rieb die schnurrende Katze trocken.

«Komm, Puma, wir setzen uns in den Wintergarten.»

«Francesco!»

«Ja, mein Schatz?»

«Hast du nicht etwas vergessen?»

«Nicht, dass ich wüsste.»

Monika deutete auf das Haushaltspapier. Brav sammelte der Kommissär den Abfall zusammen und brachte die Rolle in die Küche zurück.

«Schon besser! Hier, ein Glas Blauburgunder Reserva 2011.»

Wow! Das volle Programm. Saltimbocca, Blauburgunder Reserva 2011, fehlt nur noch, dass es zur Nachspeise …

«Zum Dessert gibt es übrigens Tiramisu!»

Eine Henkersmahlzeit! Mir wird ganz flau im Magen. Was hecken die beiden Hyänen wieder aus, dass sie es mir derart versüssen wollen? Puma schmiegte sich eng an den Kommissär. Wenn du sprechen könntest, wärst du meine Spionin und würdest mich auf die heimtückischen Fallen aufmerksam machen, die mir im eigenen Haus gestellt werden. Was solls! Ich geniesse das Essen und sage ganz einfach immer Nein, und zwar zu allem. Ah, die zweite Intrigantin ist auch eingetroffen, winkt mir wie ein Engel zu. Zwei Teufelinnen in Engelsgestalt.

«Schmeckt dir das Saltimbocca nicht?», fragte Monika besorgt.

«Doch, schon.»

«Wieso stocherst du denn so im Teller herum? Ist was mit dem Risotto?»

«Nein, nein. Alles bestens.»

Nur ist mir irgendwie der Appetit vergangen angesichts der Gefahren, die da auf mich lauern.

«Noch etwas Wein, Liebling?»

Das ist ja nicht zum Aushalten. Monika schenkte lächelnd nach.

«Das vorhin am Telefon war Olivia.»

Aha, jetzt gehts endlich los. Wir rüsten uns zur entscheidenden Schlacht. MNO! Monika, Nadine, Olivia! Und jedes Mal, wenn die drei unter einer Decke stecken, ziehe ich den Kürzeren.

«Olivia?», sülzte Ferrari. «Was darf es denn dieses Mal sein? Soll ich einen Marathon laufen? Nackt im Rhein schwimmen? Natürlich für einen guten Zweck. Oder soll ich in einem Zirkus den Clown spielen? Diese Rolle ist mir auf den Leib geschrieben.»

«Du bist unfair, Francesco.»

«Soso. Unfair ist, dass ihr nicht von Anfang an mit offenen Karten spielt. Ihr bezirzt mich, setzt mir ein Wahnsinnsessen vor, um zum Schluss, wenn ich satt und leicht beschwipst bin …»

«Du meinst wohl eher sturzbetrunken!»

«Ich muss doch bitten. Von einem oder zwei Gläsern bin ich noch längst nicht betrunken.»

«In dem Tempo, wie du den Wein in dich hineinleerst, wird es sicher nicht bei einer Flasche bleiben.»

«Also wirklich …»

«Ich glaubs einfach nicht. Da stehe ich den ganzen Nachmittag in der Küche, um dich zu verwöhnen, und was ist der Dank? Du wirfst mir vor, dass ich mich hinter deinem Rücken mit Nadine und Olivia gegen dich verschwöre. Ich glaube, du leidest an Verfolgungswahn.»

«Monika hat recht. So ein super Essen und von deiner Seite kommen nur Vorwürfe. Und nur, weil du nicht mehr abschalten kannst und überall Gespenster siehst», setzte Nadine nach.

«Aber ... ich meine ...»

«Schon gut! Du hast es wieder einmal geschafft. Die Stimmung ist kaputt.»

«Monika, bitte ... ich meine ... es tut mir leid.»

«Schon gut!»

«Ich dachte nur, Olivia ... dann dieses Essen ...»

«Man könnte meinen, dass dir Monika sonst nur irgendeinen Frass auftischt.»

«So war es nicht gemeint, Nadine. Nur Saltimbocca und Tiramisu ... es tut mir wirklich leid, Monika. Kannst du mir verzeihen?»

«Ich bin ja nicht nachtragend, du Brummbär.»

Monika zupfte ihm am Ohr.

«Lass das. Das mag ich nicht!»

«Oh, der Herr ist heute aber arg empfindlich.»

«Was ... was ... wollte Olivia eigentlich?»

«Ach das? Sie rief mich vor einigen Wochen an und lud uns zusammen mit Nadine und Yvo ans Basel Tattoo ein.»

«Oh! Ich kann zwar nichts mit der militärischen Art anfangen, aber einmal möchte ich es schon sehen.»

«Sehr gut. Sie möchte uns vorher zum Essen einladen. Deshalb rief sie an.»

«Das ist doch super.» Der Kommissär strahlte. «Weshalb sagst du das nicht gleich?»

«Du lässt mich ja nicht zu Wort kommen.»

Ferraris Appetit stieg von Minute zu Minute. Das Saltimbocca samt Risotto war im Nu weggeputzt.

«Ganz ausgezeichnet. Du bist eine sensationelle Köchin, mein Schatz.»

Auch die Nachspeise war ihr hervorragend gelungen.

«Hoffentlich regnet es morgen nicht in Strömen.»

«Wir sitzen oben in der Lounge.»

Noch besser! Ferraris Laune steigerte sich ins Unermessliche. Gediegenes Essen, das war bei Olivia so sicher wie das Amen in der Kirche, und als Tüpfelchen auf dem i sitzen wir während der Veranstaltung in der Lounge. Was will man mehr!

«Yvo kommt auch mit.»

Das lässt sich durchaus verschmerzen. Mein Schulfreund, seines Zeichens Architekt, wird zwar in gewohnter Manier um Nadine balzen, aber die Festung schien bisher noch nicht gestürmt worden zu sein. Gut so.

«Was grinst du so blöd, Francesco?»

«Ich? Wegen nichts, überhaupt nichts.»

«Was du nicht sagst. Damit das ein für alle Mal klar ist – ob zwischen Yvo und mir etwas läuft, hat dich nicht zu interessieren. Verstanden?»

«Also, bitte. Das ist deine Angelegenheit, Nadine. Wenn du auf alte Männer stehst, dann mach, was du willst. Das geht mich überhaupt nichts an.»

«Wers glaubt!»

«Du musst deine eigenen Erfahrungen machen. Du bist alt genug, um zu wissen, was für dich gut ist und was nicht.»

«Noch etwas Tiramisu?»

«Nur noch ein kleines bisschen. Ich platze beinahe.»

«In der Tat. Du wirst langsam fett.» Nadine klopfte auf seine Wampe. «Zehn Kilo weniger wären nicht schlecht.»

Ich lasse mich von euch nicht provozieren! Ich bin mit mir zufrieden, schliesslich wird man ja nicht jünger, und übe mich im Schweigen. Om, der Klang des Unendlichen.

«Hör mit deinem selbstgefälligen Grinsen auf, Francesco. Das mag ich nicht. Ganz und gar nicht.»

Der Kommissär liess sich seine gute Stimmung nicht verderben. Puma schaute warnend zu ihm hoch. Nur keine Angst, kleine Maus, ich habe alles im Griff. Dieses Mal verlässt König Francesco der Erste das Schlachtfeld als Sieger.

«Olivia bringt noch Agnes und Sabrina mit», fügte Monika so beiläufig wie nur möglich an.

«Was? Ihre Schwestern? Sind sie nicht zerstritten?»

«Sie haben sich versöhnt.»

«Umso besser. Es ist nicht gut, wenn sich die Familie in den Haaren liegt.»

«Sabrinas Sohn, Christian, arbeitet für Yvo.»

«Ich wusste gar nicht, dass sie verheiratet ist und einen Sohn hat.»

«Sie war nur kurz mit dem Vater von Christian zusammen. Als sie merkte, dass er auf ihr Geld scharf war, gab sie ihm den Laufpass.»

«Komisch. Olivia hat nie etwas von diesem Christian erzählt.»

«Olivia wäre dir dankbar, wenn du dich ein wenig um Agnes und Sabrina kümmern könntest.»

«Kümmern? Ich?», Ferraris Stimme überschlug sich beinahe.

«Nur morgen Abend. Du weisst doch, Sabrina fährt ziemlich auf dich ab.»

«Hm. Wie ... wie soll ich mich um die beiden kümmern?»

«Olivia möchte, dass du während des Essens zwischen den beiden sitzt.»

«Zwischen den beiden sitzen?»

«Was soll das? Bist du mein Echo?»

«Moment mal! Ich soll mich um die beiden fetten Flundern kümmern, während ihr euch amüsiert?»

«Sprich nicht so von Olivias Schwestern.»

«Wieso nicht? Das ist nur die Wahrheit. Die bringen zusammen locker zweihundertfünfzig Kilo auf die Waage. Damit ich das richtig verstehe – ich soll also zwischen den zwei vollgefressenen frustrierten Weibern sitzen, die trotz ihres vielen Geldes keinen Mann abkriegen oder vielmehr nur einen, der hinter ihrem Geld her ist, und den Hanswurst spielen? Kommt nicht infrage.»

«Es ist ja nur für einen Abend», versuchte Nadine die Wogen zu glätten.

«Das beruhigt mich ungemein! Während ihr das sicherlich feine Essen geniesst, werde ich von den Kolossen eingeklemmt, betatscht und womöglich sogar aufgefressen.»

«Jetzt hör aber auf! Agnes und Sabrina sind zwei liebenswerte Damen, zwar etwas korpulent, aber wirklich ganz nett.»

«Korpulent! Da war die dicke Bertha, die es früher auf den Jahrmärkten gab, geradezu magersüchtig.»

«Du bist auch kein Adonis.»

«Also, ich muss schon bitten. Jetzt vergleicht ihr die beiden Specktanten auch noch mit mir. Das lass ich mir nicht gefallen. Hör gefälligst damit auf, auf meinen Bauch zu klopfen, Nadine!»

«Gut, beenden wir die Diskussion. Dann nehmen wir eben Plan B. Einverstanden, Nadine?»

«Klar. Ich habe mit Yvo gesprochen, er nimmt sich der beiden Damen an.»

So ist das also. Bevor ich überhaupt gefragt werde, stellen die beiden Hyänen ein Notprogramm auf die Beine.

«Wunderbar. Agnes und Sabrina werden von Yvo begeistert sein. Er sieht gut aus, ist intelligent, weltoffen und vor allem ein grossartiger Entertainer. Das wird die beiden auf andere Gedanken bringen.»

«Yvo ist schon ein toller Typ, Nadine.»

Na prima. Jetzt stehe ich mit abgesägten Hosen da. Und was noch viel schlimmer ist, ich werde mit diesem Womanizer verglichen. Francesco, die griesgrämige

Schlafmütze, engstirnig, unflexibel, unsportlich, kein Mann von Welt wie der berühmte Stararchitekt Yvo Liechti, der immer und überall seine allseits beliebten und überaus spannenden Geschichten zum Besten gibt, von denen wahrscheinlich die Hälfte, was sage ich, neunzig Prozent aus den Fingern gesogen sind.

«Was ist, Francesco? Du machst so ein komisches Gesicht.»

«Yvo ist schon ein toller Hecht im Karpfenteich! Schön, gebildet, charmant, ein Mann mit Format! Wenn ich das dumme Gesäusel schon höre.»

«Die reine Wahrheit und nichts als die Wahrheit! Yvo nimmt Rücksicht auf die Gefühle anderer Menschen. Er hat Verständnis dafür, wenn jemand unter seinem Aussehen leidet, so wie Agnes und Sabrina.»

«Wenn ich jeden Tag eine Konditorei leer fressen würde, sähe ich auch so aus.»

«Siehst du, genau das ist der Unterschied. Yvo fragte als Erstes, was für Probleme die beiden haben.»

«Die Fresssucht! Nichts als die Fresssucht aus purer Langeweile. Da helfen auch die Milliarden auf dem Konto nichts.»

«Das ist deine Sicht der Dinge. Yvo hinterfragt so etwas, er ist sensibel.»

«Ha! Sensibel! Er ist ein eitler Pfau, das war er schon in der Schule. Ein Möchtegernjunggebliebener, der bei Nadine punkten will.»

«Was ihm gelingt. Du könntest bei Monika auch punkten», konterte diese.

Indem ich zwischen den beiden fetten Puten sitze, wie in einem Sandwich eingeklemmt nach Luft japse und mit viel Glück ab und zu selbst einen Happen zwischen die Zähne schieben kann? Tolle Aussichten.

«Gut, ich setze mich zwischen die beiden Monster und spiele den Pausenclown. Dir zuliebe, Monika.»

«Das ist so lieb von dir! Danke.»

Monika küsste ihn zärtlich, was den Kommissär augenblicklich erröten liess. Noch bevor Nadine eine Bemerkung machen konnte, klingelte es.

«Das wird Yvo sein. Er holt mich ab.»

Der Architekt klopfte seinem Schulfreund zur Begrüssung auf die Schulter.

«Möchtest du ein Glas Wein, Yvo?»

«Gerne, Monika. Das war kein guter Tag. Tut mit leid, dass ich nicht zum Essen kommen konnte, aber bei meinem neusten Projekt geht alles schief. Die Nachbarschaft läuft Sturm gegen die Überbauung. Ich musste heute Abend vor den Leuten antraben, das war ein richtiges Spiessroutenlaufen.»

«Aha, der Star kriegts nicht auf die Reihe.»

«Schlechte Laune, Francesco?»

«Überhaupt nicht. Doch irgendwie freut es mich schon ein wenig, wenn der Star auch einmal einen Dämpfer erleidet.»

«Überhör es einfach, Yvo.»

«Hoffentlich bist du morgen besser drauf, wenn wir zusammen ans Tattoo gehen.»

«Du musst dich ja nicht um Agnes und Sabrina kümmern.»

«Kommen die denn auch mit? Ich dachte, Olivia hat sich mit ihren Schwestern zerstritten.»

Puma erhob sich und trabte davon. Offenbar hatte sie genug gehört, während Monika und Nadine den Kommissär mit ihrem strahlendsten Lächeln bedachten.

2. Kapitel

Ausgetrickst! Von meiner Partnerin und meiner Kollegin aufs Kreuz gelegt. Der Kommissär sass am Schreibtisch und haderte mit sich. Ich bin schon eine taube Nuss! Statt einfach auf dem Standpunkt «Nein, nein und nochmals nein!» zu verharren, falle ich immer wieder auf ihre Ränkespiele herein.

«Einen wunderschönen guten Morgen.»

«Was soll an diesem Morgen schön sein, werte Frau Kollegin?»

«Oh, sind wir heute aber förmlich. Hat das einen Grund?»

«Und ob. Ihr habt mich voll auflaufen lassen.»

«Ach das! Komm schon, tief in deinem Herzen und bestimmt auch Olivia zuliebe möchtest du dich doch um Agnes und Sabrina kümmern. Wir haben das nur ein wenig forciert, weil du nie aus dir herausgehst. Du kannst deine Gefühle nicht zeigen.»

«Sagt genau die Richtige.»

Nadine setzte sich auf Ferraris Bürotisch.

«Nach dem heutigen Abend wirst du der ungekrönte König von Basel sein.»

«Wohl eher der grösste Volltrottel.»

«Es kommen viele wichtige Leute ans Tattoo. Wie

gewohnt lässt sich Olivias Gästeliste mehr als sehen. Natürlich sitzen nicht alle in der Lounge wie wir. Das ist echt ein Privileg und der Herr Kommissär thront erst noch zwischen den reichsten und mächtigsten Frauen der Stadt. Du wirst grausam punkten.»

«Wenn man mich überhaupt sieht.»

«Nun sei kein Frosch. Andere würden weiss was tun, um in Olivias Nähe sein zu dürfen. Unser Hampelmann da drüben würde für eine solche Audienz auf den Knien das Bruderholz hoch- und runterrutschen.»

«Ja, ja. Alles gut und recht. Ihr hättet mir einfach sagen können, was Sache ist.»

«Und dann wärst du voller Freude in die Bresche gesprungen. Ha! Das glaubst du doch selbst nicht. Immer, wenn wir dich um einen kleinen Gefallen bitten, lehnst du ab. Da bleibt uns nichts anderes übrig, als dich ein wenig zu überlisten.»

«Und dein Yvo ist wieder einmal davongekommen. Er wird heute Abend wie ein Pfau balzen, das Rad schlagen, um dich zu beeindrucken, während ich platt gedrückt werde.»

«Das glaube ich kaum.»

«Guten Tag, Herr Staatsanwalt. Was glauben Sie kaum?»

«Dass Yvo Liechti heute Abend irgendwo balzt … Wo eigentlich?»

«Am Basel Tattoo. Olivia hat Monika, Nadine, Yvo und mich eingeladen.»

«Sicher in die Lounge.»

«Aber selbstverständlich. Zuerst gehen wir ins Cheval Blanc essen. Olivias Schwestern sind übrigens auch mit von der Partie.»

«Nur nicht so schnippisch, Frau Kupfer. Man könnte meinen, dass mir das etwas ausmachen würde.»

«Etwa nicht?»

«Nun ... ich denke ... Agnes und Sabrina Vischer sind auch dabei?»

«Sowie eine Anzahl geladener Gäste.»

«Sicher eine erlesene Gesellschaft. Ich hatte vor einem Jahr das Vergnügen, die beiden Damen kennenzulernen. Damals bei der Eröffnung der grossen Gauguin-Ausstellung in der Fondation Beyeler. Sie können sich sicher noch daran erinnern, Ferrari.»

Und ob! Du bist um die beiden herumgeschlichen und hast eine Schleimspur hinterlassen.

«Es war ein interessanter Abend.»

«Das kann man so sagen. Bis zu dem Moment, als Sie auftauchten.»

«Also, ich muss schon bitten ...»

«Ich war ganz nah dran. Ganz nah.» Borer schaute Nadine an und tippte auf den Kommissär. «Die Damen waren nicht abgeneigt, meinen nächsten Wahlkampf zu finanzieren und dann ...»

«Ja, ja! Schon gut.»

«Nichts ist gut. Dann kam Ihr trotteliger Chef ...»

«Das verbitte ich mir!»

«... und plauderte einfach locker drauflos, anstatt

sein vorlautes Mundwerk zu halten. Politik sei ein Dreckgeschäft, Politiker seien meistens Leute, die es in einem normalen Beruf zu nichts bringen. Spitzenleute würden sich nicht mit politischem Krimskrams herumschlagen.»

«Stimmt doch!»

«Sehen Sie, meine Worte. Die beiden Damen hingen diesem sturen Bock richtiggehend an den Lippen. Francesco hin, Francesco her. Zum Schluss stand ich nicht nur bedeppert da, sondern auch ganz allein. Die Schwestern zogen einfach mit ihm ab. Auf und davon.»

«Und Ihre Träume vom grossen Wahlkampf lösten sich schlagartig in Luft auf.»

«Exakt, Frau Kupfer. Alles wegen dem da.»

«Das war aber nicht nett von dir, Francesco.»

«Harmlos ausgedrückt. Eine Hinterhältigkeit sondergleichen. Ich bin sicher, dass er sich bewusst dazwischendrängte, um mir eins auszuwischen.»

«Du solltest dich schämen.»

Borer runzelte die Stirne.

«Und Ihnen nehme ich Ihre Anteilnahme auch nicht ab. Sie sind doch genau gleich wie Ihr Francesco. Zynisch, hinterhältig und arrogant. Sie passen hervorragend zusammen.»

«Vielen Dank für das Kompliment. Weshalb soll übrigens Yvo heute Abend nicht mitkommen?»

«Weil ihn im Augenblick ganz andere Probleme plagen.»

«Und die wären?»

«Ich war kurz auf dem Bauinspektorat. Anscheinend ist heute Morgen ein Teil seines Neubaus im St. Johann eingestürzt. Zum Glück gab es keine Verletzten, aber der Schaden ist beträchtlich.»

«Nein!» Nadine setzte sich bleich auf den Besucherstuhl. «Und Yvo?»

«Der wird in den nächsten Tagen ziemlich unter Druck geraten. Gebäude stürzen nicht einfach so in sich zusammen. Da wurde sicher gepfuscht.»

Nadine rannte mit ihrem Handy auf den Flur hinaus.

«Was ist denn mit der los?»

«Yvo ist ein guter Freund von uns. Sie ist besorgt.»

«Ein guter Freund? Oder vielleicht etwas mehr als ein guter Freund?»

«Das, Herr Staatsanwalt, geht weder Sie noch mich etwas an. Wie kommen Sie darauf, dass beim Bau gepfuscht wurde?»

«Eine rein logische Vermutung, die auf gesundem Menschenverstand beruht, zumal ein Neubau im Normalfall nicht einfach wie ein Kartenhaus in sich zusammenfällt. Oder sehen Sie das anders?»

«Nein. Wer untersucht die Angelegenheit?»

«Die Staatsanwaltschaft. Kollege Rolf Lustig ist mit dem Fall betraut, deshalb weiss ich es auch. Yvo Liechti hat offenbar sofort Anzeige gegen unbekannt erstattet. Das Verfahren ist eingeleitet und die ersten Abklärungen laufen ... Aha, so läuft der Hase!

Kommt nicht infrage. Unterstehen Sie sich, sich dort einzumischen. Das ist nicht unser Spielplatz. Auch nicht, wenn Yvo Liechti ein guter Freund Ihrer Kollegin ist.»

Die beiden Worte «guter Freund» betonte er ziemlich anzüglich.

«Keine Angst. Das überlassen wir ganz Ihrem Kollegen.»

«Ich würde es gerne glauben. Nur …», Borer stützte sich auf den Schreibtisch, «so, wie Sie mit Ihrem Kugelschreiber spielen, glaube ich Ihnen kein Wort. Ich sehe förmlich, wie Sie sich einmischen werden. Ihre Sache. Eines garantiere ich Ihnen, dieses Mal decke ich Sie nicht. Laufen Sie nur getrost gegen die Wand und schlagen Sie sich den Kopf ein.»

«Vielen Dank für Ihre Unterstützung.»

«Keine Ursache. Also, weiterhin einen schönen Tag. Und viel Spass am Tattoo heute Abend.»

Ferrari stand am Fenster und blickte in den Hof hinunter. Der Spass ist mir gründlich vergangen. Ich muss Monika anrufen, sie soll die Einladung absagen. Yvo Liechti hat definitiv Priorität. Hm, vielleicht sollten wir noch abwarten. Es könnten ja bereits heute Nachmittag erste Ergebnisse vorliegen. Ferrari blätterte den Staatskalender durch. Wen kenne ich beim Bau- und Verkehrsdepartement? … Koch! Sebastian Koch, seines Zeichens Bauinspektor. Der hat mich einige Male an einen FCB-Match begleitet und wird mir bestimmt helfen. Und wirklich, ein Anruf genügte. Koch versprach, sich zu erkundigen und schnellstmöglich zurückzurufen. Kaum eine halbe Stunde später informierte er den Kommissär über den Stand der Dinge.

«Der Fall liegt bei der Staatsanwaltschaft, die Ermittlungen laufen auf Hochtouren. Wenn du Genaueres wissen willst, musst du dich mit einem Rolf Lustig unterhalten. Schlimme Sache. Der Schaden soll in einem siebenstelligen Bereich liegen. Offenbar ist die eine Hälfte des neuen Gebäudes am Voltaplatz in sich zusammengesackt, der Rest steht noch. Kannst du dich an das Archiv in Köln erinnern, das beim Bau der Metro zur Hälfte in die Baugrube rutschte?»

«Es sah aus wie bei einem aufgeschlitzten Puppenhaus.»

«Genauso sieht es am Voltaplatz jetzt aus. Willst du es dir anschauen? Und wieso interessiert dich das?»

«Nein, danke. Ich kann es mir gut vorstellen. Der Architekt Yvo Liechti ist ein Schulfreund.»

«Aha, daher weht der Wind. Wie gesagt, die Untersuchung wird von der Staatsanwaltschaft durchgeführt, das kann natürlich dauern. Vonseiten des Baudepartements waren wir für den Bau zuständig, das heisst konkret mein Kollege Daniel Martin. Er ist Baukontrolleur und wurde von einem weiteren Kollegen, Thorsten Harr, vor Ort unterstützt. Beide sind gute Kumpels. Sobald ich mehr weiss, informiere ich dich.»

«Danke dir, Sebastian. Noch eine Frage, was könnte deiner Meinung nach den Einsturz verursacht haben?»

«Schwierig zu sagen. Ich bin jetzt bald dreissig Jahre im Baudepartement, aber so etwas habe ich noch nie erlebt. Viele Möglichkeiten gibt es nicht. Entweder liegen Planungsfehler vor oder die Handwerker haben gepfuscht oder beides.»

«Wird Yvo von der Staatsanwaltschaft verhört?»

Koch lachte.

«Sie werden ihn befragen. Verhören ist euer Metier. Wenn sich aber herausstellt, dass etwas faul ist …»

«Wie meinst du das?»

«Wenn zum Beispiel an allen Ecken und Enden gespart wurde. Pfusch am Bau nennt man das bei uns …»

«Das musst du mir genauer erklären.»

«Möglicherweise hat man zu wenig oder schlechtes Material verwendet, um Geld zu sparen oder für sich abzuzweigen. Dann liegt Betrug vor und einer deiner Kollegen wird von der Staatsanwaltschaft mit der Untersuchung betreut. Aber sicher nicht du. Du bist ja nur für Morde zuständig.»

«Mal den Teufel nicht an die Wand.»

«Mach dir keine Sorgen. Liechti hat einen tadellosen Ruf. Da muss etwas Unvorhergesehenes passiert sein. Dani ist jetzt sicher bei der Bauruine. Sobald er zurück ist, rufe ich dich an.»

«Yvo nimmt nicht ab.»

Nadine fuhr sich nervös durch die Haare.

«Er ist bestimmt mit Dani Martin am Unglücksort und antwortet deshalb nicht.»

«Mit Dani wem?»

«Daniel Martin, dem zuständigen Baukontrolleur.»

«Ein Freund von dir?»

«Der Freund eines Freundes. Komm schon, Nadine. Mach dich nicht verrückt. Ein Gebäude ist eingestürzt. Das ist zwar schlimm für Yvo, aber zum Glück gibts keine Verletzten oder Toten.»

«Ich fahre hin.»

«Vergiss es. Die Bauruine ist abgesperrt. Was sollen wir auch dort? Sobald wir auftauchen, heisst es doch gleich, dass wir Einfluss nehmen wollen. Wir halten uns am besten zurück. Du versuchst, Yvo zu erreichen, und danach kümmern wir uns um die Leiche aus den Langen Erlen.»

«Peter obduziert die Frau. Er vermutet Herzversagen beim Joggen.»

«Sport ist Mord.»

«Dir würde ein wenig Joggen guttun.»

«Ich mag aber nicht. Es gibt auch andere Methoden, abzunehmen. Ich gehe vielleicht ins John Valentines.»

«Oh, der Herr gibt Geld für seine Fitness aus, obwohl er es billiger haben könnte. Du hast ja den Wald direkt vor der Nase.»

«Ich renne doch nicht durch die Hard. Alle paar

Minuten treffe ich auf jemanden, den ich kenne, oder werde womöglich von einem Hund angefallen.»

«Angefallen?»

«Es gibt so viele Hundebesitzer, die sich nicht an die Leinenpflicht halten.»

«Das ist sowieso eine blödsinnige Anweisung, Hunde an der Leine sind gereizt. Und wenn dann ein Jogger oder ein anderer Hund vorbeirennt, schnapp! und die Nudel ist ab.»

«Tolle Vorstellung. Deshalb bevorzuge ich ein Fitnesszentrum.» Ferrari kramte einen Prospekt aus seiner Schublade hervor. «Schau, hier. Mit einem Schnupperabo könnte ich praktisch einen Monat lang gratis trainieren.»

«Daher weht der Wind. Du testest einen Monat zum Nulltarif alle Geräte und dann heisst es, das war nicht das Richtige.»

«Wenns mir gefällt, mache ich weiter.»

«Weshalb gerade der John Valentine Fitness Club? Vorne an der Ecke ist doch der Fitnesspark Heuwaage.»

«Weil dort die FCB-Spieler und der ganze Staff trainieren.»

«Das wusste ich nicht.»

«Vielleicht kommen Matías oder Birkir einmal vorbei.»

«Träum weiter, Kumpel! Die trainieren auf einem ganz anderen Niveau. Keine Altherrengymnastik, wie du sie betreibst.»

«Hm!»

Nadines Natel krähte. Im wahrsten Sinn des Wortes. Es jault, es kräht, es jodelt oder lacht psychisch gestört, nur einen ganz normalen Ton kriegt es nicht auf die Reihe. Nadine hörte geduldig zu, nickte ab und zu und steckte das Handy dann in die Handtasche.

«Gibts das auch mit normalen Tönen?»

«Ist doch viel lustiger. Gruss von Yvo. Es ist soweit alles in Ordnung. Er wirkt allerdings deprimiert.»

«Wäre ich als Stararchitekt auch, wenn mir meine Kunstwerke um die Ohren fliegen.»

«Er ist vollkommen ratlos. Aus seiner Sicht war alles in Ordnung. Beim Bau gabs keine Probleme, auch die Bauabnahme verlief einwandfrei. Zum Glück kommt Yvo heute Abend trotzdem mit. Kennst du einen Rolf Lustig? Yvo nannte seinen Namen, der leitet die Untersuchung.»

«Rolf Lustig ist ein Kollege von unserem Jakob. Er erwähnte ihn vorhin, als du versucht hast, Yvo zu erreichen.»

«Ein Staatsanwalt? Wieso wurde die Staatsanwaltschaft eingeschaltet?»

«Yvo hat Anzeige gegen unbekannt erstattet. In einem solchen Fall muss die Staatsanwaltschaft ermitteln.»

«Davon hat er gar nichts gesagt. Ist das normal?»

«Ja natürlich. Persönlich kenne ich Rolf Lustig nicht, genauso wenig wie die Baukontrolleure … wie heissen sie noch?» Der Kommissär kramte nach dem Zettel. «Daniel Martin und Thorsten Harr.»

«Okay, das beruhigt mich ein wenig. Borer hat mir einen gehörigen Schrecken eingejagt.»

«Dann kümmern wir uns jetzt um die Joggerin in den Langen Erlen und besuchen unseren witzigen Leichenfledderer. Wie alt ist die Tote?»

«Sechsunddreissig.»

Es ist wohl am besten, mein Fitnessprogramm etwas aufzuschieben. Gut Ding will Weile haben und auch reiflich überlegt sein. Man bedenke, dass schon eine junge Frau beim leichten Training tot zusammenbricht, von einem Mord gehe ich nicht aus, dann gehöre ich hundertprozentig zu einer viel höheren Risikogruppe. Wenn ich mir nur vorstelle, ich stehe auf einem dieser Laufgeräte und kriege eine Herzattacke. Nicht auszudenken.

«Was ist jetzt?»

«Nichts, ich komme.»

Die anfängliche Vermutung bewahrheitete sich. Die Frau erlag einem Herzversagen! Ganz einfach ein Sekundentod, wie der leitende Polizeiarzt Peter Strub trocken kommentierte. Ferrari warf einen Blick auf die Tote. Sie sieht sportlich aus, durchtrainiert und kein Gramm Übergewicht. Automatisch befühlte er seinen Bauch. Da sitzen schon zwei oder drei Kilo zu viel. Aber wahrscheinlich konnte sie nicht genug kriegen. Immer schneller, immer weiter. Bis ans Ende.

«Gehen wir?»

«Wie? … Ach so, ja … Ciao, Peter. Bis zum nächsten Mal.»

Strub schüttelte nur den Kopf.

«Dein Partner wird immer komischer, Nadine. Steht wie versteinert da, starrt auf die Tote, nimmt nicht an unserer Diskussion teil …»

«Was für eine Diskussion?»

«Über Sport im Allgemeinen und Anabolika im Besonderen.»

«Doping?»

«Echt, du bist ein schräger Vogel, Francesco. Aber jetzt raus, ich muss arbeiten. Zwei Tote warten auf mich.»

Der Polizeiarzt schob den Kommissär unsanft aus seinem Büro.

«Spinnt der? Ich gehe zurück und …», wandte sich Ferrari an seine Kollegin.

«Nichts da. Wir fahren zum Waaghof.»

«Hm. Was sollte das mit dem Doping?»

«Die Tote war bis zur Haarspitze mit Anabolika vollgepumpt, um ihre Leistungen zu steigern. Eine Tablette oder eine Spritze zu viel und aus ist es. Du musst echt aufpassen. Wenn du erst einmal in einem Fitnessclub bist und dich die Sportgirls mit den Waschbrettbauchtypen vergleichen, greifst du auch zu diesen Mittelchen. Die kriegst du an jeder Strassenecke.»

«Wirklich? Das wusste ich gar nicht. Daher die Superbodys.»

«Das ist ein offenes Geheimnis. Der Handel mit Anabolika ist in der Schweiz zwar verboten, der Konsum hingegen nicht.»

«Und das bringt wirklich mehr Muskeln?»

«Ja, dank den Wachstumshormonen in den anabolen Steroiden vergrössern sich die Muskeln beim Training extrem schnell. Leider blenden die meisten die nicht unproblematischen Nebenwirkungen aus. Nebst psychischen Problemen können Nieren-, Leber-, Herzschäden und Impotenz die Folge sein. Ganz geschweige von Hodenverkleinerungen, Prostatavergrösserungen …»

«Stopp! Das ist ja grauenhaft. Wer tut sich denn so was an?»

«Vorwiegend junge Menschen. Für sie ist der Körper ein Ausstellungsstück, den es zu modellieren gilt. Die Wirkung auf andere steht klar im Zentrum.»

«Da esse ich lieber Spinat wie Popeye oder noch besser, ich verweigere mich jeglichem Sport und Körperwahn und besinne mich auf meine inneren Werte. Genau. Kennst du das Lied ‹Lieber Orangenhaut› von Ina Müller?»

«Ina … wer?»

«Ina Müller. Sie singt davon, dass sie nie wieder achtzehn sein möchte, so niedlich, dumm und klein und eben, dass sie lieber Orangenhaut hat als gar kein Profil. Monika hört ihre Lieder vor- und rückwärts, die Texte sind echt gut.» Ferrari warf den Prospekt des Fitnessclubs theatralisch in den Papierkorb. Als sein Blick die offene Bürotür streifte, zuckte er zusammen. «Puh! Sie können einen ja erschrecken, Herr Staatsanwalt.»

«Ich wusste gar nicht, dass Sie so schreckhaft sind. Oder plagt Sie etwa Ihr schlechtes Gewissen? Hat es etwas mit der Toten aus den Langen Erlen zu tun?»

«Wie? Was? ... Nein. Die Frau starb an einem Herzversagen, vermutlich aufgrund ihres Anabolikakonsums.»

Borer grapschte den Fitnessprospekt aus dem Papierkorb.

«Interessant. Vielleicht sollte ich von dem Angebot Gebrauch machen.»

«Lassen Sie die Finger davon, Herr Staatsanwalt. Sonst enden Sie wie die Frau im Wald.»

«Wieso denn das?»

«Um mit den Jungen im Fitnessclub mithalten zu können, greifen Sie automatisch zu Anabolika. In Nullkommanichts sind Sie abhängig.»

«Echt?» Borer warf Nadine einen fragenden Blick zu.

«Die Leistung», setzte der Kommissär fort, «können Sie nur bringen, solange Sie das Zeug schlucken. Ihr Körper verändert sich. Äusserlich sehen Sie dann aus wie Arnold Schwarzenegger, aber das ist nur Fassade. In Wirklichkeit ruinieren Sie sich Ihre Gesundheit.»

«Echt?»

«Und schliesslich liegen Sie bei Peter auf dem Schragen und werden seziert.»

«Eine interessante Theorie!»

«Keine Theorie, die reine Wahrheit. Und alle machen die Augen zu, wollen sportlich und schön sein. Sobald Sie jedoch am Lack kratzen, kommt die schmutzige Seite dieser Fitnesswelle an die Oberfläche. Werfen Sie den Prospekt wieder in den Papierkorb, Herr Staatsanwalt.»

Nadine stand am Kaffeeautomaten, hielt einen Espresso in der Hand und liess für ihren Chef einen Cappuccino heraus.

«Dreht er jetzt vollkommen durch?», raunte ihr Jakob Borer beim Vorbeigehen zu.

«Sie sollten auf ihn hören, Herr Staatsanwalt. Er meint es nur gut mit Ihnen.»

Borer ging kopfschüttelnd durch den Flur zu seinem Büro. Und das sind meine beiden besten Leute! Gute Nacht, mein lieber Schwan!

Gegen Abend, nachdem der Kommissär einen längst fälligen Abschlussbericht zu Ende geschrieben hatte, kam langsam Vorfreude auf. Das Tattoo wird sicher eindrücklich. Ferrari schlurfte mit der Akte zu Nadine hinüber, wo Yvo bereits wartete. Gelangweilt blätterte er die Zeitung durch.

«Ciao, Yvo. Du bist schon da? Wie geht es dir?», begrüsste ihn Ferrari.

«Ganz okay. Zuerst war ich schockiert, dann frustriert und jetzt bin ich sauer. Es ist mir schleierhaft, wie das passieren konnte. Ich baue auf der ganzen Welt Türme bis in den Himmel, die jedem Erdbeben standhalten, und dieser verdammte Vierstöcker bricht ein.»

«Weiss man schon mehr?»

«Das dauert, wahrscheinlich Monate. Da kommen einige Schadenersatzforderungen auf mich zu.»

«Du bist doch hoffentlich gut versichert.»

«Ja, klar. Das macht mir keine Angst. Es ist mein guter Ruf. Der geht nach so einem Mist voll in die Binsen. Du weisst ja, wie das ist. So etwas spricht sich schnell herum. Ein befreundeter Architekt, der gerade in Taipeh ein Bürohochhaus hochzieht, rief mich an. Der wusste es bereits von einem meiner Konkurrenten. Krass.»

«Gab es irgendwelche Probleme?»

«Allerdings. Zuerst hagelte es Einsprachen, viele Nachbarn waren gegen den Bau, dann kämpften wir mit einem Wassereinbruch. Die Verzögerung konnten wir nur durch Nachtschichten wieder aufholen, was bei den Anwohnern verständlicherweise nicht auf Begeisterung stiess. Und dann kracht das Gebäude einfach zusammen. Ich kann mir das überhaupt nicht erklären.»

«Die Untersuchungen werden von Rolf Lustig geleitet, kennst du ihn?», fragte der Kommissär.

Überrascht blickte Yvo zuerst zu Ferrari, dann zu Nadine.

«Nadine war beunruhigt. Ich kenne Sebastian Koch

vom Bauinspektorat und da dachte ich … na ja, ich habe ihn angerufen.»

Yvo küsste Nadine, die zart errötete, auf die Wange.

«Megalieb, dass du dich um mich sorgst. Aber lasst uns den Ärger für heute vergessen und den Abend so richtig geniessen.»

Olivia Vischer liess sich nicht lumpen. Sie sassen auf der Terrasse im Les Trois Rois, Ferrari genoss den herrlichen Blick auf den Rhein und die Fähre, die unermüdlich von einem Ufer zum anderen schaukelte. Das Leben konnte so schön sein. Mitten in der Altstadt von Basel und erst noch im besten Hotel der Stadt, dessen Küche von einem Sternekoch geführt wird und wo schon Napoleon, Queen Elizabeth II., Pablo Picasso und die Crème de la Crème aus Kunst und Musik ein- und ausgingen. Das Essen war hervorragend, Filet de veau, sauce d'artichauts et pousses de poireaux. Was will man mehr? Es gelang dem Kommissär sogar, die beiden fetten Wachteln auf Distanz zu halten. Die zwei schlucken noch mehr als Olivia, dagegen bin selbst ich ein Waisenknabe. Als Ferrari kurz einen Blick auf die Weinkarte warf, lief es ihm kalt den Rücken runter. Der Wein kostete hundertachtzig Franken pro Flasche. Wo bleibt denn da der berühmte Basler Geiz?

«Nehmen wir noch ein Glas Champagner, bevor wir ans Tattoo gehen, oder lieber einen Dessertwein, Francesco?»

«Wenn ich die Wahl habe, dann lieber Champagner, Agnes. Dessertweine sind mir zu süss.»

«Ich bin ganz deiner Meinung. Olivia, bestellst du uns eine Flasche, nein, lieber gleich zwei Dom Pérignon?»

Ein weiterer Blick auf die Karte reichte, um festzuhalten, dass heute Abend ein Monatsgehalt von Ferrari für Speis und vor allem Trank über den Tisch floss. Was kümmert mich das? Statt es zu geniessen, sorge ich mich ums Geld. Typisch. Kurz nach neun drängte Olivia zum Aufbruch. Agnes und Sabrina wären lieber noch etwas im Les Trois Rois geblieben – und wenn ich ehrlich bin, ich auch, sinnierte Ferrari. Noch ein oder zwei Gläser Champagner, es muss ja nicht gleich eine Flasche Dom Pérignon sein, ein bisschen auf den Bach hinuntersehen und die Seele baumeln lassen.

«Hör auf zu saufen!», flüsterte ihm Monika ins Ohr. «Du lallst bereits.»

Agnes und Sabrina hakten sich beim Kommissär unter. Alle drei schwankten leicht. Wer hat eigentlich die Rechnung beglichen?

«Ich habe mich noch gar nicht bei Olivia bedankt.»

«Wofür?»

«Für die Einladung und das super Essen, Sabrina.»

«Ach das? Ich weiss gar nicht, ob wir bezahlt haben. Die schicken uns sicher eine Rechnung. Und dann schauen wir, wer sie begleicht.»

Das ist ein Leben. Die Stadt, was heisst hier die

Stadt, die Welt gehört uns! Diesen Moment gilt es zu geniessen. Kaum gedacht, versetzte ihm Monika einen Stoss in die Rippen. Nur nichts anmerken lassen. Die Gesellschaft spazierte über die Mittlere Brücke zur Kaserne, wo sie bereits erwartet und zu ihren Loungeplätzen geführt wurden. Olivia unterhielt sich mit einigen Personen, während Ferrari mit den Schwestern zielstrebig zu den Stühlen wankte.

«Die kennt wirklich alle», lispelte Agnes Sabrina zu.

«Ja, aus der Zeit, als sie noch mit diesem Künstler … jetzt fällt mir der Name nicht ein …»

«Frank Brehm.»

«Genau. Du bist gut, Francesco.»

«Das ist doch der, der abgemurkst wurde. Ich dachte zuerst, dass es Olivia gewesen ist», gestand Sabrina.

«Vom Mörder hört man auch nichts mehr. Der ist irgendwie in der Versenkung verschwunden. Mit wem redet sie dort so lange?»

«Das ist einer ihrer Anwälte. Sieht noch recht gut aus, der Kleine … Ah, es geht los.»

Die beiden Damen schmiegten sich in der nächsten Stunde an den Kommissär. Eine solch starke Männerschulter hätten sie schliesslich nicht jeden Tag, wie sie kichernd versicherten. Ferrari liess es stoisch über sich ergehen. Das Tattoo gefällt mir. Wenn auch nicht alles, etwa diese exotische Gruppe aus Mexiko, die ist nicht mein Ding. Die Norweger hingegen sind einsame Spitze, wie aus einem Guss. Agnes döste inzwischen friedlich an Ferraris Schulter, offenbar hatte der

Alkohol eine beruhigende Wirkung auf sie. Auch gut. Der Kommissär schielte zur Seite. Ich sehe es ganz genau, wie ihr euch auf meine Kosten amüsiert. MNO, das Trio infernale! Das kriegt ihr zurück. Tausendfach! Yvo schien in Gedanken zu sein. Wen wunderts? Sein Ruf, vielleicht sogar seine ganze Karriere steht auf dem Spiel. Agnes begann leicht zu schnarchen. Auch das noch! Ferrari stiess sie sanft in die Seite, was zur Folge hatte, dass sie noch eine Spur anhänglicher wurde. Wenn jetzt Sabrina auch noch einpennt, bin ich geliefert. Ferrari befreite sich für einen Moment aus Agnes Umklammerung. Sie blinzelte, verdrehte die Augen und liess ihren Kopf erneut auf seine Schulter fallen. Na prima, es ist hoffnungslos. Da muss ich durch. Was mich nicht umbringt, macht mich stärker. In diesem Moment muhte es aus Nadines Handtasche, was ihr die missbilligenden Blicke der Anwesenden eintrug. Nervös kramte sie nach ihrem Natel, erhob sich und ging nach hinten. Eine Minute später winkte sie Ferrari zu. Leichter gesagt, als getan. Wenn ich jetzt aufstehe, prallt Agnes auf den Stuhl. Womöglich fällt sie auf den Boden. Ferrari sah hilfesuchend zu Monika und Olivia.

«Ich muss zu Nadine», flüsterte er ihnen zu. «Anscheinend ist etwas passiert.»

Olivia weckte unsanft ihre Schwester.

«Aufwachen! Du kannst zu Hause schlafen.»

«Wie … was?»

Ferrari befreite sich aus der Umklammerung, stammelte eine Entschuldigung und stolperte durch die Reihen zu Nadine.

«Wir müssen weg, Francesco. Es wurde jemand ermordet.»

«Ausgerechnet jetzt, kurz vor dem Finale. Das ist immer das Eindrücklichste. Wohin müssen wir denn?»

«Zur Mörsbergerstrasse.»

«Das ist ganz in der Nähe, zwischen Bläsiring und Haltingerstrasse. Ein Mord?»

«Ja, Baukontrolleur Daniel Martin ist umgebracht worden!»

«Mein Gott! Das darf doch nicht wahr sein», stöhnte der Kommissär.

Ferrari und Nadine gingen die Klybeckstrasse entlang durch die Oetlingerstrasse zur Matthäuskirche. Hier hatte sich in den letzten Jahren einiges verändert, staunte der Kommissär. Der Kirchplatz wurde renoviert und auch das Bläsischulhaus, in dem er seine Primarschuljahre absolviert hatte. Vor der Kirche sassen ein paar Jugendliche, die Nadine nachpfiffen, was sie lässig mit einem Stinkefinger konterte. Das Pfeifkonzert verstärkte sich. Drei der Typen wollten sich anscheinend nicht damit zufrieden geben, obwohl zwei Polizeiautos ganz in der Nähe parkten. Sie standen auf und rempelten zuerst Ferrari, dann Nadine an. Blitzschnell drehte sie sich um, ihre Augen funkelten gefährlich. Doch der Kommissär war schneller und hielt sie zurück.

«Hast wohl Schiss um deine Kleine, Alter.»

Noch bevor Ferrari antworten konnte, wurden die drei Jungs von einem Trupp Polizisten eingekreist.

«Alles in Ordnung, Francesco?»

«Bestens, Stephan. Danke.»

«Scheisse, die zwei sind Bullensäue.»

Ferrari ging auf den Rädelsführer zu.

«Kann man so sagen. Was ist jetzt, riskierst du immer noch eine grosse Lippe oder ist dir der Spass vergangen?»

«Wenn wir allein wären ...»

«Lass ihn los, Franz ... So, und jetzt?»

Der Junge drehte sich zu seinen Kumpels um, die auf den Stufen der Kirche verharrten.

«Ich warte. Was ist jetzt?»

«Das möchtest du wohl. Dann nehmen mich die anderen Bullen auseinander. Wenn nicht hier, dann auf dem Claraposten.»

«Wie du meinst. Stephan, nimm seine Personalien auf. Vielleicht läuft er uns wieder einmal über den Weg. Man sieht sich ja bekanntlich zwei Mal im Leben ... Ah ja, vielen Dank für eure Hilfe.»

«War uns ein Vergnügen. Daniel Martin wohnt ... wohnte im Haus an der Ecke. Peter erwartet euch schon.»

Ferrari keuchte die Treppe hoch.

«Ein bisschen Sport ... ein bisschen Sport.»

«Ja, ja. Und eine Tonne Aufputschmittel. Nein danke, das kann ich nicht gebrauchen. Ich beginne am Wochenende mit Waldläufen.»

«Wers glaubt.»

Der Ermordete lag im Wohnzimmer auf dem Parkettboden neben einem umgekippten Stuhl.

«Hallo, Nadine. Ciao, Francesco. Willkommen im wahren Leben. Das ist ein wenig anders als das Grandhotel Les Trois Rois und die Lounge am Basel Tattoo.»

«Woher weisst du denn das schon wieder?»

«Du solltest auch langsam wissen, dass es bei uns keine Geheimnisse gibt, Francesco. Keine», lächelte er anzüglich.

Nadine zog Ferrari zurück.

«Wir sind draussen von komischen Typen angerempelt worden. Stephan kam uns zu Hilfe. Wir sind frustriert. Ziemlich frustriert. Das Tattoo war noch nicht zu Ende und Francesco wollte danach mit Agnes und Sabrina Vischer noch einen Schlummertrunk nehmen. Also hör auf, uns zu provozieren.»

«Schon gut, schon gut. Nur keinen Wutanfall. Du wirst Francesco immer ähnlicher. Cholerisch und unberechenbar. Das nur am Rande.»

«Dani Martin?»

«Ohne Zweifel. Ich kenne ihn vom Bowlen.»

«Vom Bowlen?»

«Ja, ich bowle. Habe ich euch das noch nie erzählt? Im Gundeli gibt es ein Bowlingcenter. Dani war einer meiner Kumpels. Verdammte Scheisse. Wer hat ihn umgebracht? Und wieso?»

«Das finden wir raus. Nach der Todesursache müssen wir wohl nicht lange fragen …»

«Pervers! Das Schwein hat Dani mitten ins Herz gestochen und das Messer einfach stecken lassen. Durch den Sturz ist es noch tiefer eingedrungen, zum Glück hat er davon nichts mehr mitbekommen. Ich vermute, die Tatwaffe gehört Dani. In der Küchenschublade liegen noch andere mit dem gleichen Schaft.»

«Was kannst du uns zur Tatzeit sagen?»

«Das beantworte ich dir morgen Nachmittag, Francesco. Aber ich glaube nicht, dass er länger als zwei Stunden tot ist.»

Ferrari sah sich im Wohnzimmer um. Altmodisch eingerichtet, wie vor zwanzig Jahren. Eine dunkle Wohnwand, zwei abgewetzte Polsterstühle, ein grosser Holztisch mit sechs Stühlen, Tag- und Nachtvorhänge mit Blumenmotiven. Nicht einmal einen Fernseher im Wohnzimmer.

«Wie war Dani Martin? Wie gut kanntest du ihn?», hörte er Nadine fragen.

«Nicht besonders gut», antwortete Strub. «Er war sehr korrekt, ein Wahrheitsapostel und total introvertiert, hat nie etwas über sein Privatleben erzählt, ein klassischer Einzelgänger.»

«Was meinst du mit Wahrheitsapostel?»

«Manchmal haben wir zusammen gejasst. Coiffeur.»

«Coiffeur?»

«Oh Gott, oh Gott. Wie soll ich einem Italiener das erklären? Kannst du überhaupt jassen, Francesco?»

«Ein wenig», brummte ein sichtlich genervter Kommissär.

«Ein wenig? Vermutlich gar nicht. Bei euch gibts ja nur Fussball, Fussball und nochmals Fussball. Den Coiffeurjass spielt man zu viert oder auch zu dritt. Keine bestimmte Punktzahl, sondern die Disziplinen sind wichtig. Alle müssen nämlich von jedem Spieler je einmal gespielt werden …»

«So genau interessiert mich das nicht.»

«Sollte es aber. Mit Jassen könntest du ein Zeichen setzen, dich öffentlich zum Schweizersein bekennen.»

«Also wenn man einen Schweizer daran erkennt, dass er mit Jasskarten und Sackmesser durch die Gegend läuft, dann stimmt bei uns im Lande etwas nicht mehr.»

Strub tastete sein Jackett ab und zog ein schwarzes Offiziersmesser der Marke Victorinox hervor.

«Bist du etwa stolz darauf?»

«Und ob ich stolz bin. Lieber ein echter Schweizer als so ein Papierlischweizer wie du!»

«Können wir bitte damit aufhören? Was wolltest du uns mit dem Jassen andeuten?»

«Er provoziert mich, Nadine. Ich war ganz friedlich. Nur weil er nichts vom Jassen versteht, dreht er durch.»

«Peter, bitte! Das Jassen.»

«Okay. Dani konnte nicht verlieren und wurde total wütend, wenn sein Partner Mist baute. Aber er war auch eine verdammt ehrliche Haut, machte keine krummen Sachen beim Addieren der Punkte.»

«Ist das alles?

«Da war vor Jahren eine Geschichte mit einer Mitarbeiterin vom Arbeitsamt. Der rannte er förmlich nach. Offenbar wurde er ihr zu anhänglich. Sie seilte ihn ab. Sonst weiss ich nichts über ihn.»

«Immerhin etwas. Wann können wir mit deinem Bericht rechnen?»

«Wie gesagt, morgen Nachmittag. Ah ... meine Leute sind fertig. Sehr gut.» Strub drängte sich vorsichtig an Ferrari vorbei. «Gute Nacht, Nadine.»

Ferrari stellte den umgekippten Stuhl zurück an seinen Platz. Vom Fenster aus konnte er die Jungs beobachten, die sich auf dem Matthäusplatz mit Hip-Hop, Rap und Heavy Metal zudröhnten. Stephan Moser schob ihm einen Zettel zu, auf dem der Name Ken Kovac stand. Fragend sah Ferrari seinen Kollegen an.

«Wir sollten doch die Personalien des Oberdeppen aufnehmen.»

«Ach so. Danke, Stephan. Wer hat den Toten gefunden?»

«Der Vamp aus dem ersten Stock.»

Wiederum sah Ferrari ihn fragend an.

«Sie empfing mich im Morgenmantel, ihr Name ist Iris Schläpfer. So um die sechzig. Nicht gerade meine Kragenweite.»

«Dann wollen wir mal», der Kommissär seufzte. Heute bleibt mir gar nichts erspart.

Die Nachbarin sass rauchend am Küchentisch. Sie

war in einen weissen Morgenmantel gehüllt und wirkte irgendwie aufreizend. Vor Jahren war sie sicher eine schöne Frau gewesen, aber das Leben hatte seine Spuren hinterlassen.

«Sie haben den Toten entdeckt, Frau Schläpfer?», begann Nadine das Gespräch.

«Nennen Sie mich Iris, Frau Kommissärin. Das mit Frau Schläpfer ist mir zu formell. Wollen Sie etwas trinken oder essen?»

«Nein danke. Wir kommen direkt von einem Anlass.»

«Ich kann mir vorstellen, dass das nicht immer einfach ist. So mitten aus dem Vergnügen gerissen zu werden.»

«Das ist unser Job. Kannten Sie Dani Martin gut?»

«Ich glaubte, ihn zu kennen. Bekanntlich sind Glauben und Wissen zwei paar Stiefel. Jetzt weiss ich, dass Dani wie alle anderen ist … war.» Sie zündete sich eine weitere Zigarette an. «Eigentlich ist es ja nur eine Enttäuschung mehr in meinem Leben. Spielt mir vor, dass er mich mag, dass er mich liebt. Und bei der erstbesten Gelegenheit lässt er mich sitzen.»

Ferrari verdrehte die Augen. Jetzt kommt irgendeine Mitternachtsbeziehungskiste. Bitte nicht! Mein Schädel brummt vom vielen Alkohol, ich bin müde und will ins Bett!

«Keine Angst. Ich langweile Sie nicht mit meinen Geschichten. Sie sind sicher genau gleich.» Iris Schläpfer streifte den Kommissär mit einem verächtlichen

Blick. «Zuerst machen sie dich an und wenn sie dich haben, verlieren sie das Interesse.»

«Sie waren mit Dani Martin zusammen?», hakte Nadine nach.

«Ich mit ihm, bloss er nicht mit mir. Heute Abend ist mir die Sicherung durchgebrannt … Wir wollten eigentlich zusammen ans Tattoo. Gestern kam er zu mir ins Geschäft, ich arbeite im Müller Schuh Outlet, und meinte, es sei etwas dazwischengekommen. Das war für mich in Ordnung, dann eben ein anderes Mal. Er war ja ein wichtiger Mann im Bauinspektorat. Und was glauben Sie, ist dann passiert?»

«Er verabredete sich mit jemand anderem», gähnte Ferrari, was ihm einen missbilligenden Blick von Nadine eintrug.

«Genau. Mit so einer aufgetakelten Tussi. Ich bin mit einer Freundin ins Volkshaus gegangen, zu Hause wäre mir die Decke auf den Kopf gefallen. Und da sass er, händchenhaltend mit dem Miststück.»

«Was geschah dann?»

«Ich bin aufgestanden und weggerannt.»

Nun guck mal an! Der ach so seriöse Dani Martin war ein Womanizer.

«Sind Sie direkt nach Hause gegangen?»

«Zuerst an den Rhein, das Wasser beruhigt mich. So nach einer halben Stunde bin ich dann heim. Gegen neun hörte ich Dani die Treppe hochgehen.»

«Das könnten auch die Mieter aus der Dachwohnung gewesen sein.»

«Die sind im Urlaub. Es war Dani. Er schlich die Treppe hoch, zusammen mit dieser Schnepfe.»

«Sind Sie sicher?»

«Ganz sicher. Nach einer Weile hörte ich dieses Weib die Treppe hinunterrennen.»

«Wann war das?»

«Vielleicht eine Stunde später.»

«Und dann sind Sie hinaufgegangen. Es gab Streit, Sie nahmen das Messer und rammten es ihm mitten ins Herz.»

«Ist der immer so? Der spinnt doch.»

«Nur wenn er müde ist.»

«Aha. Ich setzte mich vor den Fernseher, ich war so was von wütend. Nicht nur, dass er mich einfach abserviert, er bringt die Neue noch am gleichen Abend nach Hause und treibt es mit ihr über meinem Kopf.»

«Vielleicht stritten sie sich und sie rammte ihm das Messer in die Brust.»

«Als sie die Treppe hinunterrannte, lebte er noch.»

«Wie können Sie so sicher sein?»

«Das ist ein Altbau. Extrem ringhörig. Wenn jemand oben rumläuft, knarrt der Parkettboden. Dani lief durch die Wohnung, nachdem sie weg war. Ganz sicher.»

«Ist nach der Frau noch jemand anders die Treppe hinuntergerannt?»

«Das weiss ich nicht. Ich bin kurz auf den Balkon, um eine zu rauchen. Von dort höre ich nichts.»

«Warum sind Sie danach zu ihm hoch?»

«Als ich vom Balkon ins Wohnzimmer kam, war es oben total ruhig. Da bin ich ausgerastet. Ich dachte, jetzt legt sich der Kerl ins Bett und schläft selig, während ich mir die Augen aus dem Kopf heule. Ich bin wie eine Furie hochgerannt … Die Tür war nur angelehnt … Er lag auf dem Boden …»

«Sie riefen die Polizei?»

«Ich bin zu Elisabeth Hurter ins Parterre. Sie beruhigte mich und übernahm das. Fragen Sie Elisabeth … Vielleicht weiss sie noch mehr.»

Aber die ältere Dame im Parterre wusste gar nichts. Es wäre ja auch zu schön gewesen.

Fünf Minuten später standen Nadine und der Kommissär wieder in Martins Wohnung. Minutiös inspizierten sie Raum für Raum. Wahrscheinlich hatte Dani Martin das in die Jahre gekommene Mobiliar seiner Eltern übernommen. Hier eine alte Kommode, dort ein düsteres Gemälde, ein Stillleben mit totem Hase. Ein komischer Vogel. Im Schlafzimmer entdeckte Ferrari eine brandneue Hi-Fi-Anlage, immerhin ein Zeitzeuge, und in einem Wandregal, welches das halbe Zimmer ausfüllte, waren fein säuberlich Hunderte von Schallplatten und CDs alphabetisch einsortiert.

«Ein Altachtundsechziger», kommentierte Ferrari. «Rolling Stones, Queen, Ten Years After …»

«Da werden Erinnerungen wach.»

«Spotte nur. In zwanzig Jahren stehst du auch vor

solch einem Regal. Nur heissen die Interpreten dann Beyoncé, Lady Gaga und Pink.»

«Du überraschst mich immer wieder, alter Mann … Ach so, das hast du alles von Nikki. Stimmts?»

«Genau. Das Töchterchen hält mich auf dem Laufenden. Es heisst nicht umsonst, Kinder halten jung.»

«Wer ist die Frau?»

«Vielleicht seine Angebetete vom Arbeitsamt. Möglich, dass die alte Liebe wieder neu entflammt ist.»

Nadine öffnete einige der Schubladen. Unterhosen, Unterhemden, Socken, Stofftaschentücher, Krawatten, alles fein säuberlich eingeordnet. Im Kleiderschrank hingen einige Anzüge und auf dem Schrankboden lagen zwei Bowlingkugeln.

«So möchte ich nicht leben, Francesco. Das wirkt auf mich irgendwie alles depressiv. Es ist … wie soll ich das sagen?»

«Steril. Alles ist hyperordentlich aufgeräumt, nirgends liegt ein Staubkorn. In dieser Wohnung ist kein Leben.»

«Stimmt. Komm, lass uns verschwinden. Wollen wir uns noch mit weiteren Nachbarn unterhalten?»

«Das müssen wir wohl oder übel.»

«Deine Begeisterung hält sich in Grenzen. Wieso das denn?»

«Weil …»

«Wegen Yvo? Glaubst du, dass er darin verwickelt ist?»

«Ich weiss es nicht, Nadine. Ich weiss es wirklich nicht. Aber allein der Gedanke, dass er es sein könnte, blockiert mich.»

«Mir geht es genau gleich. Als mir Stephan den Namen des Toten nannte, dachte ich sofort, hoffentlich hat Yvo nichts damit zu tun. Ich weiss nur eines und das hundertprozentig – Yvo ist kein Mörder.»

«Es reicht schon, wenn er auf irgendeine Weise in den Fall verstrickt ist, etwa als Strippenzieher. Ermorden konnte er Martin nicht. Er sass neben uns am Tattoo.»

«Willst du den Fall abgeben?»

«Ich bin unschlüssig. Objektiv betrachtet müssten wir das tun. Nur, dann geben wir sämtliche Fäden aus der Hand, und das gefällt mir gar nicht. Ein anderes Team wird nämlich die gleichen Schlüsse ziehen. Auf Yvo fällt in jedem Fall der Verdacht.»

«Scheisse! Und jetzt?»

«Wir schlafen eine Nacht darüber oder zumindest was von der Nacht noch übrig ist. Hören wir uns einmal an, was Stephan von den Nachbarn erfahren hat.»

Fehlanzeige! Keiner der Nachbarn hatte jemanden kommen oder gehen sehen und auch keinen Streit gehört. Es war kurz nach Mitternacht, die jungen Leute sassen noch immer auf den Stufen der Kirche. Die Musik erklang nur noch leise aus den Lautsprechern.

«Ken!», rief Ferrari in Richtung der Gruppe. «Ich habe eine Frage.»

Der junge Mann stand irritiert auf.

«Was willst du von mir?»

«Da drüben ist einer ermordet worden.»

Auf einen Schlag waren alle hellwach.

«Gekillt? ... He, willst du uns etwa einen Mord in die Schuhe schieben?»

«Keine schlechte Idee. Was meinst du, Nadine?»

«Super Idee. Dann müssen wir uns in den nächsten Tagen nicht die Hacken wund laufen, um einen Mörder aufzutreiben. Wir nehmen den da mit und schliessen den Fall ab.»

Unweigerlich wich Ken zurück.

«War nur ein kleiner Scherz. Der Kommissär wollte euch nur fragen, ob ihr jemanden beobachtet habt, der so um neun ins Haus gegangen und gegen zehn rausgekommen ist.»

«Da war doch die Alte in den High Heels. Die ist ziemlich verstört die Feldbergstrasse hinuntergerannt», meldete sich einer aus der Gruppe.

«Die Kuh hat sich sogar an einem der Abflussdeckel den Absatz abgebrochen. Das war bestimmt eine Nutte», erinnerte sich ein anderer.

«Na also, geht doch. Wie alt war die Frau?»

«Schwierig zu sagen. Älter als du und keine geile Stute wie du.»

«Danke für das Kompliment. Vierzig oder fünfzig oder älter?»

«So um die fünfzig.»

«Danke. Das hilft uns vielleicht. Noch eine Frage, Ken ... Kannst du jassen?»

«Ob ich was kann?»

«Jassen? Coiffeur und so.»

«Was ist denn das, Mann?»

«Ein Jass. Du spielst mit einem Kumpel zusammen gegen zwei andere. Elf Spiele, also total zweiundzwanzig. Du kannst zum Beispiel Herz, Ecken, Schaufel oder Kreuz als Trumpf ausmachen, aber immer nur einmal. Herz zählt einfach, Ecken zweifach und so weiter. Wer am meisten Punkte holt, gewinnt.»

«Was soll der Quatsch, Mann?»

«War nur eine harmlose Frage, Ken. Ich sehe schon, du kannst nicht jassen.»

«Vier-fünf zählt elffach, nur beim Slalom weiss ich nie, ob er vor dem Drei-drei-drei kommt oder danach.»

Ferrari musste lachen und klopfte ihm auf die Schulter.

«Du bist ein echter Schweizer. Ich wünsche euch weiterhin viel Spass. Wenn euch noch etwas einfällt, hier ist meine Karte.»

Nadine schüttelte den Kopf und lief schweigend neben Ferrari zum Taxistand am Claraplatz. Die spinnen total, diese ausgeflippten Schweizer!

3. Kapitel

Ferrari ackerte sich durch die Tageszeitungen. Der Einsturz des Gebäudes war im Sommerloch ein gefundenes Fressen, zumindest im Lokalteil. Ein ziemlich imposanter Trümmerhaufen, wie das Foto in der «Basler Zeitung» zeigte. Aber immerhin verloren sich die Journalisten nicht in Polemik. Einzig der «Blick» spekulierte bereits, ob Pfusch oder gar Betrug mit im Spiel gewesen sei. Der Mord an Daniel Martin hingegen war noch nicht an die Öffentlichkeit gedrungen, keine der Onlineplattformen brachte einen Hinweis. Zum Glück. Die Reporter wären bestimmt hellhörig geworden und hätten sofort einen Zusammenhang zwischen dem Mord an einem Baukontrolleur und dem Gebäudedesaster vermutet.

«Der Bau ist viel grösser, als ich dachte.»

«Guten Morgen, Nadine.»

«Morgen. Die Hälfte steht noch, bloss die werden sie einreissen müssen. Ich war kurz vor Ort.»

«Dann bist du aber zeitig aufgestanden. Warst du mit Yvo dort?»

«Mit Thorsten, ein sympathischer Typ. Yvo gab mir seine Telefonnummer.»

«Soso. Du bist per Du. Und was meint er?»

«Gar nichts. Die Staatsanwaltschaft sei erst am Anfang ihrer Ermittlungen. Er glaubt, dass es einige Wochen, vielleicht sogar zwei bis drei Monate dauert, bis die ersten Ergebnisse vorliegen.»

«Nur, so lange können wir nicht warten.»

«Im Baudepartement weiss man anscheinend noch nicht, dass der Kollege tot ist.»

«Das soll ihnen unser Staatsanwalt mitteilen.»

«Was soll ich? Guten Morgen, die Herrschaften.»

«Die Kollegen vom Bauinspektorat informieren, dass Dani Martin nicht mehr zur Arbeit kommt.»

«Schön ausgedrückt. Das ist aber nicht meine Aufgabe. Das ist Sache des zuständigen Leiters. Er wird seine Leute in …», Borer schaute auf seine Tag Heuer, «… in einer halben Stunde zusammenrufen und informieren. Alles organisiert, werte Herrschaften.»

«Da wäre noch etwas.»

«Was liegt an, Ferrari? Raus mit der Sprache.»

«Nadine und ich möchten den Fall wegen Befangenheit an eine Kollegin oder einen Kollegen abgeben.»

«Ist das auch Ihre Meinung, Frau Kupfer?»

«Na ja … Francesco ist zwar etwas voreilig, aber ja … Ich glaube, dass es besser ist, wenn Sie ein anderes Team mit der Aufklärung beauftragen.»

«Wegen Yvo Liechti?»

«Exakt. Er ist mein Schulfreund und ein guter Freund von Nadine.»

«Ja, ja, alles gute Freunde. Ist es nicht schön auf dieser Welt?»

«Sie können sich Ihre Anzüglichkeiten und Ihren Zynismus sparen.»

«Nur nicht so frech, Frau Kupfer. Gut, ganz wie Sie wollen. Ich nehme Ihren Wunsch zur Kenntnis und lehne Ihr Anliegen ab!»

«Wie bitte?»

«Sie hören heute Morgen wohl schlecht, Ferrari. Abgelehnt! Sie bearbeiten den Fall. Das ist mein letztes Wort.»

«Und wenn wir uns weigern?»

«Dann setze ich Norbert Hochreutener und diesen Thomas Spiess auf den Fall an. Die werden sich sofort auf Yvo Liechti stürzen. Selbstverständlich orientiere ich Sie und Frau Kupfer über jeden Schritt, den die zwei unternehmen. Sie erfahren sozusagen brühwarm, wie sich die beiden Idioten aufführen.»

«Hm.»

«Nun, was ist? Wollen Sie den Fall immer noch abgeben? Soll ich Pat und Patachon aufbieten?»

Ferrari blickte zu Nadine, die den Kopf schüttelte.

«Gut, wir übernehmen den Fall auf Ihre Verantwortung, Herr Staatsanwalt.»

«Besser die Verantwortung dafür übernehmen, als schlaflose Nächte wegen Hochreutener und Spiess zu haben.»

«Das heisst, wir sind Ihr bestes Team? Ganz neue Töne.»

«Was die Aufklärungsrate anbelangt, sind Sie nicht

zu schlagen. Nur leider haben Sie den Knigge nicht gelesen oder ihn nicht verstanden.»

«Und trotzdem gehen Sie das Risiko ein?»

«Mir bleibt keine andere Wahl, Frau Kupfer. Leider!»

«Und das bedeutet?»

«Wenn ich Sie von diesem Fall abziehe, steht der Erste Staatsanwalt innerhalb einer Stunde bei mir im Büro.»

«Warum?»

«Manchmal sind Sie schon etwas begriffsstutzig, Ferrari. Erstens: Ein Kollege, wenn auch nicht von unserer Behörde, wird ermordet. Zweitens: Das Tötungsdelikt hängt mit grosser Wahrscheinlichkeit mit dem eingestürzten Gebäude am Voltaplatz zusammen, dessen Architekt ein gewisser Yvo Liechti ist. Drittens …»

«Nur frei heraus damit.»

«Der Bauführer heisst Christian Vischer. Klingelt da etwas bei Ihnen?»

«Sabrinas Sohn.»

«Bingo, Frau Kupfer. In diesem Fall sind derart viele Fallstricke ausgelegt, da werde ich doch nicht irgendjemanden darauf ansetzen. Ich bin doch nicht verrückt. Was auch immer wir oder, besser gesagt, Sie zwei ermitteln, es wird ein Spiessrutenlauf. Ob Liechti der Mörder ist oder Vischer oder sonst einer aus dem Daig, jeder kennt jeden und verfügt über gute bis sehr gute Beziehungen. Ich darf gar nicht daran denken. Zum Glück haben wir einen Trumpf im Ärmel.»

«Olivia Vischer!»

«Bingo, Frau Kupfer. Sie ist die Clanchefin und sie liebt Ihren fetten, wenn auch dünnhäutigen Chef. Weshalb auch immer.»

«Also, ich muss schon bitten. Ich bin nicht fett!»

«Das tut jetzt nichts zur Sache, Ferrari. Wichtig ist einzig und allein, dass sich Olivia Vischer schützend vor Sie stellen wird. Was heisst stellen? Sie wird Sie wie eine Löwenmutter verteidigen. Also können wir die Angelegenheit ruhig angehen. Und wenn …»

«Wenn wider Erwarten Ihre Theorie nicht aufgeht, kennen wir alle bereits die Opferlämmer.»

Jakob Borer verliess schmunzelnd das Büro.

«Super! Wir können tun und lassen, was wir wollen. Wir bleiben eh auf der Verliererstrasse.»

«Dann lass uns mit unserem Untergang beginnen, Nadine. Fahren wir ins Gellert und unterhalten uns mit Yvo.»

Nadines Porsche machte sich gut neben einem Jaguar und einem Maserati im Hinterhof von Liechtis Bürogebäude.

«Wow! Ein Maserati.»

«Dort hinten steht auch noch ein Lamborghini, glaube ich.»

«Sensationell. Ich muss Yvo fragen, wem die Karren gehören.»

«Sicher ihm, kaum einem seiner Angestellten.»

Yvo Liechti unterhielt sich mit Christian Vischer

und, wie sich herausstellte, Marco Frischknecht, dem Ingenieur des Baus am Voltaplatz. Nach einer kurzen Vorstellungsrunde und ein paar höflichen Worten verabschiedeten sich Vischer und Frischknecht.

«Wir überlegen die ganze Zeit, ob wir fahrlässig gearbeitet haben. Aber bisher konnten wir keine Mängel feststellen.»

«Wir sind nicht wegen des Baus hier, Yvo.»

«Nicht? Sondern?»

«Wir ermitteln in einem Mordfall.»

«Ein Mord? Im Zusammenhang mit dem Bau? Ist unter den Trümmern jemand gefunden worden?» Yvo sah Ferrari entsetzt an. «Seid ihr gestern deshalb auf einmal verschwunden?»

«Dani Martin ist ermordet worden.»

«Was?! Das … das ist doch unmöglich.»

«Er wurde gestern Abend erstochen.»

Yvo Liechti liess sich auf seinen Bürostuhl fallen. Jegliche Farbe war aus seinem Gesicht gewichen.

«Dani … er war zuständig für meinen Bau. Ein durch und durch anständiger, seriöser Mann, keiner dieser Paragrafenreiter. Immer zwischen uns und den Behörden vermittelnd. Sag, dass das nicht wahr ist, Francesco.»

«Es stimmt leider. Kanntest du ihn gut?»

«Ziemlich gut. Das ist der achte oder neunte Bau, bei dem wir miteinander zu tun hatten. Da lernt man sich schon ein wenig kennen.»

«Wie war er?»

«Ich würde ihn als die Seriosität in Person bezeichnen. Ruhig, aber immer auf der Höhe. Ein sehr guter Fachmann, vormachen konnte man ihm nichts.»

«Und privat?»

«Keine Ahnung, Nadine. Ich bin mit ihm einige Male essen gegangen. Wir unterhielten uns über Bauprojekte, über architektonische Meisterwerke. Ich erzählte ihm einiges über mein Privatleben. Er hörte geduldig zu und kam dann wieder auf die Architektur zurück. Privat weiss ich nichts über ihn … Steht der Mord im Zusammenhang mit meinem Bau?»

«Das versuchen wir herauszufinden. Wir wollten den Fall an einen Kollegen delegieren.»

«Weil ihr glaubt, dass ich da mit drinhänge, Francesco?»

«Weil du ein guter Freund bist. Ein sehr guter. Und weil … weil wir uns nicht dazu hergeben können, dich auf welche Art auch immer zu verhören. Borer lehnte ab.»

Yvo Liechti lachte.

«Wundert euch das? Christian ist Sabrinas Sohn und Marco ist mit Vivienne Burckhardt verheiratet. Im Hintergrund thront Schwester beziehungsweise Tante Olivia Vischer, eine gute Freundin von mir und die Busenfreundin von Vivienne Burckhardt sowie Ines Weller.»

«Super! Zehn Milliarden und alles, was in Basel etwas zu sagen hat, lassen grüssen.»

«Zehn Milliarden reichen wohl kaum. Das kommt

allein schon locker bei den Vischers zusammen. Haltet ihr mich für den Mörder beziehungsweise für den Strippenzieher hinter den Kulissen? Den Mord kann ich nicht begangen haben, ich sass die ganze Zeit neben euch.»

«Hör sofort mit dem Unsinn auf oder ich verhau dich wie in unserer Kindheit.»

Yvo lächelte.

«Du bist ein echter Freund, Francesco.» Er nahm Nadine in den Arm und küsste sie. «Und du bedeutest mir sehr viel. Trotzdem müssen wir versuchen, die Gefühle aussen vor zu lassen. Wenn ihr Fragen habt, dann stellt sie. Rücksicht ist hier fehl am Platz.»

«Hm.»

«Wir müssen uns in das Metier vertiefen. Du kannst uns dabei helfen.»

«Gerne. Was wollt ihr wissen, Nadine?»

«Wir gehen davon aus, dass der Mord in Zusammenhang mit dem Voltaplatzbau steht. Ein Zufall scheint uns unwahrscheinlich. Warum also wurde Daniel Martin ermordet? Welches Motiv steckt hinter dieser Tat? Wollte Dani etwas publik machen, war er auf Ungereimtheiten gestossen?»

«Wie gesagt, Dani war ehrlich, integer, seriös und äusserst kompetent. Halbe Sachen gab es bei ihm nicht. Wenn deine Theorie stimmt und eine Verbindung besteht, dann wurde er ermordet, weil er etwas herausfand, das nicht an die Oberfläche dringen durfte.»

«Zum Beispiel?»

«Mängel am Bau.»

«Genauer.»

«Schlechtes Material, fahrlässige Ausführung, Fehler in der Statik oder aber Sabotage. Das sind so die Hauptpunkte, die mir auf die Schnelle einfallen.»

«Gehen wir davon aus, dass Dani seinem Mörder auf die Schliche gekommen ist. Wer kommt infrage?»

«Christian als Bauführer, Marco als Ingenieur, ich als Architekt oder einer der Handwerker. Wobei ... eigentlich hätte auch Thorsten Harr ermordet werden können.»

«Wieso?»

«Er war der zweite Baukontrolleur. Dani Martin war einige Zeit krank. Thorsten ist für ihn eingesprungen. Wenn der Mord mit meinem Bau zusammenhängt, müsste auch Thorsten ermordet werden. Der weiss genauso viel über den Bau wie Dani.»

«Könnte Harr der Mörder sein?»

«Eher unwahrscheinlich. Aus welchem Grund, Nadine? Was hätte er davon?»

«Vielleicht wusste er, dass etwas faul ist, liess sich bestechen und Dani Martin ist ihm auf die Schliche gekommen.»

«Möglich, aber sehr weit hergeholt. Beide arbeiteten eng mit Christian zusammen. Für ihn, Marco und Thorsten lege ich die Hand ins Feuer, auch für die anderen Handwerker.»

«Es wäre aber schon ein eigenartiger Zufall.»

«Vielleicht versucht jemand, den Gebäudeeinsturz mit dem Mord in Zusammenhang zu bringen, um von sich abzulenken.»

«Durchaus möglich.»

Ferrari nickte. Ein paar Sekunden verstrichen, dann erhob er sich mühsam, umarmte seinen Schulfreund und schlurfte wie ein alter Mann aus dem Büro.

«Pass auf ihn auf, Nadine. Er glaubt, dass ich darin verstrickt bin, und das verkraftet er nicht.»

Der Kommissär sass nachdenklich neben Nadine im Porsche. Sein Blick verlor sich in der Unendlichkeit. Hm. Das ist alles gut und recht, aber was machen wir, wenn Yvo in die Angelegenheit verwickelt ist? War das eben bereits das erste Ablenkungsmanöver? Oder eine konstruktive Idee, um uns weiterzuhelfen? Er ist ein Freund. Ich darf nicht an seinen Auskünften zweifeln. Mit zittrigen Händen fuhr sich der Kommissär durch die Haare.

«Ich bin dafür, den Fall abzugeben, Francesco.»

«Ich auch.» Ferrari lächelte dankbar. «Wir reiben uns auf, verlieren einen oder mehrere gute Freunde. Selbst wenn keiner von ihnen mit dem Mord zu tun hat, wirbeln wir so viel Staub auf, dass sie uns das ganze Leben lang hassen. Das muss sogar Borer einsehen.»

«Wird er nicht. Kennst du Vivienne Burckhardt?»

«Sie war Teilhaberin einer Privatbank, die vor einiger Zeit mit einer anderen fusioniert wurde.

Vivienne muss so um die fünfzig sein, etwas jünger als Olivia.»

«Olivia Vischer, Ines Weller, Anna von Grävenitz, um nur ein paar Namen zu nennen. Wir lernen wirklich interessante Menschen in unserem Beruf kennen. Diese Vivienne Buckhardt läuft uns bestimmt auch irgendwann über den Weg.»

«Das denke ich auch. Fahren wir zurück in den Waaghof?»

«Zuerst noch auf den Münsterplatz zum Baudepartement. Ich habe uns bei Sebastian Koch angemeldet. Den Termin nehmen wir noch wahr, danach werfen wir Borer den Fall vor die Füsse. Einverstanden?»

«Ja … Und wenn Yvo recht hat?»

«Dass jemand die Situation ausnützt? Das ist vermutlich nur Wunschdenken. Vor ein paar Minuten fragte ich mich, ob Yvo ein Ablenkungsmanöver inszeniert. Das ist doch alles krank. Yvo ist ein Freund und dein … ich meine, er …»

«Du meinst, er ist mein Lover. Sprich es ruhig aus. Obwohl es dich überhaupt nichts angeht.»

Na, bravo! Wieder einmal war die Zunge schneller als das Gehirn.

«Vielleicht bin ich ja auch in den Fall verwickelt. Yvo und ich haben das Ganze im Körbchen zusammen ausgeheckt.»

«Und wen als Mörder engagiert?»

«Das musst du selbst herausfinden.»

«Siehst du, jetzt fängt es schon zwischen uns beiden an. Sobald ich etwas Kritisches über Yvo bemerke …»

«Das war nichts Kritisches. Das war ganz einfach ein Schlag unter die Gürtellinie. Du gehst davon aus, dass wir miteinander schlafen.»

«Ist meine Annahme falsch?»

«Das werde ich dir sicher nicht auf die Nase binden. Ich mag ihn.»

«Ha! Darüber kann ich nur lachen. Wenn er dich küsst oder in die Arme nimmt, errötest du jedes Mal wie eine Tomate. ‹Ich mag ihn.› Das ist die Untertreibung des Jahres. Gib doch einfach zu, dass … Warum hältst du hier mitten auf der Strasse?»

«Du entschuldigst dich auf der Stelle für deine fiesen Gedanken.»

«Hier kannst du nicht stehen bleiben. Du behinderst den Verkehr.»

«Das ist mir so was von egal. Entschuldige dich oder ich steige aus und lasse dich einfach mit dem Wagen stehen.»

«Tschuldigung!», murmelte Ferrari mit Blick in den Seitenspiegel.

Die hupende Kolonne hinter ihnen wurde länger und länger.

«Gut. Eine richtige Entschuldigung war das zwar nicht, aber Schwamm drüber.»

Nadine drückte das Gaspedal durch, sodass Ferrari richtiggehend in den Sitz gedrückt wurde. Genau das ist es. Noch stehen wir ganz am Anfang der Ermittlungen und schon kriegen wir uns in die Wolle. Nur weil mein alternder Freund sich eine junge Frau anlachen muss, statt sich mit einer gleichaltrigen einzulassen, wie es sich gehört. Irgendwann wird sie ihn notfallmässig ins Spital einliefern müssen, weil er sich zu sehr verausgabt hat. Der Kommissär schmunzelte. Diesen Gedanken behalte ich besser für mich, sonst rast die Wahnsinnige womöglich zum Rhein hinunter und droht damit, den Porsche mitsamt meiner Wenigkeit die Böschung runterzustossen.

«Monika ist auch einiges jünger als du. Und bei aller Liebe zu Monika, Yvo ist schon ein anderes Kaliber. Erinnerst du dich an deine Jugendfreundin Anna von Grävenitz? Sie brachte dir doch das Laufen bei», Nadine kicherte. «Wie war das noch gleich? Ah, ja. Anna nannte dich einen Rohrkrepierer.»

Das Kichern steigerte sich in ein nicht enden wollendes Gelächter.

Nadine fuhr langsam die Rittergasse entlang.

«Hier rechts. Du kannst in den Hof hineinfahren. Ich kenne den Verwalter.»

«Wen kennst du nicht?»

Ferrari wand sich aus dem Sitz und streckte seine Glieder. Wieso nur zwänge ich mich Mal für Mal in diese unbequeme Schuhschachtel? Tja, ich bin und bleibe unverbesserlich. Schön hier, Ferrari blickte Richtung Münster. Ich würde sofort mit der Baudirektion tauschen. Eigentlich viel zu schade, an solch einem Ort eine Abteilung der städtischen Verwaltung unterzubringen. Das wäre eine ideale Wohnlage und würde den Platz beleben. Leider ist das kein Einzelfall, in Basel befinden sich Büros oft in exklusiven, alten Villen an bester Lage. Ihre Mieter sind meist Anwälte, Architekten oder Psychiater. Und dort, wo die Gebäude der Stadt gehören, nisten sich Ämter ein. Quod erat demonstrandum. Der Kommissär schaute zu den Münstertürmen hoch. Ein ewiges Werk, diese Renovation. Beinahe wie die Sagrada Família in Barcelona. Mit einem Unterschied, das Basler Münster ist vollendet und wird renoviert, während die römisch-katholische Basilika, von Antoni Gaudí entworfen, 1882 begonnen wurde und im Jahr 2026 abgeschlossen werden soll. Dann nämlich jährt sich der Todestag von Gaudí zum hundertsten Mal. Wahnsinn.

«Schon imposant, unser Münster.»

«Kann man eigentlich auf die Türme hinauf?»

«Klar. Ich hab mal die Stufen gezählt, es sind zweihundertfünfzig. Die Aussicht ist gigantisch. In der Adventszeit wird sogar ein nächtlicher Turmaufstieg angeboten und jeden Samstag um fünf Uhr nachmittags gibt der Stadtposaunenchor ein kleines Konzert vom Münsterturm aus. Du solltest unbedingt mal rauf, das lohnt sich. Aber zuerst unterhalten wir uns mit Sebastian.»

«Sebastian?»

«Was ist daran so erstaunlich? Unter Kollegen duzt man sich.»

Ferrari schüttelte den Kopf. Ausgerechnet meine werte Kollegin wundert sich darüber. Sie, die nach nur wenigen Sekunden mit der ganzen Welt per Du ist …

Sebastian Koch erwartete sie bereits.

«Nehmt Platz. Wir sind alle vollkommen geschockt. Das ist so unfassbar, einfach nur schrecklich. Einige sind nach Hause gegangen. Wer tut so etwas, Francesco?»

«Ein Wahnsinniger oder jemand, der sich extrem vor Dani fürchtete.»

«Das ist doch Unsinn. Dani war harmlos, immer kompromissbereit. Er war einer der Guten und erst noch einer meiner besten Leute.»

«Kannst du seinen Job beschreiben?»

«Der Baukontrolleur ist eigentlich der Bauführer des Bauinspektors. Er ist der Mann vor Ort. Das heisst, er geht auf den Bau, führt Kontrollen durch, kümmert sich um Beschwerden – kurz, der Baukontrolleur ist für die Ausführungszeit und die Bauabnahme zuständig.»

«Wenn ich das richtig verstehe, arbeitet er sehr eng mit dem Architektenteam zusammen.»

«Vor allem mit dem Bauführer der Bauherrschaft, Nadine. In diesem Fall also mit Christian Vischer. Er unterstützt ihn auch, wenns Ärger gibt.»

«Gab es denn Ärger?»

«Es gibt bei jedem Bau irgendwelche Querulanten,

die ihn verhindern wollen. Dani war mit Yvo am Montagabend an einer Quartierversammlung. Da machte anscheinend einer ziemlich mobil gegen Yvo.»

«Aber der Bau war doch fertig.»

«Korrekt. Ein Anwohner behauptete, dass das Gebäude zu gross sei. Er verlangte, dass die Masse kontrolliert werden. Deshalb wurde Yvo von Dani begleitet, um Stellung von Amtes wegen zu beziehen.»

«Davon hat Yvo nichts erzählt. Weisst du, ob sie eine Einigung erzielen konnten?»

«Keine Ahnung. Das müsst ihr Yvo fragen.»

«Der Baukontrolleur ist für die Bauabnahme verantwortlich. Das war in diesem Fall Dani. Richtig?»

«Ja, zusammen mit Thorsten Harr. Ihr wisst sicher, dass Dani einige Zeit ausfiel und Thorsten für ihn einsprang. Sie haben dann die Abnahme gemeinsam vorgenommen. Ich habe Thorsten gebeten, nachher zu uns zu stossen.»

«Warum nimmst du die Bauten nicht ab?»

«Weil das nicht zu meinen Aufgaben gehört. Als Bauinspektor überwache ich die Einhaltung der Baugesetze, koordiniere und begleite das Bewilligungsverfahren zwischen den Ämtern, bearbeite Einsprachen und bin die erste Ansprechperson im Kanton. Zudem bin ich der Leiter des Bauinspektorats.»

«Das wusste ich nicht.»

«Ist auch nicht von Bedeutung, Francesco.»

«Was für Ämter?», fragte Nadine.

«Amt für Umwelt und Energie, Stadtbildkommission, Denkmalpflege, Feuerschutz bis hin zu Behindertenorganisationen. Also alle Stellen, die übers Baugesetz oder den Zonenplan Einfluss nehmen könnten.»

«Das heisst, der Bauinspektor vertritt in erster Linie die Interessen des Staates.»

«Genau. Ah … darf ich euch Thorsten Harr vorstellen … Das sind Francesco Ferrari und seine Kollegin Nadine Kupfer.»

«Hallo, Thorsten. Wir kennen uns bereits.»

«Hallo, Nadine. Guten Tag, Herr Ferrari. Ich habe schon viel von Ihnen gehört.»

Harr, ein Muskelpaket um die fünfunddreissig, setzte sich zu ihnen.

«Eine ganz, ganz schlimme Sache. Habt ihr schon eine Vermutung, wer es gewesen sein könnte?»

«Leider nein. Wir stehen erst am Anfang der Ermittlungen.»

«Glaubt ihr, dass der Mord mit dem Bau im St. Johann zusammenhängt?»

«Das ist eine reine Vermutung. Zuerst müssen wir Fakten zusammentragen und uns in die Materie einarbeiten. Deshalb sind wir auch hier. Sebastian hat uns erklärt, was die Aufgaben eines Bauinspektors sowie eines Baukontrolleurs sind.»

«Dani und ich sind … waren ein eingespieltes Team. Er war ein verdammt anständiger Kerl. Manchmal viel zu anständig für diese Welt.»

«Wie meinst du das?»

«Er versuchte stets zu vermitteln und einen für alle stimmigen Kompromiss zu finden. Auch am Montagabend.»

«Du warst mit Yvo und Dani an der Quartierversammlung?»

«Um mir das vor Ort anzuhören. Der Einwand dieses Querulanten war an den Haaren herbeigezogen. Ehrlich, der redete so einen Stuss. Ich fragte ihn, wie er beurteilen könne, dass der Bau zu grosse Dimensionen hat. Das sei kein Problem. Er habe Aufnahmen gemacht und diese am Computer nachgemessen. Der spinnt doch.»

«Es ging also nur darum, dass das Gebäude zu gross ist?»

«Wenn ihr mich fragt, ging es einzig und allein ums Geld.»

«Ums Geld? Und wer ist dieser Querulant?»

«Leo Schnetzler. Um die fünfzig, wohnt im Altbau schräg gegenüber, hetzt die Leute gegen Yvo auf und droht mit einer Anzeige. Weil das Gebäude zu gross sei, könne er nicht mehr schlafen. Es erdrücke ihn beinahe, wenn er im Bett liege.»

«Kommt er damit durch?»

«Nein, der Bau ist nicht zu gross, aber es verzögert sich natürlich alles, Yvo wäre in diesem Fall der Verarschte. Es ist einfach unglaublich. Dani und ich … ich kann es nicht fassen. Wir sind … waren … ich bin … war sicher, dass alles korrekt abgelaufen ist.»

«Aber jetzt ist der Kasten eingestürzt.»

«Und Dani ist tot. Einfach schrecklich», seufzte Harr.

«Weshalb ist der Bau eingestürzt?»

«Keine Ahnung.»

«Was könnten die Ursachen sein?»

«Fehler in der Planung, in der Statik, Pfusch der Handwerker oder der Bauherr hat am falschen Ort gespart. Die externen Fachleute, die eingesetzt wurden, finden es heraus, aber das braucht seine Zeit.»

«Du sagtest vorhin, diesem Leo Schnetzler ginge es nur ums Geld.»

«Da bin ich mir absolut sicher. Der suchte seit Monaten einen Grund, um den Bau aufzuhalten. Das ist ihm nicht gelungen. Jetzt kommt er mit dieser absurden Theorie.»

«Und wie profitiert er davon?»

«Jede Zeitverzögerung kostet den Bauherrn Geld und in irgendeiner Weise fällt das immer auch auf den Architekten zurück. Sei es auch nur mit einer negativen Bewertung. Ein schlechter Ruf spricht sich rasch herum. Solange nochmals überprüft wird, ob der Bau wirklich zu gross ist, werden keine Mieter einziehen. Das weiss Schnetzler und er hofft, dass Yvo ihm ein saftiges Schweigegeld bezahlt.»

«Du meinst eine Abfindung, damit er Ruhe gibt.»

«Genau. Das ist schon beinahe zum Volkssport geworden, Nadine», ergänzte Koch. «Als Bauherr oder Architekt rückst du lieber dreissig- oder fünfzigtausend heraus, damit es zu keinen Verzögerungen kommt. Das ist jedoch nicht nur bei solchen Grossprojekten wie diesem am Voltaplatz der Fall. Ich kenne ein Beispiel, bei dem ein Mieter drohte, durch alle Instanzen zu gehen, um die Renovation einer Liegenschaft zu verzögern. Die anderen Mieter waren längst ausgezogen und so blieb dem Besitzer nichts anderes übrig, als in die Tasche zu greifen, um den Störenfried loszuwerden.»

«Dani ist ziemlich heftig geworden», fuhr Harr fort. «Er drängte diesen Schnetzler mit Argumenten so in die Ecke, dass die Stimmung im Saal kippte. Am Schluss stand Schnetzler allein auf verlorenem Posten. Er musste zugeben, dass keine Profiprogramme auf seinem Computer laufen und seine Berechnungen mehr als nur laienhaft sind. Es wurde zum Schluss richtig peinlich … Inzwischen sieht alles anders aus und wir sind die Deppen.»

Ferrari notierte sich den Namen Leo Schnetzler auf einen Zettel.

«Wenn euch noch etwas einfällt, wir sind für jeden Hinweis dankbar.»

«Ihr könnt voll mit unserer Unterstützung rechnen, Francesco. Findet das Schwein, das unseren Dani ermordet hat.»

«Das werden wir. Vielleicht nicht schon morgen, aber wir kriegen den Mörder. Wir möchten gern einen Blick auf Dani Martins Schreibtisch werfen.»

«Kein Problem. Thorsten begleitet euch. Also, ich muss dann an eine Sitzung. Haltet mich auf dem Laufenden.»

«Die Ordner mit den Bauunterlagen liegen bei mir, falls ihr die sehen möchtet. Staatsanwalt Lustig rief an. Er will sie abholen lassen.»

«Was sind das für Dokumente?»

«Baupläne, Einsprachen, Protokolle.»

«Etwas Besonderes?»

«Nein. Es bewegt sich alles im grünen Bereich, abgesehen von Schnetzlers Einsprachen. Die sind eine einzige Lachnummer. Absurd. So, bitte. Das ist sein Schreibtisch. Soll ich euch die beiden Ordner rüberbringen?»

«Nicht nötig. Wir schauen sie uns beim Staatsanwalt an. Den PC lassen wir abholen.»

Ferrari öffnete Schublade um Schublade. Büromaterial, eine Banane, die auch schon bessere Tage gesehen hat, ein Apfel. Sieh an, ein Lottospieler, der seine Zettel über Jahre sammelt. Im Regal standen farblich abgestimmte Ordner, die Unterlagen über weitere Bauprojekte enthielten.

«Alles fein säuberlich geordnet, ziemlich steril. Nur die vergammelte Banane und die unzähligen Lottozettel fallen aus dem Rahmen.»

«Ein Tipper mit System.»

«Das ist doch alles Mist. Wer im Lotto gewinnt, hat einfach Glück. Pures Glück.»

Nadine entsorgte die Banane in einem Mülleimer.

«Fündig geworden?», erkundigte sich Thorsten Harr.

«Nicht wirklich.»

«Übrigens, die beiden Bauordner werden heute

Nachmittag zu Rolf Lustig gebracht. Jetzt muss ich los. Wenn ihr noch Fragen habt …»

«… melden wir uns. Danke, Thorsten.»

«Kleiner Imbiss im Garten Isaaks?»

«Gute Idee. Ich nehme einen Tomatensalat mit Mozzarella.»

«Oh, auf Diät?»

«Nicht wirklich. Ich möchte bloss einige Kilos abspecken. So nach dem Motto ‹Wehret den Anfängen›.»

«Wehret den Anfängen wäre eher vor zehn Jahren gewesen. Jetzt heisst es, vertreibt die Speckschwarten von Bauchmania.»

«Ich bin nicht fett!»

«Sagt Obelix zu Asterix.»

«Was kann denn ich dafür, dass ich gern gut esse.»

«Vielleicht solltest du ein bisschen ausgewogener essen und weniger trinken.»

«Ich trinke nur ab und zu ein Glas.»

«Ausser du bist in guter Gesellschaft. Dann wirfst du in bester Laune einige Flaschen Dom Pérignon ein und torkelst danach mit deinem Anhang über die Rheinbrücke zum Tattoo.»

«Hast du gesehen, was eine Flasche kostet?»

«Klar. Von dem, was ihr drei Schluckspechte reingeschüttet habt, kann eine vierköpfige Familie einen Monat leben oder vielmehr muss davon leben», korrigierte sie sich. «Im Garten oder drinnen?»

«Es ist schön warm, lieber im Garten.»

Nach knapp zwanzig Minuten kam das bestellte Essen. Lustlos stocherte der Kommissär in seinem Teller herum.

«Ist es nicht gut?», fragte Nadine besorgt.

«Doch, doch. Ich bin in Gedanken … Was machen wir jetzt? Bleiben wir am Fall dran oder geben wir ihn auf?»

«Sebastian setzt auf dich!»

«Auf uns.»

«Ich bin nur die kleine Assistentin.»

«Ja, ja.»

«Du hast Sebastian versprochen, den Mörder zu finden.»

«Hm. Was ist, wenn Yvo in den Fall verwickelt ist?»

«Daran will ich lieber nicht denken.»

«Und, deine Meinung, kleine Assistentin?»

«Yvo ist ein grossartiger Mensch, er ist kein Mörder. Auch keiner, der einen Mord in Auftrag gibt. Wir lösen den Fall.»

«Dein Wort in Gottes Ohr.»

«Du glaubst, dass er die Hand im Spiel hat?»

«Gott?»

Nadine zog die Augenbrauen hoch.

«Ach so … ich versuche, mir in beiden Fällen der Konsequenzen klar zu werden.»

«Wenn Yvo nichts mit dem Mord zu tun hat, ist alles bestens. Wir klären den Fall auf, buchten den Mörder ein und stellen damit alle ab, die Yvo verdächtigen.»

«Sollte das Gegenteil eintreffen, bringen wir Yvo lebenslang ins Gefängnis, ich kann nie mehr in den Spiegel schauen und du musst dir ein neues Bettgspänli suchen.»

Nadines Tritt unter dem Tisch traf Ferraris Schienbein wie ein Blitz.

Der Obduktionsbericht lag wie versprochen am Nachmittag auf Ferraris Schreibtisch. Die Todesursache war zweifellos der Messerstich. Das hätten wir auch ohne die Untersuchung gewusst, hoffentlich gibt es noch andere Erkenntnisse. Ah hier. Der Magen enthielt Speisereste und die Alkoholkonzentration im Blut war hoch. Ferrari konnte sich nicht daran erinnern, irgendwo in Martins Wohnung Bier, Wein oder Schnaps gesehen zu haben. Als Todeszeit gab Strub zirka 21.30 Uhr an. Diese Zeitangabe stimmt auch mit der Aussage von Iris Schläpfer und den Jungs überein. Wir müssen versuchen, die Frau aufzutreiben, die mit Dani zusammen gewesen ist. Sie könnte bei unseren Ermittlungen eine Schlüsselrolle spielen.

«Hast du in Danis Wohnung eine Bar gesehen? Oder Weinflaschen? Bier?»

«Ist mir nicht aufgefallen.»

«Dann muss er mit seiner neuen Flamme zuvor echt gebechert haben, Nadine. In seinem Magen waren Speisereste und im Blut 1,8 Promille.»

«Das kommt vor. Bei dir wärens wahrscheinlich an die drei gewesen.»

«Aber ich bin selbst dann noch voll einsatzfähig.»

«Streich das ‹einsatzfähig› und ich bin deiner Meinung. Ich habe Borer beim Kaffeeautomaten getroffen. Er wollte wissen, wies aussieht. Machen wir weiter?»

«Ja, wir sind mitten drin und bleiben dran. Das sind wir Yvo schuldig. Konntest du etwas über diesen Schnetzler in Erfahrung bringen?»

«Er arbeitet als Chef de Service im Restaurant Zum Bären in der Rheingasse.»

«Das ist die Übertreibung des Tages. Du meinst wohl Kellner.»

«Wie auch immer, Yvo war nahe daran, sich mit ihm zu einigen.»

«Zu welchem Preis?»

«Fünfunddreissigtausend. Schnetzler wollte zuerst fünfzig. Das kann er sich nun abschminken.»

«Und wir können ihn von der Liste der Verdächtigen streichen. Weshalb sollte er Dani ermorden, wenn er nahe am Ziel war?»

«Du bist gut, welche Liste? Ich würde sagen, wir tappen im Dunkeln.»

«Danke für die aufmunternden Worte. Peters Bericht bringt leider auch keine neuen Erkenntnisse. Einzig, dass Dani mit seiner neuen Freundin ziemlich gebechert hat, bevor er sie abschleppte.»

«Und beim Höhepunkt des Abends wurden sie gestört. Die Frau konnte entkommen, Dani blieb auf der Strecke.»

«Ein Beziehungsdelikt?»

«Durchaus möglich. In diesem Fall wäre der gleichzeitige Gebäudeeinsturz reiner Zufall.»

«Treiben wir die Unbekannte auf, dann wissen wir mehr. Ich rufe Sebastian an, er soll sich im Baudepartement diskret umhören.»

«Übrigens, Radio Basilisk berichtete in den Mittagsnachrichten über den Mord, ohne den Namen des Toten zu nennen. Sie sprachen nur von einem Mitarbeiter des Baudepartements. Auf der Homepage von onlinereports, bazonline sowie der ‹TagesWoche› findest du auch einen Bericht.»

Ferrari googelte die «Basler Zeitung». Ein Regionaljournalist spekulierte über einen möglichen Zusammenhang zwischen Yvo Liechtis Bau und dem Mord. Konkrete Hinweise gebe es noch nicht, die Polizei stehe erst am Anfang ihrer Ermittlungen. Hm. Das hat nicht lange gedauert und war ja zu erwarten gewesen.

«Wir ermitteln zweigleisig, Nadine», entschied der Kommissär. «Spätestens morgen wissen die Medienleute, um wen es sich beim Toten handelt. Nebst der Suche nach der Unbekannten müssen wir uns umgehend mit Marco Frischknecht und Christian Vischer unterhalten.»

«Das dachte ich mir schon. Vischer ist seit dem frühen Morgen auf dem Bau und Frischknecht steht jederzeit zur Verfügung. Soll ich ihn anrufen?»

«Gerne.»

Frischknechts Büro befand sich in der obersten Etage eines historischen Altstadthauses an der Stiftsgasse. Mühevoll angelte sich der Kommissär an einem Seil die steile Treppe hoch. Beeindruckende Architektur. Hundert Mal am Tag hier rauf und runter und ich kann mir jegliches Fitnessprogramm ersparen. Es hat eben alles seine Vor- und Nachteile.

«Kaffee?»

«Ja, gerne», keuchte Ferrari. «Und ein Glas Wasser, bitte.»

«Mit oder ohne?»

«Mit Kohlensäure, wenns geht.»

«Und für Sie, Frau Kupfer?»

«Das Gleiche, bitte.»

«Ein schönes Büro. Das ganze Haus ist wirklich imposant.»

«Es gehört meiner Frau. Wir liessen die Liegenschaft sanft renovieren und versuchten dabei, möglichst viel im Originalzustand zu belassen wie zum Beispiel das Geländer. Die Denkmalpflege stand uns beratend zur Seite.»

«Welches Geländer?»

«In den ganz engen Bauten ersetzte das Seil früher das Geländer aus Holz. Da mussten sich die Leute hochangeln.»

«Nichts für ältere Menschen.»

«In der Tat.» Frischknecht öffnete ein Fenster. «Hier war der Flaschenzug angebracht. So konnte man Lebensmittel und Holz für den Kamin hochziehen. Ich vermute, dass die jüngeren Familienmitglieder eher hier oben lebten und die ältere Generation im Parterre. Aber sicher bin ich nicht.»

Es klingelte leise. Frischknecht öffnete ein Türchen, das im Kamin eingebaut war.

«Bitte sehr, Ihr Kaffee. So ganz auf die heutige Technik wollten wir nicht verzichten. Ich kann von meiner Assistentin Rebecca nicht verlangen, dass sie mehrmals am Tag Getränke und Akten hier raufschleppt.»

«Verblüffend!», fasziniert betrachtete Ferrari den Aufzug. So etwas hätte ich auch gern zu Hause. Dann könnte mir Monika ein kühles Bier in den ersten Stock schicken. Eine wunderbare Vorstellung. Genüsslich und in Gedanken versunken schlürfte er an seinem heissen Kaffee, was ihm einen bösen Blick von Nadine eintrug. Ja, ja, schon gut.

«Durch den Tod von Dani Martin bekommt der Einsturz unseres Gebäudes eine neue, überaus tragische Dimension», kam Frischknecht auf das eigentliche Thema zu sprechen.

Der Kommissär sah ihn fragend an.

«Als ich im Radio vom Mord an einem Mitarbeiter des Baudepartements hörte, rief ich umgehend Yvo an. Er erzählte, dass es sich um Dani Martin handelt. Es ist entsetzlich. Mir ... mir fehlen die Worte.»

«Wie gut kannten Sie Dani Martin?»

«Nicht besonders gut. Er war ein besonnener, introvertierter Mensch.»

«Glauben Sie, dass der Mord etwas mit Ihrem Bau zu tun hat?»

«Ich glaube nicht an Zufälle, Frau Kupfer.»

«Damit werden Sie zu einem unserer Hauptverdächtigen.»

Frischknecht lachte.

«Yvo, Christian und ich, um es genau zu nehmen.»

«Oder einer der Handwerker.»

«Eher unwahrscheinlich. Ich bin schon lange im Geschäft und Sie dürfen mir glauben, einzelne Handwerker machen zwar ab und zu Fehler, aber in einem solchen Fall geht es um mehr. Hier reden wir von Betrug. Die Handwerker führen den Pfusch nur im Auftrag ihres Chefs aus, weil sie um ihren Job fürchten.»

«Und wie könnte so ein Betrug aussehen?»

«Sie appellieren an meine kriminelle Energie?»

«Nur im Interesse der Lösung unseres Falls.»

«Dann will ich mich mal anstrengen. Wenn die Subunternehmer, ich meine damit die Sanitärfirma, den Elektriker, den Schreiner et cetera, entgegen der Offerte nur einen Teil des vorgesehenen Materials oder minderwertige Qualität verbauen, sparen sie eine erkleckliche Summe und betrügen vorsätzlich die Bauherrschaft, zumal das ursprünglich Offerierte in Rechnung gestellt wird. Auch beim Personal kann man sparen, gute Handwerker haben bekanntlich ihren Preis.»

«Das heisst, Sie setzen billige Saisonniers ein.»

«Nicht wir, Frau Kupfer. Das betrifft die Firmen, die wir mit dem Bau beauftragen. Natürlich gibt es immer wieder Gerüchte über Schwarzarbeit oder eben billige ausländische Arbeitskräfte, die längst nicht so schlecht sind wie ihr Ruf.»

«Können Sie das nicht beeinflussen?»

«Es ist die Aufgabe der einzelnen Firmen, also der Baufirma, des Malers, des Elektrikers und so weiter und so fort, dafür zu sorgen, dass ihre Mitarbeiter legal und gut arbeiten. Wir schlagen uns schon genug mit den staatlichen Stellen herum. Hinzu kommt der Ärger mit Nachbarn, in unserem Fall mit diesem Schnetzler. Da mussten wir durch. Christian war praktisch Tag und Nacht auf der Baustelle.»

«Sind irgendwelche Mängel aufgetreten?»

«Mehr als einmal. Aber keine gravierenden, die für den Einsturz verantwortlich sind. Knatsch gabs vor allem mit der Baufirma. Die hielten sich an keine Abmachungen. Mit ein Grund, dass wir in Verzug gerieten. Praktisch jede Woche standen neue Arbeiter auf der Baustelle, die wieder eingearbeitet werden mussten. In der dritten Etage wurden Fassadenteile falsch hochgezogen, sodass die Fenster nicht eingesetzt werden konnten. Und in einzelnen Wohnungen wurden die Mauern fertiggestellt, bevor der Elektriker Kabel unter den Putz legen konnte. Das liess sich alles problemlos beheben, immer verbunden mit Diskussionen, Zeitverlust und Mehrkosten. Einmal ging der Zement aus. Der Hersteller wollte nur noch gegen Vorauskasse liefern. Hochstrasser musste zugeben, dass er weder die Arbeiter noch die Zulieferer bezahlen konnte. Wir sind dann eingesprungen, mahnten die Hochstrasser AG aber dafür ab.»

«Philipp Hochstrasser?»

«Sie kennen ihn, Herr Kommissär?»

«Francesco kennt jeden in Basel.»

«Ein Schulfreund. Yvo und ich sind mit Philipp zusammen in die Primarschule gegangen.»

«Jetzt wird mir einiges klar … Yvo wollte unbedingt diesen Hochstrasser. Ich war dagegen.»

«Warum?»

«Wir sind vor zwei Jahren ziemlich heftig aufeinandergeprallt. Ich mag seine Tricks nicht. Seine Offerten sind immer die günstigsten, doch bei der Schlussabrechnung findet er jedes Mal einen Dreh, den Betrag hochzudrücken. Ich habe Yvo gewarnt.»

«Das ist noch nicht alles, oder?»

«Richtig, Frau Kupfer. Er setzt, wie bereits gesagt, Saisonarbeiter aus Polen und der Tschechei ein. Am besten befragen Sie dazu Ihre Kollegen von der Gewerbeaufsicht.»

«Schwarzarbeit?»

«Nein, so weit geht er nicht. Aber er bezahlt Dumpinglöhne und die Arbeitsbedingungen sind schlicht mies. Er pfercht die Menschen in einem seiner Wohnhäuser ein, hält sie wie Sklaven. Ich krieg eine Riesenwut, wenn ich daran denke, dass wir mit diesem Drecksack zusammenarbeiten.»

«Wusste Yvo davon?»

«Bei diesem Hochstrasser macht er einfach die Augen zu. Egal, was ich sage, ich höre stets die immer gleiche Antwort: Es seien alles nur Gerüchte und ich solle damit aufhören ... Sie dürfen mir glauben, es sind alles andere als Gerüchte.»

Nadine schaute den Kommissär an.

«Philipp suchte schon als Kind gern die Grenzerfahrung. Regeln waren für die anderen da. Ich traue ihm das durchaus zu.»

«Erzählen Sie das Yvo. Er wird Sie zur Schnecke machen. Ich weiss nicht, wieso er an diesem Kerl festhält.»

«Könnte Hochstrasser für die Katastrophe verantwortlich sein?»

«Die Verantwortung tragen letztendlich Yvo und ich, Frau Kupfer. Was auch immer die Ermittlungen ergeben, wir suchen die Handwerker aus und müssen sie auch dementsprechend kontrollieren. Aber ich traue diesem Hochstrasser nicht. Deshalb bat ich Christian, alles, was Hochstrasser anbelangte, im Auge zu behalten. Er ist ein ausgewiesener Fachmann und kennt das Gebäude wie seine Westentasche. Dem macht man nicht so schnell etwas vor. Wenn Sie Details zu den Abläufen wissen möchten, fragen Sie am besten ihn.»

«Weshalb ist das Ding zusammengekracht?»

«Keine Ahnung, Frau Kupfer», seufzte der Ingenieur. «Ich bete, dass es nicht an der Statik liegt. Das ginge dann hundertprozentig auf meine Kappe. Als

Bauingenieur trage ich die Verantwortung für die Sicherheit der Konstruktion.»

«Was gehört alles zu Ihren Aufgaben?»

«Ein Bauingenieur verbindet naturwissenschaftliche Kenntnisse aus Mathematik, Physik und Geologie mit spezifischem Wissen in Beton- und Stahlbau, Geotechnik, Verkehr und Wasserbau. Es ist ein sehr spannendes Arbeitsfeld. Während der Architekt das Gebäude entwirft und plant, nehme ich die Tragwerksplanung vor. Das heisst, ich berechne, wie stark etwas belastet werden darf. Ich erstelle unter anderem die Armierungspläne für die Betonwände und für die Betondecken und rechne auch aus, ob die tragenden Elemente eines Baus für jene Teile genügen, die daran aufgehängt werden.»

Ferrari runzelte die Stirn.

«Stellen Sie sich eine menschliche Pyramide im Zirkus vor. Als Ingenieur rechne ich aus, wie die Artisten über dem Mann, der auf dem Boden steht, verteilt werden müssen, damit dieser das Gleichgewicht halten kann.»

«Verstehe. Die heutigen Gebäude werden ja immer höher. Wenn ich da nur an den Roche-Turm denke.»

«Oh ja, ein sehr interessanter Bau. Hundertachtundsiebzig Meter hoch, einundvierzig Stockwerke, Kostenpunkt fünfhundertfünfzig Millionen Franken. Er wird voraussichtlich nur sechs Jahre das höchste Bauwerk der Schweiz sein, denn bereits plant man ja den Bau 2 mit zweihundertfünf Metern. Gegen den Bebauungsplan reichten bereits neunundachtzig Anwohner und Hausbesitzer Einsprachen ein, aber das wird das Projekt kaum verzögern. Waren Sie schon auf der Aussichtsterrasse im achtunddreissigsten Stockwerk?»

«Leider nein.»

«Das sollten Sie unbedingt nachholen. Ein herrlicher Panoramablick. Natürlich ist die Höhe im Vergleich mit Gebäuden in den Vereinigten Arabischen Emiraten, in China oder in den Vereinigten Staaten nichts Besonderes, aber für uns Schweizer ist es schon gewaltig. Wissen Sie, mich fasziniert der Architekt Otto Rudolf Salvisberg. 1939 entwarf er einen Masterplan für das zukünftige Roche-Gelände und auf eben diesen besinnt man sich heute zurück. Spannend. Nebst dem Verwaltungsgebäude entwarf Salvisberg auch das Produktionsgebäude 29, das filigran, funktional und lichtdurchflutet ist und nur wenige Stockwerke aufweist. Bauhaus lässt grüssen. Natürlich wird heute deutlich höher gebaut, aber die Grundfläche bleibt dieselbe. Bitte entschuldigen Sie, ich schweife ab.»

«Kein Problem, das ist sehr interessant … Was geschieht, wenn sich ein Architekt oder ein Baumeister nicht an Ihre Berechnungen hält?»

«Dann kracht das Ding so etwas von zusammen.»

«Überprüft das niemand?»

«Die Pläne liegen dem Bauinspektorat vor. Ich habe jedoch in all den Jahren als Ingenieur noch nie gehört, dass jemand bezüglich der Statik einen Einwand äusserte.»

«Die können das demnach gar nicht prüfen.»

«Vom Fachlichen her schon. Die Realität sieht leider so aus, dass es zu viele Baustellen zu kontrollieren gibt. Da fehlt schlicht die Zeit.»

«Gab es bei eurem Bau irgendwelche Probleme?»

«Nur mit der grossen Terrasse im Osten. Yvo wollte sie schweben lassen. Dafür ist sie meiner Meinung nach zu gross. Vor allem, wenn man die Nutzung in Betracht zieht. Im Sommer sind dort Aufführungen geplant mit bis zu vierhundert Zuschauern. Ich riet ihm davon ab. Wir haben nun die Terrasse mit vier Säulen gestützt.»

«Das hat aber mit Schweben nichts mehr zu tun.»

«Stimmt. In solch einem Fall gibt es leider keinen Kompromiss. Das eine ist die Ästhetik, das andere die Sicherheit. Und Letztere geht vor.»

«Ich dachte, es gäbe nur Wohnungen?»

«Im ersten bis vierten Stockwerk wurden Mietwohnungen gebaut, im Parterre entstand ein grosses Eventzentrum mit einem Restaurant, zwei Kinosälen und einem Konzertsaal. Und wie gesagt, im Sommer sollen Aufführungen auf der Terrasse stattfinden.»

«Könnte die Terrasse zum Einsturz geführt haben?»

«Garantiert nicht. Zudem ist der Südflügel eingestürzt.»

«Wer ist eigentlich der Bauherr?»

«Olivia Vischer und ihre beiden Schwestern, Frau Kupfer. Kommen Sie, ich zeig Ihnen die Pläne und das Modell. Dann können Sie sich ein besseres Bild vom Bau machen und ich kann Ihnen erklären, weshalb die Terrasse nicht Schuld am Desaster ist.»

In der nächsten Stunde wurden sie noch detaillierter ins Ingenieurwesen eingeführt. Frischknecht driftete immer wieder in die Fachsprache ab, bemühte sich jedoch redlich um allgemein verständliche Erläuterungen. So viel war ihnen am Ende klar: An der Terrasse konnte es nicht liegen, und wenn die Ausführungen des Ingenieurs nur einigermassen stimmten, woran weder Ferrari noch Nadine zweifelten, dann lag es auch nicht an den statischen Berechnungen.

«Abschliessende Frage, wo waren Sie am Dienstagabend zwischen neun und zehn?»

«Diese Frage habe ich früher erwartet. Ich dachte, Sie fragen gar nicht mehr», Frischknecht lachte. «Meine Assistentin Rebecca und ich arbeiteten bis um halb elf an einer Offerte, die wir morgen abgeben müssen. Rebecca wurde dann von ihrem Freund abgeholt. Übrigens ein Kollege von Ihnen, er arbeitet bei der Staatsanwaltschaft. Das war kurz vor elf. Ich schloss dann ab und bin auch nach Hause.»

Rebecca Roth bestätigte Frischknechts Angaben und ein Anruf bei der Staatsanwaltschaft liess keine Zweifel offen. Staatsanwalt Bernhard Obrist holte seine Freundin um 22.50 Uhr ab. Somit schied der Ingenieur als Mordverdächtiger aus.

«Soll ich dich nach Hause fahren?»

«Du kannst mich auf der Lyss absetzen. Ich fahre mit dem Tram.»

«Wie du meinst ... Jetzt ist auch noch Olivia mit von der Partie.»

«Wenns so weitergeht, hängt uns bald der ganze Basler Daig am Hals.»

«Was ist mit diesem Philipp Hochstrasser?»

«Ein fieser Typ, ein Gauner und Betrüger. Das war er schon immer.»

«Oh, oh! Hat er dir ein Mädchen ausgespannt?»

«Quatsch. Der doch nicht. Aber meinen Puch Maxi S hat er ohne mein Wissen vermietet.»

«Deinen was?»

«Mein Moped. Einmal war ich sicher, dass es mir geklaut worden ist. Ich war total sauer. Dann fuhr plötzlich ein Mitschüler frischfröhlich im Horburgpark mit meinem Puch vor. Da sind mir die Sicherungen durchgebrannt. Ich habe den so etwas von vermöbelt. Im Nachhinein stellte sich heraus, dass Philipp mein Moped für zwei Franken ausgeliehen hatte.»

«Wer tut denn so etwas? Das ist echt ein Skandal und der Beginn einer grossen Verbrecherkarriere!»

«Hm! ... Du kannst mich hier rauslassen. Heute gehe ich früh schlafen. Ich wünsche dir einen schönen Abend. Bis morgen.»

«Gute Nacht, kann ich dazu nur sagen.»

Puma sass auf der Treppe zum Hauseingang. Ferrari setzte sich daneben und streichelte sie. Sofort begann sie zu schnurren. Schön das Haus bewachen, kleine Maus. Nur niemanden hineinlassen. Ich will heute Abend meine Ruhe haben. Mit Monika zusammen sein, vielleicht etwas fernsehen und die Seele baumeln lassen. Was ist denn das? Vom Wintergarten drangen laute Stimmen herüber. Besuch? Kurz überlegen. Heute ist Mittwoch. Ach, du lieber Herrgott! Der unsägliche Jassabend mit meiner Mutter, meiner Schwiegermutter Hilde, Fabienne und Monika. Das darf doch nicht wahr sein! Ausgerechnet heute. Puma forderte ihn auf, sie weiter zu streicheln. Deshalb sitzt du hier draussen. Das verstehe ich gut, ich würde es auch nicht im Wintergarten aushalten. Die Stimmen wurden lauter. Oje, das lässt nichts Gutes erahnen. Leise öffnete sich die Haustür hinter Ferrari.

«Ciao, Paps», begrüsste ihn Nikki. «Geh besser noch ein Bier trinken. Hier ist dicke Luft.»

«Ist meine Mutter am Verlieren?»

«Genau und Hilde ist schuld daran. Ich haue ab. Bei dem Lärm kann ich mich nicht auf Kafka konzentrieren.»

So ändern sich die Zeiten. Aus dem bockigen, nörgelnden Teenager ist eine zielstrebige, selbstbewusste junge Frau geworden, die an der Uni Basel mit Begeisterung und Leidenschaft Germanistik und Geschichte studiert. Mein ganzer Stolz.

«Viel Spass! Und sag ja nicht, ich hätte dich nicht gewarnt.»

Sie küsste den Kommissär auf die Wange und weg war sie. Vorsichtig schlich Ferrari den Gang entlang, Puma folgte ihm auf leisen Pfoten.

«Nikki? Bist du noch da?»

Saudumm! Sie hat mich gehört.

«Nein, ich bin es, Liebling!»

«Hallo, Francesco. Setzt du dich etwas zu uns?»

Anscheinend legten sie eine kleine Pause ein. Monika wirkte gestresst. Den Ton kenne ich zur Genüge. Auch Puma wusste, dass Vorsicht geboten war. Sie brachte sich hinter dem Kommissär in Sicherheit.

«Ich bin ziemlich müde. Ich möchte lieber oben im Arbeitszimmer ein wenig fernsehen, die Tagesschau kommt bald.»

«Das könnte dir so passen. Nix da. Du kommst mit und hilfst mir, die Gemüter zu beruhigen.»

«Es hat dich niemand gezwungen, diese Jassrunde ins Leben zu rufen. Jedes Mal gibts Stunk. Nur weil die drei Alten nicht verlieren können. Diese Suppe kannst du selbst auslöffeln.»

«Gut, ganz wie du meinst, Ferrari.»

Puma und der Kommissär blieben wie angewurzelt auf dem Treppenabsatz stehen. Das klingt nicht gut. Gar nicht gut. Langsam, sehr langsam drehte sich der Kommissär um. Jeder, der «Zoomania» gesehen hatte, dachte unweigerlich an Flash, das Faultier. Na schön, dann beisse ich eben in den sauren Apfel. Monika sass bereits wieder am Tisch und mischte die Karten, als sich Ferrari mit einem Weinglas neben seine Partnerin setzte.

«Schaufel ist Trumpf», verkündete Martha, die Mutter des Kommissärs, und spielte aus. Wie es sich gehört, zuerst einmal die Trümpfe herauslocken. Ferrari nickte zustimmend. Hilde, ihre Partnerin, gab brav die Acht an, stach im zweiten Stich mit dem Nell und spielte danach Herz aus. Damit war die Sache gelaufen. Monika und Fabienne punkteten, ohne dass Martha das Spiel an sich zurückreissen konnte, zumal sie die verbliebenen Trumpfkarten bis zum Schluss aufsparte.

«Weshalb wirfst du nicht dein blödes Nell im ersten Stich weg?», ärgerte sich Martha. «Dann hätte ich den letzten Trumpf bei Monika noch holen können.»

«Weil ich dachte, dass du vielleicht nur zwei Trümpfe hast», konterte Hilde.

«Mit zwei Karten mache ich sicher nicht Trumpf. Da schiebt jeder normale Mensch. Ich hatte vier, bin aber durch deinen Mist nicht mehr ins Spiel gekommen … siebenundfünfzig, zweiundneunzig … hundertzwei. Immerhin, du kannst dich bei mir bedanken.»

«Jetzt hör aber auf, Martha. Du machst wohl nie einen Fehler.»

«Achtundachtzig!», brummte Ferrari.

«Was heisst achtundachtzig?», wunderte sich Monika.

«Martha und Hilde haben nur achtundachtzig Punkte. Du hast dich verzählt, Mutter.»

«Was soll das, Francesco? Kontrollierst du mich? Es sind hundertzwei.»

Martha versuchte, die restlichen Karten zusammenzugrapschen, Ferrari war schneller.

«Du hast dich verzählt. Weiter nicht schlimm. Zähl bitte einfach nochmals nach.»

«Das ist doch … Monika, sag ihm, dass er sich im Ton vergreift.»

«Du hörst, was deine Mutter sagt, mein Schatz.»

«Ich bleibe dabei. Du hast das Nell zwei Mal gezählt. Es sind nur achtundachtzig.»

Zum Beweis addierte der Kommissär laut die restlichen Karten zusammen, da Martha sich krampfhaft an ihren festhielt.

«Neunundsechzig. Bitte sehr! Neunundsechzig und achtundachtzig ergeben hundertsiebenundfünfzig.»

«Das ist doch ….» Martha warf ihrem Sohn die Jasskarten an den Kopf. «Da … jetzt hast du es. Sicher glaubst du, dass ich absichtlich betrüge. So spiele ich nicht mehr weiter. Entweder geht dein Mann oder ich höre auf. Deine Entscheidung, Monika.»

«Da kann ich mich nur anschliessen», ergriff Hilde Partei. «Martha hat noch nie in ihrem Leben betrogen. Deine Vorwürfe sind vollkommen aus der Luft gegriffen, Francesco. Entweder du entschuldigst dich auf der Stelle oder wir gehen.»

Puma schaute den Kommissär strafend an. Was

denn?! Es ist doch nur die Wahrheit. Sie hat sich verzählt, das kanns doch geben. Kein Grund, solch einen Aufstand zu machen. Zehn Minuten später löste sich das fröhliche Jassgrüppchen auf. Hilde und Martha konnten nicht beruhigt werden und Ferrari weigerte sich, von seinem Standpunkt abzuweichen. Schliesslich lagen die Karten schwarz auf weiss auf dem Tisch. Zumindest diejenigen, die nicht im ganzen Wintergarten auf dem Boden verstreut lagen.

«Bravo, kann ich da nur sagen! Du hast uns den Abend gründlich versaut», wetterte Monika, als sie allein waren.

«Jetzt bin ich wieder an allem schuld. Eigentlich wollte ich nur mit Puma im Arbeitszimmer fernsehen und vielleicht Zeitung lesen. Mehr nicht. Erinnerst du dich? Wer zwang mich, in den Wintergarten zu sitzen?»

«Ich konnte ja nicht wissen, dass du dich voll danebenbenimmst.»

«Das habe ich auch nicht. Nur darauf aufmerksam gemacht, dass meiner Mutter ein Fehler unterlaufen ist … Das heisst … Wenn ich mirs genau überlege, sie schummelt!»

«Francesco!»

«Das war früher schon so. Mutter durfte zu Hause keine Resultate mehr aufschreiben. Vater wusste ganz genau, dass sie immer ein paar Punkte mehr notierte. Ein Strich unten und schon sind es zwanzig Punkte mehr, ein Strich oben und schon ist es ein Hunderter mehr. Und bei zwanzig oder mehr Spielen kommt einiges zusammen.»

«Das ist mir noch nie aufgefallen. Vielleicht gewinnen Hilde und Martha deshalb immer.»

«Nicht nur vielleicht. Unsere Mütter schummeln.»

«Meinst du, Hilde weiss, dass Martha betrügt?»

«Oh ja. Meine Mutter hätte sich nur fürs falsche Addieren entschuldigen müssen. Aber nein, beide starteten voll durch. Ein untrügliches Zeichen dafür, dass sie unter einer Decke stecken. Angriff als beste Verteidigungsstrategie.»

«Die beiden raffinierten Schlitzohren!», lachte Monika. «Das hätte ich ihnen nicht zugetraut.»

«Jetzt sind wir sie wenigstens los.»

«Das glaube ich weniger. Sie werden in der nächsten Woche schön brav wieder aufkreuzen, so tun, als wäre nichts geschehen, und vorerst nicht schummeln. Vermutlich hält ihr Vorsatz ein oder zwei Wochen. Noch ein Glas Wein?»

«Gerne. Danach ist aber Schluss für heute. Ich bin hundemüde und mir tun alle Glieder weh. Ich hoffe, du bist mir nicht böse.»

«Überhaupt nicht. Das verstehe ich vollkommen. Die letzten Tage waren etwas viel. Schade, ich habe mich auf die Zweisamkeit gefreut. Nikki übernachtet nämlich bei einer Kommilitonin.»

Schlagartig wusste Ferrari nicht mehr, was das Wort Müdigkeit bedeutet.

4. Kapitel

Dieser verdammte, störrische Kaffeeautomat! Entnervt warf der Kommissär den zweiten Chip hinein. Den ersten hatte das Ungetüm einfach geschluckt, dann einen Becher ausgeworfen und einige Tropfen Kaffee hineingespritzt. Mehr nicht. Noch einmal und ich zerlege dich in deine Einzelteile. Doch dieses Mal schien alles bestens zu funktionieren. Der Becher wurde in Stellung gebracht, der Kaffee floss gemächlich hinein. Na also, geht doch. Was ist denn das?! Wieso hört das Teil nicht auf? Ferrari zog vorsichtig den übervollen Becher weg und stellte rasch den ersten, praktisch leeren darunter. Auch gut, so verliere ich immerhin keinen Chip. Was ist denn das? Der Automat wird doch nicht noch mehr Kaffee ... Scheisse! Wo zum Teufel ist ein Wischlappen? In Windeseile rannte der Kommissär zur Toilette und zurück und stiess auf dem Rückweg mit Staatsanwalt Borer zusammen.

«Tschuldigung! Aber ich muss zum Kaffeeautomaten», nuschelte er verlegen.

«Lieb von dir, dass du mir auch einen Kaffee herausgelassen hast.» Nadine hielt den Becher in beiden Händen. «Deiner steht dort auf dem Tisch. Was willst du mit dem Lappen?»

«Der Automat … Der Kaffee lief heraus …»

«Was eigentlich auch seine Aufgabe ist. Oder wäre es dir lieber, wenn er ein Lied singt und mit dir einen Tango tanzt?»

«Ha, ha! Wie witzig. Der erste Kaffee kam gar nicht heraus und jetzt sprudelt er gleich zwei Mal. Dieses Gerät hasst mich, das war schon immer so.»

«Unser Kaffeeautomat ist sehr sensibel. Schlechte Vibes spürt er sofort. Du musst ihn gut behandeln, zwischendurch etwas verwöhnen, mit ihm reden, wie der Herr Staatsanwalt mit seinen Pflänzchen, dann kann nichts schiefgehen.»

Ferrari warf den Lappen auf den Boden und ging, etwas Unverständliches murrend, in sein Büro.

«Schlecht gelaunt, der Kollege», wandte sich Borer an Nadine.

«Es ist wegen des Automaten. Francesco und er liegen nicht auf der gleichen Wellenlänge. Wenn Sie verstehen, was ich meine.»

«Kein Grund, mich anzurempeln. Ich könnte ja verstehen, dass er zur Toilette rennt. Aber niemand schiesst wie eine Rakete raus. Apropos Pflanzen, wussten Sie, dass amerikanische Forscher sogenannte Touch-Gene entdeckt haben? Man pflanzte je einen Bohnenspross in einen Blumentopf. Der eine wurde gestreichelt, massiert, liebkost, der andere nicht. Das Ergebnis zeigte … Wohin gehen Sie, Frau Kupfer?»

Wortlos nahm Nadine ihren Kaffee und verschwand in Ferraris Büro.

Der Kommissär überflog eine Mail von Noldi, dem IT-Spezialisten und Ex von Nadine. In blumigen Worten teilte er mit, dass der PC von Dani Martin keine Überraschungen offenbarte, nur den üblichen Bürokram, und liess Nadine ganz herzlich grüssen. Du gibst wohl nie auf, schmunzelte Ferrari. Dann wandte er sich der Tagespresse zu. Wie zu erwarten, gingen die Spekulationen los. Die meisten Journalisten zogen einen möglichen Zusammenhang zwischen dem Gebäudeeinsturz und dem Mord an dem Baukontrolleur in Erwägung. Irgendwie lag das auch auf der Hand.

«Hör dir das an, Nadine. ‹Ist Stararchitekt Liechti in den Mordfall verwickelt?› oder ‹Steckt der Basler Daig dahinter?›. Ziemlich klare Worte, aber immer schön mit einem Fragezeichen versehen. Damit niemand gerichtlich gegen sie vorgehen kann. Oh … schau hier … Das wird Olivia gar nicht gefallen.»

Der Journalist stellte die ketzerische Frage, ob die ultrareichen Vischer-Schwestern womöglich beim Bau sparen wollten. Der Bericht ging im Lokalteil weiter, Ferrari blätterte nach hinten. Seine Miene verdüsterte sich.

«Was ist?», fragte Nadine besorgt.

«Schau dir das Bild an.»

Das Foto zeigte den Kommissär mit Agnes und Sabrina Vischer auf der Terrasse im Les Trois Rois, vermutlich mit einem Weitwinkelobjekt aufgenommen.

«Eine gute Aufnahme!»

«Ja, toll. Lies die Legende von diesem Schmierfink!»

«‹Agnes und Sabrina Vischer beim Diner im Restaurant Les Trois Rois mit Kommissär Ferrari, der die Ermittlungen im Mordfall Martin leitet.› Fehlt nur noch die Bemerkung: ‹beim Nachtisch mit drei Flaschen Dom Pérignon für rund einen Tausender›. Na warte, den kaufe ich mir.»

«Wen kaufen Sie sich?», erkundigte sich Staatsanwalt Borer, der unbemerkt eingetreten war.

«Diesen Journalistenheini. Ich verklage den Kerl.»

«Das lassen Sie gefälligst bleiben sowie jede andere Rachetat. Sie sind dazu imstande und stürmen die Redaktion.»

«Eine blendende Idee.»

«Nichts da. Wie konnten Sie auch nur? Ich darf doch etwas mehr Diskretion erwarten.»

«Was meinen Sie?»

«Sich so in der Öffentlichkeit zu zeigen. Man denkt unweigerlich an eine Orgie. Das schadet unserem Image enorm, Ferrari.»

«Eine Orgie?», schrie der Kommissär. «Das war ein ganz normales Nachtessen mit Freunden. Nicht mehr und nicht weniger.»

«Im Drei Könige. Ja, klar. Absolut dem Budget eines Basler Kommissärs angepasst. Und dann steht da noch eine Flasche Dom Pérignon auf dem Tisch.»

«Es waren insgesamt drei», stellte Nadine trocken fest.

«Drei? Das kostet ja ein Vermögen.»

«Agnes und Sabrina sind nicht arm. Was wollen Sie eigentlich? Sich mit mir über Dom Pérignon unterhalten, Herr Staatsanwalt?»

«Nur nicht so gehässig, Ferrari. Der Erste Staatsanwalt kam mit der ‹Basler Zeitung› unter dem Arm zu mir … Nun, es stellt sich jetzt natürlich schon die Frage der Befangenheit.»

«Umso besser. Hier», Ferrari warf ihm die Akten vor die Füsse, «das sind die bisherigen Ermittlungsunterlagen. Setzen Sie ein anderes Team darauf an. Wir sind in der Tat befangen und ich will mit dem ganzen Mist nichts mehr zu tun haben. Ich hoffe …»

Weiter kam der Kommissär nicht, denn Borers Handy läutete.

«Staatsanwalt Borer … Ja … Verstehe … Nur einen Augenblick, ich rufe Sie sofort an … Laufen Sie mir nicht weg, Herrschaften», wandte er sich an Ferrari und Nadine. «Das letzte Wort ist noch nicht gesprochen. Ich muss einen wichtigen Anruf tätigen, bin gleich zurück.»

Nadine hob die Akte vom Boden auf.

«Ich bin entschieden dagegen, den Fall abzugeben.»

«Was wir auch immer herauskriegen, es wird heissen, der Ferrari mauschelt. Du bist übrigens auch auf dem Foto.» Ferrari kramte in seiner Schublade nach einer Lupe. «Was sucht denn Yvos Hand auf deinem Oberschenkel?»

Nadine riss ihm die Zeitung weg und warf sie in den Papierkorb.

«Das geht dich überhaupt nichts an. Wenn du mich suchst …»

«Sie gehen nirgendwo hin, weder Sie noch Sie. Das Einzige, was Sie beide tun werden, Herrschaften, ist an diesem Fall weiter zu ermitteln, und zwar mit Hochdruck.»

«Woher die Sinneswandlung, Herr Staatsanwalt?»

«Ich hatte soeben ein Gespräch mit einer wichtigen Persönlichkeit unserer Stadt. Der Name tut nichts zur Sache. Er bat mich, den Fall in Ihren bewährten Händen zu belassen. Diesem Wunsch kann ich mich nicht verschliessen.»

«Interessant. Und das, obwohl der Erste Staatsanwalt anderer Meinung ist?»

«Nur nicht so hämisch, Frau Kupfer. Inzwischen ist er ebenfalls der Meinung, dass wir uns nicht durch solche … wo ist die Zeitung? … Ah hier … durch solche Fotografien provozieren lassen sollten. Ich wünsche einen schönen Tag und gutes Gelingen», sagte es und weg war er.

«Bist du bei Rolf Lustig gewesen?»

«Ein sympathischer Mann.»

«Der wäre in deinem Alter.»

«Fängst du schon wieder damit an?»

«Lassen wir das. Und?»

«Die Unterlagen sind belanglos, ganz normales Tagesgeschäft. Es gibt keinerlei Hinweise auf Ungereimtheiten. Rolf ist enttäuscht.»

«Rolf?»

«Er lud mich zum Drink ein. Geht ganz schön ran, der Kleine.»

«Hast du zugesagt?»

«Ich überlegs mir. Mach dir keine falschen Hoffnungen. Er ist ein Bubi im Vergleich zu Yvo. Wo waren wir stehen geblieben? … Ah, ja, er legt die Sache zur Seite, bis die Untersuchungen abgeschlossen sind.»

«Übrigens, auf dem PC von Martin ist nichts drauf, was uns weiterbringt. Aber ich soll dir einen lieben Gruss von Noldi ausrichten.»

«Der kann mich mal.»

«Das zu dem Thema. Gehen wir?»

«Wohin?»

«Wir besuchen Christian Vischer auf dem Bau. Thorsten Harr ist auch dort.»

«Gut. Dann nehmen wir mein Auto. Und wenn du ein Sterbenswörtchen über das Bild in der Zeitung verlierst, dann …»

«Du meinst über die schnellen Finger von Yvo … Aua … Spinnst du?!»

Der Handkantenschlag in die Nierengegend verfehlte seine Wirkung nicht. Der Kommissär hütete sich während der ganzen Fahrt davor, das heikle Thema anzuschneiden. Tja, wer nicht hören will, muss eben fühlen. Tolles Sprichwort.

Der eingestürzte Neubau erinnerte an ein Erdbeben oder an einen Bombeneinschlag. Wahnsinn. Da die Untersuchungen noch voll im Gang waren, wimmelte es von Leuten in weissen Overalls. Christian Vischer und Thomas Harr sassen im Baucontainer beim Kaffee.

«Das sieht schlimm aus», begann der Kommissär das Gespräch.

«In der Tat. Kaffee?»

Vischer rückte etwas zur Seite.

«Gerne. Gibt es bereits neue Erkenntnisse?»

«Bisher noch nicht, Nadine. Aber bei dem gewaltigen Trümmerhaufen dauert es eine Weile.»

«Die Stahlträger, die in der Luft baumeln, erinnern irgendwie an einen Menschen, bei dem die Eingeweide heraushängen.»

«Ein toller Vergleich, Herr Kommissär. Ich nehme an, das läuft unter Déformation professionelle.»

«Haben Sie eine Vermutung, was zum Einsturz führte, Herr Vischer?»

«Möglicherweise waren die Armierungen nicht stark genug, um die Betonmassen zu halten. Dann folgte eine Kettenreaktion, die Geschosse brachen ein.»

Ferrari sah zu Harr.

«Durchaus möglich. Doch vorerst ist das nur eine Hypothese.»

«Und wenn es so ist?»

«Dann hat Marco falsch berechnet oder die Hochstrasser AG gepfuscht. Aber wie gesagt, das sind reine Spekulationen», betonte Harr erneut.

«Verstehe. Was denken Sie über den Tod von Dani Martin?»

«Dani wurde umgebracht, weil er zu viel wusste.»

«Sie scheinen ziemlich sicher zu sein, Herr Vischer.»

«Das bin ich. Und auch überzeugt davon, dass die Hochstrasser AG schuld am Einsturz ist. Ich würde jeden Betrag darauf wetten, Frau Kupfer.»

«Wie kommen Sie darauf?»

«Dani und ich tranken am Montag nach der Quartierversammlung noch ein Bier zusammen.»

«Das wusste ich gar nicht», wunderte sich Harr.

«Du bist so schnell verschwunden, dass wir dich gar nicht mehr einladen konnten.»

«Ich habe Yvo nach Hause gefahren und mit ihm noch eine Flasche Wein getrunken.»

«Wir waren in einem dieser Spunten in der Elsässerstrasse. Normalerweise spielte immer ich der Alleinunterhalter, doch dieses Mal nicht. Er wolle Ende Woche reinen Tisch machen, erzählte er mir. Um was es gehe, könne er mir nicht sagen, aber es werde eine Bombe platzen. Das Ganze war seltsam. Entweder ist er betrunken oder er will sich wichtig machen, dachte ich zuerst. Aber das war eigentlich nicht sein Stil. Nach dem dritten Bier wurde es persönlich. Er sei zum ersten Mal richtig verliebt, sie sei seine absolute Traumfrau. Danis Augen strahlten richtiggehend. Wer sie ist, erfuhr ich nicht. Ich brachte ihn dann nach Hause und half ihm die Treppe hoch.»

«Und Sie glaubten ihm das mit der Bombe?»

«Ich war zunächst unsicher. Je mehr ich über unser

Gespräch nachdachte, umso überzeugter war ich, dass er nicht blufftte. Entweder meinte er unseren Neubau hier oder auf einer seiner anderen Baustellen ist etwas faul. Ich tippe auf diesen Neubau beziehungsweise Trümmerhaufen hier. Bestimmt hat die Hochstrasser AG gepfuscht, aber ich wiederhole mich.»

«Thorsten, kennst du alle Projekte von Dani?»

«Sicher. Er betreute den Neubau hinter der Messe, den Umbau in der Gewerbeschule und das neue Campusgebäude von Novartis.»

«Gab es oder gibt es irgendwelche Probleme?»

«Nur die normalen. Es bewegt sich alles im grünen Bereich. Wenn wirklich etwas faul ist, dann kann es nur bei diesem Bau hier sein. Wie der Trümmerhaufen ganz offensichtlich belegt.»

Ferrari nickte. Dani Martin hatte einen Verdacht und war vermutlich jemandem auf den Schlips getreten. Und diese Person fürchtete sich vor den Konsequenzen, die eine Enthüllung mit sich gebracht hätte. So sehr, dass er oder sie zum letztmöglichen Mittel griff.

«Nur der Vollständigkeit halber, Herr Vischer. Wo waren Sie am Dienstagabend zwischen neun und zehn?»

«Im Casino, Frau Kupfer.»

«Im Stadtcasino?»

«Nein, das ist nicht meine Welt. Ich war im Grand Casino. Zeugen gibt es jede Menge. Ob sich jemand an mich erinnert, kann ich nicht sagen.»

«Und du, Thorsten?»

«Gehöre ich zu euren Verdächtigen?»

«Am Anfang der Ermittlungen ziehen wir alles und jeden in Betracht.»

«Verstehe. Ich war zu Hause. Meine Frau und vor allem meine Zwillinge werden es bestätigen. Die fordern den Papi ganz schön», lachte der Baukontrolleur.

«Klipp und klar, wie seine Tante. Ein typischer Vischer.»

«Allerdings. Endlich haben wir eine Spur. Dani Martin muss etwas entdeckt haben, etwas Illegales, vermutlich im Zusammenhang mit einem Bauwerk. Ein Beziehungsdelikt können wir somit ausschliessen, Francesco.»

«Das denke ich auch. Er stolperte über ein Vergehen und wollte damit an die Öffentlichkeit.»

«Wieso erst Ende Woche?»

«Vielleicht war er sich nicht ganz sicher und wollte noch weiter recherchieren.»

«Möglich. Statten wir deinem Freund Philipp Hochstrasser einen Höflichkeitsbesuch ab?»

«Später. Philipp packen wir, wenn wir mehr wissen. Lass uns zuerst zur Baudirektion fahren und dann nochmals zu Danis Wohnung. Vielleicht haben wir etwas übersehen. Wo sind die Schlüssel zur Wohnung?»

«Im Büro.»

«Dann holen wir die zuerst.»

Staatsanwalt Jakob Borer tigerte vor Ferraris Büro auf und ab.

«Ah, da sind Sie ja endlich! Schauen Sie denn nie auf Ihr verfluchtes Handy?»

«Wieso?», fragten der Kommissär und Nadine im Chor.

«Von Ihnen erwarte ich nichts anderes, Ferrari. Aber Sie, Frau Kupfer, Sie sind doch jung und mit der heutigen Technik vertraut. Von Ihnen darf ich wohl verlangen, dass Sie immer erreichbar sind.»

Nadine kramte ihr Handy aus der Handtasche hervor.

«Mist! Der Akku ist leer. Ich lade es sofort auf. Was gibts denn so Wichtiges?»

«Herr Vischer wartet seit einer halben Stunde in meinem Büro. Albert Vischer persönlich! Ich weiss bald nicht mehr, über was ich mit ihm reden soll.» Borer wischte sich mit einem Taschentuch den Schweiss von der Stirn. «Nun machen Sie schon. Wir können den Mann nicht länger warten lassen. Ich führe ihn in Ihr Büro, Ferrari.»

«Guten Tag, Herr Kommissär. Wir haben uns lange nicht gesehen.»

«Es sind zwei Jahre her. Immerhin nicht mehr sieben oder acht wie beim letzten Mal. Entschuldigen Sie, dass wir Sie warten liessen. Bitte, nehmen Sie Platz, Herr Vischer.»

«Ich bin unangemeldet gekommen. Auf die Gefahr

hin, dass Sie keine Zeit haben. Herr Borer unterhielt mich vorzüglich. Vielen Dank, Herr Staatsanwalt.»

Bei diesen Worten sah man förmlich, wie Borer grösser und grösser wurde.

«Keine Ursache», nuschelte er verlegen. «Falls Sie mich brauchen, hier ist meine Karte, Herr Vischer. Es war mir eine grosse Ehre … Aber nun will ich Sie nicht länger stören.»

Der Staatsanwalt deutete eine Verbeugung an und verliess rückwärts das Zimmer. Nadine konnte gerade noch rechtzeitig ausweichen. Typisch Borer. Sobald ein vermeintlich hohes Tier erscheint, steht er Kopf.

«Ah, Sie sind auch da, liebe Frau Kupfer. Das freut mich sehr. Ich muss schon sagen, Sie sind seit unserer letzten Begegnung noch schöner geworden», begrüsste Albert Vischer sie.

Nun sieh mal an! Die Kollegin errötet. Nein, sie leuchtet wie eine Verkehrsampel bei Nacht. Dass ich das erleben darf! Lustig.

«Danke für das Kompliment. Möchten Sie sich lieber mit dem Kommissär allein unterhalten, Herr Vischer?»

«Ganz im Gegenteil, Frau Kupfer.»

Ferrari sah den alten Patriarchen schmunzelnd an. Ein Glück, habe ich ihn vor Jahren bei meinem ersten grossen Fall nicht verhaftet. Sozusagen in letzter Sekunde wurde mir klar, dass ich auf dem Holzweg war. Es ging damals um wenige Stunden. Die Verhaftung von Vischer hätte mir das Genick gebrochen, die glückliche Aufklärung des Mordes puschte mich hingegen nach oben. Ein Beweis mehr, wie nahe Glück und Unglück beieinanderliegen.

«Kommen wir gleich zur Sache. Ist mein Enkel Christian in den Mord verwickelt?»

«Unserer Meinung nach nicht. Eine Gegenfrage, wie kommen Sie darauf?»

«Weil ich es ihm zutrauen würde!»

Vischers stahlblaue Augen fixierten den Kommissär, der nervös mit seinem Kugelschreiber zu spielen begann.

«Dafür muss es aber einen Grund geben», nahm Ferrari den Faden auf.

«Den gibt es, Herr … Können wir dieses formelle Siezen nicht einfach weglassen? Ich heisse Albert.»

«Sehr gern. Das ist uns eine Ehre.»

Da wird der Herr Staatsanwalt aber Augen machen. Ferrari freute sich insgeheim wie ein kleines Kind.

«Ich will euch nicht lange aufhalten. Meine Tochter Sabrina war in diesen unsäglichen Erbschleicher total verliebt, wie Olivia in Frank Brehm und Agnes in ihren drittklassigen Sänger, der sich für einen Weltstar hielt. Schaut mich nicht so an. Es ist nicht meine Schuld, dass die Beziehungen meiner Töchter schiefgelaufen sind. Ich hatte verschiedene potenzielle Schwiegersöhne im Auge, der eine vielversprechender als der andere, doch das Leben kommt immer anders. Sabrina war die Schlimmste von den dreien, sie wollte mit dem Loser durchbrennen. Hochschwanger! Mir blieb nichts anderes übrig, ich musste den Riegel schieben. Ich liess meine Tochter und ihren Filou wissen, dass sie zwar die Schweiz verlassen können, aber ohne mein Geld. Erst wenn sie etwas eigenhändig aufgebaut hätten, würde Sabrina einen Vorbezug auf ihr Erbe erhalten. Tja, das änderte alles.»

«Der Typ liess Sabrina sitzen?»

«Was nicht anders zu erwarten war, Nadine. Meine Tochter trägt mir das noch heute nach, wir reden nur das Nötigste miteinander. Christian wuchs ohne Vater auf, was Sabrina mit ihrer ganzen Liebe und mit viel Geld mehr als kompensierte. Letzteres wurde zum Fluch. Mein Enkel wuchs zu einem verzogenen Mustersöhnchen heran, der sich ohne Eigenleistung alles leisten konnte. Olivia sprach dann zum Glück ein Machtwort und setzte dem Ganzen ein Ende.»

«Mit deiner Unterstützung.»

«Wir unterstützen uns gegenseitig. Sabrina merkte selbst, dass Christian auf dem falschen Weg war. Partys, Drogen, Mädchen. Wir strichen ihm das Geld und das zeigte Wirkung. In einer Privatschule holte er die Matura nach, dumm ist er nicht, und begann tatsächlich Architektur zu studieren. Doch mein Enkel hat einfach keinen Biss, kein Durchhaltevermögen. Er musste sich auch nie beweisen. Der Weg des geringsten Widerstands schien für ihn stets der beste zu sein. Das Studium schmiss er nach nur zwei

Semestern und so brachte ihn Olivia als Bauführer unter. Anscheinend macht er den Job leidlich gut.»

«Sogar sehr gut, wie Yvo Liechti sagt.»

«Herr Liechti ist ein hervorragender Architekt. Wir sind ihm zu Dank verpflichtet. Deshalb ist es selbstverständlich, dass er alle unsere Bauten weltweit betreut.»

«Und du traust Christian wirklich einen Mord zu?»

«Mein Enkel war und ist ein Betrüger, führt einen mondänen Lebensstil und ist zudem spielsüchtig.»

«Das heisst, er gibt sein Geld im Grand Casino aus?»

«Nicht nur dort, Nadine. Und wenn man zwei und zwei zusammenzählt, kommt man bald darauf, dass es nicht vier ergibt, sondern zehn. Ich will damit sagen, er schlägt über die Stränge und gibt ein Mehrfaches von dem aus, was er bei Liechti verdient. Woher also stammt das Geld? Ganz einfach, er lässt sich von den Baufirmen schmieren und schliesst dafür die Augen. Deshalb meine Frage: Ist ihm Daniel Martin auf die Schliche gekommen? Hat er ihn ermordet?»

«Das wissen wir nicht. Noch nicht.»

«Sollte mein Enkel in den Mord verwickelt sein, bitte ich euch, mich unverzüglich zu informieren. Kann ich mich darauf verlassen?»

Ferrari sah dem alten Unternehmer tief in die Augen.

«Wir informieren dich, bevor wir ihn verhaften. Das verspreche ich dir.»

«Danke. Mehr kann ich nicht verlangen.»

Borer streckte den Kopf zur Tür hinein.

«Entschuldigung. Ich wusste nicht, dass Sie noch da sind.»

«Kommen Sie herein, Herr Borer. Ich bin gerade am Gehen.»

Er schüttelte dem Kommissär freundschaftlich die Hand und küsste Nadine auf beide Wangen.

«Ich stehe tief in eurer Schuld. Wenn ich etwas für euch tun kann, dann lasst es mich wissen. Das sind keine Lippenbekenntnisse, ich meine es ernst. Ruft mich einfach an, jederzeit … Guten Tag, Herr Staatsanwalt.»

Borer setzte sich kopfschüttelnd auf Ferraris Besucherstuhl.

«Sie sind mit Herrn Vischer per Du? Und Sie auch, Frau Kupfer?»

«Wie das so ist mit einem guten Freund.»

«Nur nicht so zynisch, Frau Kupfer … Wie machen Sie das eigentlich, Ferrari?»

«Was meinen Sie?»

«Wie schaffen Sie es nur, sich bei diesen wichtigen Personen einzuschleichen?»

«Einzuschleichen?»

«Nun stellen Sie sich nicht so an. Sie haben den ganzen Vischer-Clan im Sack und auch Ines Weller hängt Ihnen an den Lippen. Bestimmt gibt es noch mehr, von denen ich nichts weiss. Wie haben Sie sich nur da überall eingeschleimt?»

«Eingeschleimt?»

«Ganz genau. Das ist das richtige Wort. Eingeschleimt! Ich versuche seit Jahren, Fuss im Basler Daig zu fassen, ohne Erfolg. Im Gegenteil, ich renne mir den Kopf dabei ein. Und Sie?! Sie verkehren wie selbstverständlich in diesen Kreisen. Hier …», Borer zeigte auf die zerknitterte Zeitung, «das ist der schlagende Beweis. Kommissär Francesco Ferrari mit Agnes, Sabrina und Olivia Vischer im Les Trois Rois. Ich würde sonst was dafür geben, wenn ich auf diesem Foto wäre.»

«Das sind die versteckten Talente meines Partners», lachte Nadine.

«Machen Sie sich nur lustig über mich, Frau Kupfer. Heute ist wieder so ein Tag. Ich rede mir den Mund fusselig. Albert Vischer war höflich, aber reserviert. Wenn ich mich nicht irre, waren Sie zu Beginn des Gespräches noch per Sie und jetzt duzen Sie sich. Und was ist mit mir?»

«Sie können ja das nächste Mal sagen: ‹Hallo, ich bin der Jakob.›»

«Das würde ich nie wagen. Mit wem sind Sie eigentlich noch alles per Du, Ferrari?»

«Ja, Francesco. Zähl einmal auf, wen du so alles kennst.»

Der Kommissär klopfte mit seinem Kugelschreiber auf den Tisch.

«Mit … was soll der Mist! Spinnt ihr jetzt total?»

«Sehen Sie, Frau Kupfer? Er hält sich bedeckt. Ja nichts sagen, immer schön diskret, nur nicht die Beziehungen für andere spielen lassen.»

«Sie meinen, für Sie spielen lassen.»

«Darum geht es doch gar nicht.»

«Sondern?»

«Der Erste Staatsanwalt wollte Sie und Ihren … ja, sprechen wirs doch aus, Ihren Schatten aus dem Verkehr ziehen. Ich war damit einverstanden. So weit, so gut, bis dieser Anruf kam.»

«Von wem?»

«Von … das tut nichts zur Sache, Frau Kupfer. Diese Persönlichkeit bat dringend darum, dass wir Sie weiterhin mit der Ermittlung beauftragen sollen. Es ist wie verhext. Wenn man einmal zum Daig gehört, wird man hundertprozentig protegiert.»

«Es war lediglich eine Bitte.»

«Sie wissen genauso gut wie ich, wie die Mechanismen hier in Basel funktionieren. Diese Bitte war ein klarer Befehl. Der Erste Staatsanwalt ist eingeknickt.»

«Und Jaköbeli auch.»

«Sie … Sie … Irgendwann, Frau Kupfer, stopfe ich Ihnen Ihr vorlautes Mundwerk.»

«Aber jetzt noch nicht, sonst sage ich es Albert. Ihm würde das gar nicht gefallen.»

Die Tür fiel beinahe aus den Angeln, als sie Borer hinter sich zuschlug. Ohne Worte.

Nach diesem Gespräch mit Albert Vischer war dessen Enkel mit einem Schlag zum Verdächtigen geworden. Das Grand Casino kontrollierte zwar die Besucher beim Eingang, aber nur daraufhin, ob sie auf einer schwarzen Liste standen. Beim Aufsichtspersonal und den Croupiers war CV, wie sie ihn nannten, ein guter Bekannter, der schon ab und zu einige Tausender an einem Abend verlor. Hin und wieder gewann er auch. Eine Person konnte sich daran erinnern, dass er am Dienstagabend im Casino war, doch wann Christian Vischer kam und um welche Zeit er das Casino verliess, konnte niemand mit Bestimmtheit sagen.

«Immerhin ein Verdächtiger, der hervorragend zu unserer bisherigen Spur passt. Vielleicht wurde bei Yvos Neubau tatsächlich zu wenig Material verwendet. Ein Teil des eingesparten Geldes floss in Christians Tasche. Dani bekam Wind davon und stellte ihn zur Rede. Den Rest kennen wir.»

«Na, bravo. Christian Vischer gehört zu jenen Verdächtigen, die wir nicht brauchen können.»

«Tja, dann müssen wir uns halt einen anderen suchen, Francesco. Einen, der uns besser ins Konzept passt. Nichts einfacher als das.»

«Hm. Wahrscheinlich passt keiner, weil wir mit allen irgendwie verbandelt sind. Was sollte das vorhin, spinnt Borer jetzt vollkommen?»

«Du hast ja gehört, er möchte endlich auch in den erlauchten Kreis des Daigs aufgenommen werden. Zudem hat er seine politischen Ambitionen noch immer nicht begraben, und das will finanziert sein.»

«Woher weisst du das?»

«Das flüsterte mir ein Vögelchen namens Anina zu.»

«Du verbündest dich hinter seinem Rücken mit seiner Sekretärin?»

«Sie ist zu mir gekommen und hat mir ihr Herz ausgeschüttet.»

«Wie? Ist sie etwa in Borer verliebt?»

«Das nicht. Sie möchte nur, dass du deine Muskeln spielen lässt und ihrem netten Chef auf der Politbühne zur Seite stehst.»

«Warum fragt sie mich nicht direkt?»

«Weil sie sich vor dir fürchtet, vor deinen cholerischen Ausbrüchen.»

«Ich bin kein Choleriker. Ganz im Gegenteil, ich bin ruhig, ausgeglichen, immer anständig und zuvorkommend den Kollegen gegenüber.»

«Ein guter Joke! Sie bat mich, bei dir ein gutes Wort für Köbi einzulegen. Das habe ich somit getan.»

«Vergiss es.»

«Exakt diese Antwort habe ich vorausgesagt. Und Köbeli spürt deine Ablehnung, deshalb ist er ausgerastet. Ein Wort von dir genügt und schon fliessen die Vischer-Millionen.»

«Ein Wahlkampf in der Schweiz kostet keine Millionen. Zudem sind die letzten Wahlen nicht mal ein Jahr her.»

«Wie auch immer. Du verhinderst eine grossartige politische Karriere.»

«Damit kann ich gut leben. Aber wenn wir Christian Vischer hinter Gitter bringen, macht uns der Clan fertig. So viel ist sicher.»

«Das glaube ich nicht. Olivia hält auch dann zu dir. Wetten?»

«Wir werden sehen. Wie wärs mit einem Spaziergang zum Münster?»

«Ein anderes Mal.» Nadine deutete auf ihre Schuhe. «Wir nehmen meinen Wagen.»

«Kannst du mit diesen High Heels überhaupt fahren?»

«Das sind keine High Heels, aber ich kann dich beruhigen. Im Kofferraum liegen ein paar Turnschuhe.»

Der Überraschungsbesuch bei Sebastian Koch gelang nur halbwegs, zumal der Bauinspektor in einer Besprechung war und eine halbe Stunde auf sich warten liess. Ferrari tigerte durchs Sitzungszimmer.

«Das kommt davon, wenn man sich nicht anmeldet», stellte Nadine trocken fest.

Hm. Genervt stocherte Ferrari mit seinem Kugelschreiber in der Erde einer schönen Topfpflanze herum.

«Was machst du da?»

«Ich … mir ist langweilig.»

«Du wirst immer kauziger. Stocherst mit deinem Kugelschreiber in einem Topf herum.»

«Das macht doch der Pflanze nichts, die ist tief verwurzelt.»

Der Kommissär zupfte an der Pflanze und hielt sie Sekunden später in der Hand.

«Mist!»

«Setz dich hin.» Nadine nahm ihm die Pflanze aus der Hand und buddelte sie wieder ein. «Du benimmst dich wie ein Schuljunge.»

«Was kann ich denn dafür, dass das Teil keine Wurzeln hat?»

«Und was kann die Pflanze dafür, dass sie ein trottliger Polizist einfach aus dem Topf reisst?»

«Ich habe nicht gerissen. Die hing praktisch …»

In diesem Moment kam Sebastian Koch mit düsterer Miene ins Sitzungszimmer.

«Entschuldigt, die Sitzung dauerte länger als geplant.»

«Kein Problem. Wir sind ja unangemeldet aufgetaucht. Hast du einige Minuten Zeit für uns?»

«Klar. Meine nächste Sitzung ist erst am Nachmittag.»

«Dann können wir doch etwas zusammen essen. Im Isaak?»

Gleicher Ort, gleicher Tisch, gleiche Bedienung und gleiches Gestocher. Ferrari schob die Tomaten von links nach rechts.

«Das regt mich so was von auf! Gestern schon und jetzt wieder. Warum nimmst du nicht das Menü oder den Fitnessteller? Nein, es muss Tomaten-Mozzarella-Salat sein, obwohl du das Zeug gar nicht magst.»

«Mozzarella schon.»

«Und die Tomaten?»

«Es geht.»

«Wenn du das noch ein Mal irgendwo bestellst, drücke ich dir jede einzelne Tomatenscheibe in den Mund. Du verdirbst mir mein Essen mit deinem Gestocher.»

Sebastian Koch hörte der Unterhaltung amüsiert zu.

«Sorry, Sebastian. Aber wenn du den ganzen Tag mit Francesco zusammen wärst, würdest du auch ab und zu durchdrehen.»

«Dann esse ich halt das Zeug.»

«Das rate ich dir, und zwar bis auf die letzte Scheibe!»

«Ihr seid ein lustiges Team», stellte Koch schmunzelnd fest, «und ihr seid mir zuvorgekommen. Ich hätte euch heute Nachmittag angerufen.»

«Weshalb?»

«Ihr zuerst.»

«Einverstanden. Was hältst du von Christian Vischer? Du kennst ihn doch, oder?»

«Eine heikle Frage, Nadine. Sagen wirs so, seit er bei Yvo arbeitet, ist er ziemlich zuverlässig.»

«Und davor?»

«War er bei Philipp Hochstrasser.»

«Das hat er uns verschwiegen.»

«Da muss etwas vorgefallen sein. Böse Zungen behaupten, sie seien sich zu ähnlich.»

«Beide lusch.»

«Du sprichst das aus, was man hinter vorgehaltener

Hand munkelt, Nadine. Wir hatten vor einigen Jahren alle Hände voll zu tun, als die beiden noch zusammen arbeiteten. Bloss, was sie auch immer gedreht haben, wir sind ihnen nie auf die Schliche gekommen.»

«Also nur Gerüchte.» Ferrari kaute die letzte Scheibe Tomaten wie einen Kaugummi. «So, fertig. Bist du zufrieden, Mama?»

«Braver Junge. Dafür kriegst du nachher noch ein Dessert … Nachweisen konntet ihr den beiden demnach nichts.»

«Wir nicht, aber inzwischen laufen einige Prozesse gegen Hochstrasser. Wegen Mängel an diversen Bauten.»

«Und beim eingestürzten Neubau sind sie wieder aufeinandergetroffen. Hochstrasser baute im Auftrag von Yvo unter der Bauführung von Vischer.»

«Christian Vischer hielt sich exakt an die Vorgaben von Marco Frischknecht. Eisern und ohne Kompromisse. Offenbar wartet Christian nur darauf, Hochstrasser beim Tricksen zu erwischen. Der würde hochkant rausfliegen.»

«Weisst du, was zwischen den beiden passiert ist?»

«Keine Ahnung. Ich erinnere mich, dass Dani vor ein paar Monaten lachend von der Volta-Baustelle zurückkam. Er müsse dort eigentlich gar nicht mehr hin, Christian hätte alles im Griff. Hochstrasser und die anderen Handwerker würden ihn bald umbringen … Anscheinend trat Christian absolut arrogant auf. Verdächtigt ihr ihn?»

«Wir verdächtigen alle und jeden. Das ist unser Job. Wir möchten das Büro von Dani nochmals auf den Kopf stellen.»

«Aus einem bestimmten Grund?»

«Wir glauben, dass er mehr wusste, als er wissen durfte. Vielleicht entdeckte er irgendeine Ungereimtheit, eine Vermutung hatte er auf jeden Fall. Dani trank nämlich am Montagabend nach der Quartierversammlung mit Vischer ein, zwei Bier und wurde redselig. Leider sagte er nichts Konkretes.»

Koch bestellte sich einen Kaffee. Nachdenklich rührte er in seiner Tasse.

«Es fällt mir schwer …», begann er leise, «verdammt schwer … Ich wollte euch heute unbedingt sprechen …» Er zog einen Brief aus seiner Mappe hervor. «Thorsten rief mich von der Bauruine aus an. Ihm fehlte die Telefonnummer des Elektrikers, mit dem der Staatsanwalt sprechen wollte. Also ging ich in sein Büro. Thorsten hatte offenbar sämtliche Unterlagen zu sich genommen, auch Danis Adressbuch. Dani trug alle Handwerker in einem schwarzen Buch ein, und darin lag dieses Schreiben.»

Nadine faltete das Blatt auseinander. Es war ein von Hand verfasster Brief an Yvo Liechti.

Lieber Yvo

Wir kennen uns jetzt schon seit beinahe zwanzig Jahren. Aus diesem Grund fällt es mir unsagbar schwer, dir diese Zeilen zu schreiben, schreiben zu müssen. Ich verstehe dich

nicht mehr. Du konntest immer auf mich zählen. Wie viele Male habe ich dich in diesen Jahren unterstützt? Und jetzt fällst du mir in den Rücken. Dass du so handelst, hätte ich nie von dir gedacht. Ich kann es nicht glauben, aber es ist so. Ich habe am kommenden Freitag mit Sebastian einen Termin. Ich werde ihm alles erklären und ihn bitten, mir in Zukunft keine deiner Bauten mehr zuzuteilen. Ich bin von dir über alle Massen enttäuscht.
Daniel

Ferrari schloss die Augen. Das darf nicht wahr sein! Nein, das ist unmöglich, hämmerte es in seinem Schädel. Wie durch eine Nebelwand hörte er Nadines Stimme.

«Kein Datum. Bist du sicher, dass das Danis Handschrift ist?»

«Ohne Zweifel. Du kannst einige Schriftstücke zur Analyse aus dem Büro mitnehmen.»

«Warum taucht dieser Brief erst jetzt auf? Ist er Thorsten Harr nicht aufgefallen?»

«Nein. Er benötigte bisher das Adressbuch nicht.» Koch legte dem Kommissär seine rechte Hand auf den Unterarm. «Ich … ich kann es selbst nicht glauben … Die Staatsanwaltschaft wird nun gegen Yvo ermitteln müssen. So leid es mir tut. Dieser Brief ändert alles.»

«Wir nehmen das Schreiben mit und wären dir dankbar, wenn du uns noch andere Schriftproben von Dani geben könntest.»

«Selbstverständlich.»

«Und noch eine Bitte. Dieses Gespräch und der Inhalt des Briefes bleiben unter uns. Keine Angst, wir lassen das Schreiben nicht verschwinden. Falls du möchtest, stellen wir dir gern eine Quittung aus.»

«Unsinn! Ich vertraue euch. Natürlich bleibt das Gespräch unter sechs Augen. Ich habe mit niemandem darüber gesprochen und werde es auch nicht … Was ist das nur für eine Welt!»

Nadine öffnete den Kofferraum und wechselte die Schuhe.

«Yvo ist kein Betrüger!»

«Das Schreiben behauptet das Gegenteil, Nadine.»

«Nicht unbedingt. Es lässt vieles offen.»

«Zum Beispiel?»

«Dani schreibt darin nicht konkret, um was es geht.»

«Aber er schreibt, dass er Yvos Bauten nicht mehr abnehmen will. Warum?»

«Weil … weil …»

«Ich höre.»

«Weil … ich weiss es nicht. Was für Argumente ich auch immer bringe, du hast Yvo bereits verurteilt. Von wegen im Zweifel für den Angeklagten.»

«Nein, das habe ich nicht. Nur lege ich meine rosarote Brille ab und schalte das Gehirn ein. Es bringt uns und auch Yvo nichts, wenn wir jetzt krampfhaft danach suchen, wie wir ihn entlasten können.»

«Sondern?»

«Er gehört ab heute zu unseren Hauptverdächtigen. Wir müssen gegen ihn ermitteln in der Hoffnung, eine andere Spur zu finden. Denn ich bin mir ganz sicher, Yvo ist kein Mörder.»

«Und wenn wir das Gegenteil feststellen?»

«Dann müssen wir ihn verhaften.»

«Verdammte Scheisse!»

Nadine schlug den Kofferraumdeckel zu, drehte sich zu Ferrari um und küsste ihn auf die Wange.

«Wofür war denn das?»

«Weil du von Yvos Unschuld überzeugt bist. Fahren wir jetzt zu Danis Wohnung?»

«Nein. Zuerst konfrontieren wir Yvo mit dem Brief.»

«Super Idee!»

Yvo Liechti starrte auf den Brief. Fassungslos las er ihn ein zweites Mal.

«Jetzt erwartet ihr sicher eine Erklärung.»

«Gibt es die?»

«Es tut mir leid, Francesco. Ich weiss nicht, was das soll. Ich kenne Danis Schrift nicht besonders gut. Er schickte mir ein oder zwei Mal einen handgeschriebenen Zettel.»

«Es ist Danis Schrift.»

«Ich kann mich nur wiederholen. Ich weiss nicht, wovon er spricht.»

Ferrari schob den Brief in den Umschlag zurück.

Yvo war aufgestanden und ging langsam in seinem Büro auf und ab.

«Das ist nicht zum Aushalten», rief Nadine. «Es muss doch eine Erklärung für diese Zeilen geben.»

«Wenn ich eine hätte, würde ich sie euch verraten. Ich bin vollkommen geschockt. Kann ich das Schreiben noch einmal sehen?»

«Ja, klar.»

Yvo las den Brief erneut durch. Für einen Augenblick, so schien es dem Kommissär, wirkte er irritiert.

«Tut mir echt leid. Ich weiss wirklich nicht, was Dani damit meint.»

«Wie ist dein Verhältnis zu Philipp?»

«Gut. Er hat schwierige Zeiten hinter sich und aufgrund einiger Altlasten auch vor sich. Als er mir sein Angebot auf den Tisch legte, hielt er damit nicht hinter dem Zaun. Philipp weiss, dass er an vielem selbst schuld ist, und bat um eine Chance. Jeder verdient eine zweite Chance, ich habe sie ihm gegeben und bisher nicht bereut.»

«Das könnte sich ändern, sollte sich herausstellen, dass er gepfuscht hat.»

«Was ich nicht glaube. Ich weiss, du hältst nichts von ihm, Francesco.»

«Gelinde gesagt. Er ist ein Gauner, immer mit einem Bein im Knast. Das war schon früher so.»

«Stimmt. Nur, früher ist nicht heute, Menschen ändern sich. Eine weise alte Frau hat mir einmal gesagt, das Leben sei voller zweiter Chancen. Ist das nicht ein Glück? Wer sie packt, kann etwas bewegen, einen neuen Weg beschreiten. Philipp hat das getan. Und bisher, ich wiederhole mich, gibt es für mich keinen Grund zur Klage.»

«Vielleicht glaubte Dani, dass du und Philipp ein gemeinsames Ding drehen?»

«Kann sein, doch für mich klingt der Brief anders. Da ist von mir die Rede und sonst von niemandem.»

«Eine grosse Hilfe bist du nicht.»

«Soll ich eine Show abziehen, Nadine? Den Coolen spielen oder den Beleidigten? Verdammt noch mal, das Ganze geht mir an die Nieren. Nicht der Scheissbau, damit kann ich leben. Es ist ein Mensch ermordet worden. Dani Martin. Ein Mann, den ich seit wer weiss wie vielen Jahren kannte und schätzte. Ein Mann, der niemanden einfach so beschuldigte. Es sei denn, er war sich absolut sicher.»

«Super! In diesem Fall können wir dich gleich verhaften und den Fall abschliessen. Grossartige Rede, könnte vom Ankläger sein.»

Liechti setzte sich an den Tisch und schlug die Hände vors Gesicht.

«Es … ich … Nadine, ich weiss wirklich nicht, was es mit den Anschuldigungen auf sich hat.»

«Das bringt uns alles im Augenblick nicht weiter. Lasst uns einen klaren Kopf bewahren. Yvo, wenn einer auf der Baustelle betrügt, wer kommt infrage?»

«Ich will niemanden beschuldigen, Francesco.»

«Es ist eine rein hypothetische Frage. Wem traust du einen Betrug zu?»

«Philipp!»

«Und wie stehts mit Christian Vischer?»

«Dem nicht. Nein, unter keinen Umständen.»

«Er ist ein Spieler. Ein Zocker.»

«Aber nicht, wenn es um die Arbeit geht.»

«Er gibt mehr Geld aus, als er mit dem Job verdient. Das wissen wir aus sicherer Quelle.»

»Möglich. Du vergisst, dass er aus einer megareichen Familie stammt. Sabrina schüttet ihn mit Geld zu. Natürlich hat auch Christian seine Fehler, aber er ist mir gegenüber absolut loyal. Und er hasst Philipp. Wenn der sich nur das Geringste zuschulden kommen lässt, macht er ihn fertig. Was für mich eine gute Qualitätskontrolle ist.»

«Woher der Hass?»

«Beim Bau eines Bürogebäudes auf dem Dreispitz trat Philipp als Generalunternehmer auf, Christian war sein Bauführer. Irgendwie lief alles schief, das Gebäude ist heute eine einzige Bauruine. Der Hochstrasser AG droht ein Prozess. Keine Ahnung, wie es Philipp gedreht hat, aber am Ende wird wohl Christian der Dumme sein und zur Verantwortung gezogen. Er liess ihn richtiggehend ins Messer laufen.»

«Und trotzdem hast du ihn engagiert?»

«Philipp weiss, dass er Mist gebaut hat. Er hat aus seinen Fehlern gelernt.»

«Gibt es für solche Fälle keine Bauversicherung?»

«Das schon. Man kann sich gegen Grobfahrlässigkeit versichern, doch wenn Betrug vorliegt, kommt es zum Rechtsstreit.»

«Schönes Früchtchen, euer Jugendfreund.»

Ferrari nahm den Brief von Daniel Martin an sich.

«Muss ich jetzt mitkommen?»

«Wohin?»

«In den Waaghof. Um eine Aussage zu machen oder …»

«Hör sofort mit dem Mist auf, Yvo! Es sei denn, du wolltest schon immer mal in Untersuchungshaft genommen werden.»

«Das wäre das Letzte, was ich mir wünsche.»

«Gut. Dann streng bitte deine grauen Zellen an. Denk darüber nach, was Dani in seinem Brief meinte. Damit hilfst du uns, und nicht mit deinen dummen Sprüchen von wegen ‹Muss ich jetzt mitkommen?›», äffte der Kommissär seinen Schulfreund nach. «Komm, Nadine, wir gehen, bevor mir der Kragen platzt.»

Dieses Mal nahm Nadine den Architekten in den Arm und küsste ihn liebevoll.

«Wir glauben an deine Unschuld.»

Yvo errötete. Na, sieh mal an, dachte Ferrari und murmelte etwas Unverständliches. An der Tür drehte er sich nochmals um.

«Hast du beim Bau am Voltaplatz gemauschelt, Yvo? Und bist du in irgendeiner Weise in den Mord verwickelt?»

«Nein! Weder das eine noch das andere.»

Irgendetwas liess mich beim Gespräch für einen kurzen Augenblick aufhorchen. Was war das? Ferrari dachte auf der Fahrt ins Kommissariat ununterbrochen darüber nach.

«Was grübelst du vor dich hin?»

«Nichts.»

«Quatsch! Du kaust auf der Unterlippe herum und deine grauen Zellen rotieren wie wild. Dich beschäftigt etwas.» Nadine warf dem Kommissär einen kurzen Blick zu, dann fuhr sie fort. «Immerhin wissen wir jetzt, dass nebst Frischknecht auch Vischer nicht mit Hochstrasser auskommt. Na ja. Würde ich auch nicht, wenn der mich ins offene Messer laufen lässt.»

«Wir müssen mehr über den hängigen Fall auf dem Dreispitz wissen. Ich rufe Sebastian an.»

«Vischer lebt krass über seine Verhältnisse.»

«Vielleicht hat er einen Vorbezug aufs Erbe gemacht.»

«Ohne dass es Albert weiss? Vergiss es.»

«Er könnte auch eine andere Quelle haben, zum Beispiel seine Mutter. Gut vorstellbar, dass ihm Sabrina heimlich einige Tausender pro Monat zusteckt.»

«Schon eher möglich. Fragen wir sie … Besser, du fragst sie. Mir gefällt das alles nicht», erwiderte Nadine, die entgegen ihrer Gewohnheit ganz langsam in Richtung Aeschenplatz fuhr.

«Was gefällt dir nicht?»

«Objektiv betrachtet, und das fällt mir verdammt schwer, hat uns Yvo belogen!»

Ferrari sah sie erstaunt an.

«Ist es dir nicht aufgefallen? Er las den Brief ein Mal, zwei Mal und da, nur für einige Sekunden, verloren sich seine Gedanken.»

«Das ist es! Ich überlege die ganze Zeit, was mich stutzig gemacht hat. Er wirkte im ersten Augenblick überrascht, danach fasste er sich gleich wieder.»

«Als ob er sich eine Strategie zurecht legen würde ... Francesco, wir sind total gemein.»

«Wenn du das Gleiche denkst wie ich, muss etwas dran sein. Hast du die Schlüssel zu Martins Wohnung dabei?»

«Logisch.»

«Dann schauen wir uns nochmals in seiner Wohnung um.»

Nadine bog vor dem Aeschenplatz in die Dufourstrasse, liess das neue Gebäude des Kunstmuseums rechts liegen und fuhr über die Wettsteinbrücke ins Matthäusquartier. Die Jungs lümmelten bereits wieder auf dem Platz vor der Kirche herum. Wer weiss, vielleicht brachten sie ja den ganzen Tag dort zu. Nadine parkte den Porsche auf dem Trottoir.

«Das ist nicht wirklich ein Parkplatz. Du riskierst eine Busse.»

«Wenn schon. Ist nicht die erste und nicht die letzte.»

«Da fährt einer weg. Willst du nicht ...»

«Nein! Mann, bist du ein Angsthase. Was suchen wir eigentlich?»

«Nach weiteren Unterlagen, persönlichen Aufzeichnungen, einem Tagebuch. Vielleicht haben wir etwas übersehen.»

Sie ackerten systematisch die drei Zimmer durch. Nach gut einer Stunde gaben sie sich geschlagen.

«Das war ein Reinfall. Jede Menge Zahlungen, alphabetisch abgelegt, und einige Briefe an Iris Schläpfer, die nicht abgeschickt wurden. Mehr nicht. Die Briefe sind nicht gerade romantisch. Vermutlich der Grund, weshalb sie noch herumliegen.»

«Findest du? Der Stil ist doch gar nicht schlecht.»

«Es fehlen die Emotionen.»

Nadine stellte den Ordner ins Regal zurück.

«Es fehlt einer.»

«Was fehlt?»

«Der Ordner ganz rechts ist verschwunden. Schau dir die Staubränder an, da stand vor Kurzem einer. Hundertprozentig.»

«Und was war da drin?»

«Vermutlich der Grund für den Mord.»

Iris Schläpfer war nicht zu Hause, und so schlenderten der Kommissär und Nadine zu den Jungs hinüber. Wie kann man sich nur andauernd dieselbe schreckliche Musik anhören?

«He, die Bullen sind wieder da.»

Der DJ oder wie er auch immer von seinen Kumpels genannt wurde, stellte die Musik leiser.

«Immer noch auf der Suche nach der Alten?»

«Vor allem nach dem Mörder. Wo ist euer Boss?»

«Weiss nicht! Wir warten schon zwei Stunden auf ihn. Wahrscheinlich knackt er seine Kleine. Die ist auch noch nicht da, nur die anderen Weiber.»

«Habt ihrs schon einmal mit arbeiten versucht?»

«Wenn du uns eine Stelle besorgst, sind wir dabei, aber nicht solchen Scheiss wie Strassen wischen oder Toiletten putzen.»

«Wie heisst du?»

«Jerry … Jerry Jankovic.»

«JJ, was quatschst du da mit den Bullen?»

Seine Kollegen scharrten sich um ihn.

«Ich habe ihnen gesagt, sie sollen uns einen coolen Job besorgen.»

Die Begeisterung war nicht besonders gross. Man gewöhnt sich halt schnell ans Rumhängen oder Abhängen, wie es so schön heisst.

«Was wollt ihr von uns?»

«Nur fragen, ob euch noch etwas eingefallen ist», antwortete Nadine.

«Da musst du Ken fragen, Puppe.»

«Wieso Ken? Darfst du nur reden, wenn er dir die Erlaubnis dazu gibt?»

Seine Kumpels grölten. Mit einer Handbewegung brachte er sie zum Schweigen.

«Nicht schlecht! Doch leider falsch.»

«Was dann?»

«Ken ist der Alten nachgelaufen.»

«Und warum?»

«Was weiss denn ich. Frag ihn selbst. Die Alte rannte die Feldbergstrasse hinunter, ging aber nicht so schnell mit ihrem kaputten Absatz. Sie ist ihm trotzdem entwischt.»

«Sagt Ken.»

«Sage ich. Ken war bereits nach einer Viertelstunde zurück und erzählte, sie sei von einem Typen abgeschleppt worden, an der Kreuzung Feldbergstrasse-Klybeckstrasse.»

«In einem Auto?»

«Nein, auf einem Kamel.»

Die Kumpels tobten.

«Mann, ist dein Typ beschränkt. Natürlich mit einem Auto. Das war sicher ihr Zuhälter.»

«Hat er sich die Automarke gemerkt? Oder die Autonummer?»

«Frag ihn selbst.»

«Was weisst du sonst noch?»

«Das ist alles. Du wärst meine Kragenweite, Puppe.»

«Du würdest dich übernehmen, Kleiner. Glaub mir, es ist besser, wenn du bei dem bleibst, was dir so übern Weg läuft.»

Nadine fuhr Ferrari nach Hause.

«Isst du mit uns?»

«Gern. Ich habe heute nichts vor.»

«Das klingt etwas eigenartig.»

«Yvo und ich wollten ins Matisse.»

«Was ist das?»

«Ein Restaurant an der Burgfelderstrasse. Echt gut. Da müsst ihr auch mal hin. Ich bin nicht in Stimmung.»

«Yvo sicher auch nicht. Hallo, Liebling. Ich bringe Besuch mit.»

Monika war bereits am Kochen und freute sich, Nadine zu sehen. Ein Esser mehr fiel nicht ins Gewicht, wie sie lachend versicherte. Auch Puma ass kräftig mit. Grillierte Pouletbrust war eine ihrer Lieblingsspeisen, nur den Salat überliess der kleine Panther den Menschen.

«Sabrina wollte deine Handynummer. Ich habe sie ihr gegeben. Das durfte ich doch?», fragte Monika.

«Sicher. Ich rufe sie morgen früh an.»

«Sie klang ziemlich besorgt.»

«Es ist sicher wegen ihres Sohns», erklärte Nadine.

«Na gut, ich versuche, sie nachher zu erreichen.»

«Kommt ihr mit dem Fall voran?»

Das war das Stichwort, auf das Ferrari gewartet hatte. Während Nadine vom Tag berichtete, seilte sich der Kommissär unbemerkt ab. Die beiden Damen werden sich bestimmt auch ohne mich gut unterhalten. Puma schaute zu Monika, dann zu Nadine und entschloss sich schliesslich, Ferrari in den Wintergarten zu folgen. Der Kommissär versuchte mehrmals vergeblich, Sabrina zu erreichen. Wahrscheinlich isst sie mit ihrer Schwester in einem Restaurant oder sie sind ins Kino gegangen. Puh, es ist ganz schön warm. Immer noch achtundzwanzig Grad. Er setzte sich auf die Hollywoodschaukel im Garten und Puma rollte sich neben ihm ein. Ein leichter Wind kam auf. Herrlich. Yvo können wir nicht von der Liste der Verdächtigen streichen. Auch wenn wir das liebend gern machen würden. Christian Vischer bleibt ebenso ein Kandidat und natürlich mein Schulfreund Philipp. Er steht vermutlich wie immer mit dem Rücken zur Wand, führt mehrere Prozesse und hat am meisten zu verlieren. Was ist mit Leo Schnetzler? Und mit Marco Frischknecht? Die scheiden beide aus. Schnetzler verlor durch den Einsturz des Hauses sein Druckmittel, während Frischknecht ein Alibi hat. Puma drängte sich an Ferrari. Ja, ja, kleine Maus. Schaukeln wir noch ein wenig, bevor es langsam dunkel wird. Sabrina rufe ich morgen an, es ist schon spät. Noch fünf Minuten, dann schauen wir, was Monika und Nadine so treiben. Als Ferrari morgens um drei aufwachte, lag er unter einer dicken Wolldecke, auf der Puma wie eine Weltmeisterin schnarchte.

5. Kapitel

Ferrari sass Kaffee nippend an seinem Schreibtisch. Jetzt ruf ich noch ein Mal Sabrina an. Wenn sie nicht abnimmt, vergesse ich die Sache. Dann liegt es an ihr, Kontakt aufzunehmen. Der Kommissär wählte die Nummer, als die Tür aufging.

«Guten Morgen, Ferrari.»

«Ah, der Herr Staatsanwalt. Sind Sie heute besser gelaunt?»

«Nein, überhaupt nicht.»

«Aha. Und daran bin natürlich ich schuld.»

«Zum Teil.»

«Wie das?»

«Mit Ihren hinterhältigen Methoden.»

«Jetzt kommt wieder die gleiche alte Leier.»

«Gestern war wieder so ein Abend», fuhr Borer unbeirrt fort.

«Erzählen Sie ruhig weiter. Es interessiert mich brennend.»

«Mich auch.»

«Hallo, Nadine. Du kommst gerade rechtzeitig, wir gehen in die nächste Runde. Unser Staatsanwalt möchte sein traumatisches Erlebnis von gestern Abend erzählen.»

«So liesse sich das durchaus beschreiben. Parteifreund Schneider lud eine erlesene Handvoll Gäste ins Schützenhaus ein.»

«Meinen Sie Regierungsrat Schneider?»

«Ja, genau.»

«Sicher alles Leute, die du gut kennst, Francesco.»

«Wer war denn alles da?»

«Markus Merian, Ines Weller mit ihrem Geschäftsführer, diesem Holzklotz, der kaum ein Wort redet, und falls er doch spricht, dann sind es nur abgehackte Sätze.»

«Lutz Wagner»

«Exakt. Ferner war Vivienne Burckhardt anwesend und last but not least Agnes und Sabrina Vischer.»

«Ist Vivienne Burckhardt die Frau von Marco Frischknecht?»

«Tun Sie nicht so scheinheilig, Ferrari. Sie hat mir ausdrücklich einen Gruss an Sie aufgetragen.»

«An mich?», wunderte sich Ferrari. Hm, komisch. Ich kenne Rosa und ihren Mann Hanspeter Burckhardt und eine Lucie Burckhardt. Aber Vivienne? Nein. Wir sind uns noch nie begegnet, glaube ich zumindest.

«Ich war ganz nah dran.»

«Nah dran? Ich verstehe nicht.»

«Der Herr Staatsanwalt meint, dass er beinahe eine Dumme gefunden hätte, eine, die seinen Wahlkampf unterstützt.»

«Danke für Ihre aufmunternden Worte, Frau Kupfer. Frau Burckhardt wollte es sich überlegen. Bestimmt wären noch andere auf den Zug aufgesprungen. Und dann ...»

«Jetzt wirds spannend, Francesco.»

«... dann verkündeten Agnes und Sabrina Vischer die seltsamen Botschaften des Francesco Ferrari. Von wegen Politiker seien Loser. Kein vernünftiger Mensch würde sich das antun. Man müsse unliebsame Seilschaften eingehen, um irgendwann in der Position zu sein, etwas zu verändern.»

«Stimmt doch.»

«Sehen Sie, er gibt es sogar zu. Die Stimmung war schlagartig im Eimer. Keiner konnte sich mehr dafür erwärmen, mir seine Hand zu reichen.»

«Sie meinen eher die Brieftasche.»

«Und nur ... nur deshalb, weil Sie keine Gelegenheit auslassen, mir eins auszuwischen.»

«Das ist nicht nett von dir.»

«Hören Sie mit Ihrem Gesülze auf, Frau Kupfer. Sie sind keinen Deut besser, gleich und gleich gesellt sich halt gern. Aber denken Sie daran, man sieht sich immer zwei Mal im Leben. Eines Tages wollen Sie etwas von mir, nur ist es dann zu spät. Ihr Retter Jakob Borer wird für Sie unerreichbar sein ... Was ist denn? Können Sie nicht anklopfen? Sie sehen ja, dass wir hier eine wichtige Besprechung haben.»

«Entschuldigung.» Ein junger Kollege stand im Türrahmen. «Ein Mann namens JJ steht unten. Er möchte zu Ihnen, Herr Ferrari. Es sei dringend.»

«Danke, Fabian. Bitte bring ihn zu uns hinauf. Unsere wichtige Sitzung ist gerade zu Ende gegangen.»

Borer bückte sich über den Schreibtisch.

«Oh, nein. Sie irren sich, Ferrari», flüsterte der Staatsanwalt. «Diese Besprechung ist noch nicht zu Ende. Nicht, solange Sie mich beim Basler Daig schlechtmachen. Sie ist nur vertagt. Man sieht sich, Herrschaften.»

«Der spinnt wohl», stellte Nadine fest. «Ich hole uns jetzt erst mal einen Kaffee.»

«Setz dich, JJ. Möchtest du auch einen Kaffee?»

«Danke, lieber nicht. Mann, das ist ja ein Hochsicherheitstrakt. Wenn hier mal einer festhängt, kommt er nicht mehr so schnell raus.»

«Ist dir noch etwas eingefallen?»

«Nur das, was ihr schon wisst.»

«Okay. Warum bist du denn da?»

«Ken ist gestern Abend nicht aufgetaucht.»

«Was ist daran so tragisch?»

«Er war auch nicht bei Sandra, bei seiner Tussi … Wie heisst du eigentlich?»

«Nadine. Aber jetzt mal langsam. Ken taucht an einem Abend nicht bei seinen Kumpels auf und du machst dir Sorgen? Ich nehme an, er hatte was Besseres vor.»

«Es gibt nur uns und seine Tussi.»

«Und wenn es doch eine andere gibt?»

«Er ist mit Sandra zusammen.»

«Du willst mir doch nicht weismachen, dass er ihr treu ist. Oder?»

«Das nicht, aber er pennt jede Nacht bei Sandra.»

Auch eine Art von Treue. Er übernachtet bei seiner Freundin, nachdem er mit anderen Frauen geschlafen hat. Das verstehe, wer will.

«Und in der letzten Nacht ist er also nicht …», Ferrari fiel es schwer, dieses Wort auszusprechen, «… nach Hause gekommen.»

«Jo! Sandra weint nur noch.»

«Vielleicht ist der Vogel ausgeflogen und in einem anderen Nest gelandet.»

JJ überlegte kurz, dann schüttelte er vehement den Kopf.

«No! Das wüsste ich. Der ist kaputt, abgemurkst wie der Alte von der Mörsbergerstrasse.»

«Aha. Und was genau willst du von uns?»

«Ihr seid doch die Bullen. Bewegt eure faulen Ärsche und treibt Ken auf. Sandra ist fix und fertig und wir sind es auch.»

«Das wird ja immer besser. Wohin sollen wir unsere Ärsche deiner Meinung nach bewegen?»

«Was weiss denn ich? Macht eine Suchaktion oder wie das bei euch heisst.»

«Du bist echt überzeugt, dass ihm etwas zugestossen ist?»

«Hundertpro. Der ist alle. Ken kommt jeden Abend zur Kirche, wie wir alle. Mal früher, mal später. Wenn einer nicht kann, ruft er einen anderen an. Ken hat sich bei keinem abgemeldet, keine SMS, kein Funk, nichts. Auch nicht bei Sandra. Ich sage euch, da ist was faul. Der Zuhälter hat ihn gekillt. Wetten?»

«Warum sollte er?»

«Ist doch logisch, Mann! Die Alte bläst dem Kerl in der Mörsbergerstrasse das Licht aus und haut ab. Ken geht ihr nach. Bei der Klybeckstrasse fischt sie ihr Typ auf. Der kriegt Angst, dass sich Ken seine Autonummer gemerkt hat und zu den Bullen rennt. Also murkst er ihn ab.»

«Vielleicht wollte Ken den Zuhälter erpressen, was sich dieser nicht gefallen liess», wandte Nadine ein.

«Auch möglich», murrte JJ.

«Kennst du den Nachnamen von Sandra und weisst du, wo sie wohnt?»

«Sandra Jeric. Sie hat eine kleine Wohnung in der Oetlingerstrasse.»

«Gut. Ich schlage vor, wir warten noch einen Tag ab. Wenn Ken bis morgen früh nicht auftaucht, leiten wir eine Fahndung ein.»

«Und was soll ich Sandra sagen?»

«Dass sie sich keine Sorgen machen soll.»

«Scheisse! Die heult den ganzen Tag. Kannst du ihr das nicht sagen? So von Frau zu Frau.»

«Machen wir einen Deal. Sollte er nicht bis heute Nachmittag auftauchen, kommen wir am Abend vorbei. Okay?»

«Du allein. Der da bringts nicht.»

«Da irrst du dich gewaltig. Er ist der grösste Witwentröster der Welt.»

«Echt? Das traut man dem gar nicht zu. Hockt nur da und spielt mit seinem Kugelschreiber. Bist du eigentlich der Chef?»

«Nein. Ich bin die Assistentin, er ist der Boss.»

«Voll krass. Von solchem Mist habe ich schon oft gehört.»

«Wovon?»

«Dass der Chef eine Pfeife ist und nur rumsitzt, während die anderen die Drecksarbeit machen.»

«So, JJ, es reicht. Mach eine Fliege, bevor ich dich für deine Frechheit einbuchte.»

«Alles klar ... Genau, wie ichs mir gedacht habe ... Du tust mir so was von leid, Nadine. Der Deal gilt. Wenn Ken heute nicht auftaucht, musst du dich um Sandra kümmern. Die ist fix und fertig. Man sieht sich.»

«Das Peter-Prinzip!»

«Was für ein Ding?», fragte Nadine stirnrunzelnd.

«JJ schilderte das Peter-Prinzip. Man wird so lange befördert, bis man an seine Grenzen stösst. Besser gesagt, über seine Grenzen hinaus. An diesem Punkt gehts nicht mehr weiter.»

«Die meisten kommen irgendwann in eine solche Situation. Sie sind auf einer niedrigeren Stufe fähig, werden befördert und plötzlich stellt sich heraus, dass es für sie eine Stufe zu hoch gewesen ist.»

«Genau. Konkret sagt Laurence J. Peter, dass die meisten Manager, Lehrer, Beamte, ganz einfach alle, diese Stufe erreichen und die ganze Welt daher von Leuten regiert beziehungsweise geführt wird, die dazu gar nicht fähig sind. Weil sie eben auf eine Stufe gehievt wurden, die sie nicht ausfüllen können.»

«Interessant. Nur in einem irrt JJ. Du sitzt auf dem richtigen Posten und was noch wichtiger ist, du weisst haargenau, wo du hingehörst.»

«Eine Stufe höher wäre eine zu viel.»

«Das ist der Vorteil, wenn man seine Grenzen kennt. Leider tun das die wenigsten.»

«Aber du bist noch längst nicht an deinen Grenzen angelangt.»

Nadine küsste ihren Chef auf die Wange.

«Das muss ich auch nicht. Wir verstehen uns, auch ohne Worte, wir vertrauen uns blindlings, wir würden alles für einander tun. Wir sind schlicht ein Dream-Team. Weisst du, wir haben echt Glück. Und das Ganze macht erst noch Spass. Was will ich mehr?»

Nadine lachte. «Sobald deine Errötung abgeflaut ist, können wir Sabrina besuchen. Sie rief nämlich an, bloss der Herr Kommissär schaut nicht auf sein Handy. Dafür hast du ja deine fähige Assistentin.»

Manchmal geniesse ich es durchaus, im Porsche zu sitzen und durch die Stadt zu rasen. Vor allem, wenn uns der Weg aufs Bruderholz führt. Basel ist zwar mit dem öffentlichen Verkehr bestens vernetzt, doch auf dem Goldhügel gehört es zum guten Ton, mit seinem Luxusschlitten und nicht mit der grünen Stadtkarosse vorzufahren.

«Was hältst du von JJs Hypothesen?»

«Ich glaube, dass Ken noch heute auftaucht. Und du?»

«Das denke ich auch. Der war bestimmt mit einer anderen zusammen oder ist dermassen abgestürzt, dass er erst langsam wieder nüchtern wird. Du kannst da rechts in den Hof fahren.»

«Ja, hallo! Die Villa ist nicht von schlechten Eltern.»

«Wie die von Olivia. Sie ist vielleicht etwas kleiner, aber genauso stilvoll eingerichtet.»

«Du warst schon bei Sabrina? Soso. Borer würde sagen, es gibt keinen vom Basler Daig, der Francesco Ferrari nicht seine Tür öffnet, damit er sich gründlich einschleimen kann.»

«Hm!»

Sabrina Vischer unterhielt sich mit ihrer Köchin. Sie deutete ihnen an, dass sie sich in den Salon begeben sollten.

«Ich komme in einer Minute. Kaffee?»

«Gerne.»

«Wahnsinn! Sind die Gemälde echt?»

«Du musst nur ein Bild berühren, dann geht die Alarmanlage los. Einer dieser Helgen würde für ein sorgenfreies Leben reichen.»

«Aber das wollen wir nicht. Stimmts? Wir verdienen lieber schön Nüsschen um Nüsschen», spottete Nadine.

«Genau, und sind dabei glücklich. Oder etwa nicht?»

«Schön, dass ihr kommen konntet.» Sabrina trat zu ihnen in den Salon. «Leonora bringt den Kaffee. Setzt euch doch.»

«Der hing bei meinem letzten Besuch noch nicht», Ferrari deutete auf einen Picasso.

«Stimmt. Den habe ich eben an der Art gekauft.»

«Ich frage dich lieber nicht, was so ein Bild kostet.»

«Ich könnte es dir auch nicht beantworten, Francesco. Das regelt mein Treuhänder.»

Leonora stellte den Kaffee und eine stilvolle Etagere mit feinstem Konfekt auf den Tisch.

«Entschuldige, dass ich dich nicht zurückgerufen habe, Francesco. Gestern Abend war ich mit Agnes an einem Anlass. Ich wäre nicht hingegangen, wenn ich gewusst hätte, was man von mir erwartet.»

«Lass mich raten. Du sollst dein Sparschwein für die Politik opfern.»

«Exakt. Das waren komische Typen, Frauen und Männer. Die Gier stand ihnen ins Gesicht geschrieben. Enttäuscht bin ich von Otto … Regierungsrat Schneider. Er war der Schlimmste von allen. Da fielen mir deine Worte wieder ein.»

«Die du dann Staatsanwalt Borer um die Ohren schlugst?»

Sie lachte.

«Hat sich das schon herumgesprochen? Der Mann

besitzt absolut kein Rückgrat, Nadine. Zuerst schilderte er uns die Politik in den höchsten Tönen, was sie alles bewirke und so. Dann, als ich Francescos Worte wiederholte, machte er eine Kehrtwende. Der Herr Staatsanwalt ist ein Fähnchen im Wind. Das stimme alles und gerade deshalb sei es wichtig, dass fähige Leute das Zepter übernehmen.»

«Und damit meinte er sich.»

«Natürlich, sowie seinen Spezi Schneider. Das ist mir ziemlich schräg eingefahren. Von mir kriegen die keinen Rappen.» Sie machte eine kurze Pause, trank einen Schluck Kaffee und fuhr dann fort. «Deswegen habe ich dich aber nicht angerufen, Francesco. Es geht um …»

«Christian.»

Sie nickte nachdenklich.

«Ist er in diesen Mordfall verstrickt?»

«Wir wissen es nicht.»

«Gut. Solltet ihr herausfinden, dass mein Sohn etwas damit zu tun hat, erfahre ich es, bevor es die anderen … bevor es an die Öffentlichkeit dringt, versprochen?»

«Das versprechen wir dir.»

«Danke. Christian … er ist mein Ein und Alles. Olivia hat dir sicher von meiner Beziehung mit seinem Vater erzählt, na ja, es war nicht mal eine richtige Beziehung. Du kennst die Story?»

«Er war auf dein Geld aus. Dein Vater wusste es und drehte den Geldhahn zu.»

«Zwei Sätze, die einen Leidensweg von vier Jahren beschreiben. Er konnte so charmant sein. Alex gab mir das Gefühl, die einzige Frau auf der Welt und, mehr noch, die richtige für ihn zu sein. Ich war so verliebt und glücklich, wie nie zuvor. Doch der Schein trügte, ich bin auf ihn hereingefallen. Das Schlimme daran ist, es würde mir wieder passieren, wenn er plötzlich vor meiner Tür stünde.»

«Weisst du, was er jetzt macht?»

«Keine Ahnung. Ich habe nie mehr etwas von Alex gehört. Aber er schenkte mir das Wertvollste in meinem Leben – Christian.» Sie machte eine lange Pause, es fiel ihr nicht leicht, weiterzureden. «Christian … er war gestern hier … Es geht ihm schlecht. Er bat um meine Hilfe. Konkret bedeutet das, er braucht Geld. Bevor ich ihn unterstütze, wollte ich mit dir darüber sprechen, Francesco.»

«Gibst du ihm kein Geld?»

«Seit zwei Jahren nicht mehr. Ich habe ihm alle Privilegien gestrichen. Es war ein grosser Fehler, ihn dermassen zu verwöhnen. Und bis gestern glaubte ich, dass er es packt. Jetzt nicht mehr.»

«Was ist passiert?»

«Er wird von diesem Hochstrasser erpresst.»

«Was hat er gegen Christian in der Hand?»

«Er arbeitete für diesen Hochstrasser. Kennt ihr ihn?»

«Er ist ein Schulfreund von Yvo und mir.»

«Das wusste ich nicht. Wie beurteilst du ihn?»

«Ein Gauner. Das war er schon immer. Der würde für ein paar Franken alles tun. Vermutlich steht ihm das Wasser bis zum Hals, da schreckt er auch vor einer Erpressung nicht zurück.»

«Und trotzdem lässt ihn Yvo das Gebäude von Olivia bauen?»

«Aus Nibelungentreue. Er will einem alten Schulfreund wieder in die Gänge helfen.»

«Das ist alles so schlimm … Diese Betrügereien, damit kann ich nicht umgehen.»

«Können wir dir irgendwie helfen?»

«Danke, Nadine. Das könnt ihr bestimmt. Christian erzählte mir folgende Geschichte: Bei einem Bau auf dem Dreispitz, es ging um ein Bürogebäude, habe Hochstrasser geschlampt. Schlechtes Material verwendet und nur die billigsten Arbeitskräfte angestellt.»

«Saisonarbeiter aus dem Osten.»

«Genau. Christian wusste das alles und spielte mit. Ihr müsst wissen, mein Sohn hat zu diesem Hochstrasser aufgesehen, er war sein Vorbild. Genau so wie jetzt Yvo. Ich glaube, Christian hat Zeit seines Lebens einen Vaterersatz gesucht. Das kann man ihm auch nicht verdenken, er hat ja seinen Vater nie kennengelernt. Christian vertraute diesem Hochstrasser und bestätigte bei der Bauabnahme, dass alles in Ordnung sei, obwohl er es besser wusste.»

«Und jetzt tauchen überall Mängel auf und der Investor klagt.»

«Ihr wisst davon?»

«Von einem Freund.»

«Das ist noch nicht alles. Hochstrasser verlangt, dass Christian die ganze Schuld auf sich nimmt.»

«Das braucht er nicht. Er soll einfach vor Gericht die Wahrheit sagen. Zudem laufen ja verschiedene Verfahren gegen Hochstrasser. Jedem Richter wird klar sein, dass Christian nur der Strohmann war.»

«Wenn das so einfach wäre, Nadine.»

«Was spricht dagegen?»

«Christian kann seine Herkunft nicht verleugnen, er ist nun mal der Sohn seines Vaters. Leider. Zumindest, was Geld anbelangt. Er kann damit einfach nicht umgehen. Wenn er tausend Franken in der Tasche hat, gibt er zweitausend aus. Das ging so lange gut, wie ich seine Eskapaden finanzierte. Doch dann … er hat zusammen mit einem Lieferanten Rechnungen gefälscht, diese abgezeichnet und die Hälfte vom Betrugsgewinn eingesteckt.»

«Kickbackzahlungen.»

«Nennt man das so, Nadine?»

«Das nimmt immer mehr überhand. Der Lieferant stellt einen überhöhten Preis in Rechnung, die Differenz wird unter den Mitwissenden geteilt.»

«Das Dumme ist, Hochstrasser hat ihn erwischt. Jetzt setzt er Christian unter Druck, mehr noch, er erpresst ihn. Wenn er nicht alle Schuld auf sich nimmt, zeigt er ihn an. … Christian ist vollkommen am Ende. Er hat sogar geweint … Ihr müsst mir helfen.»

«Ich sehe nur eine Möglichkeit. Du musst für den entstandenen Schaden aufkommen.»

«Womit das Problem noch lange nicht aus der Welt geschafft ist, Nadine.»

«Und warum nicht?»

«Philipp gehört zu der Sorte Menschen, die dann erst recht Blut lecken», antwortete der Kommissär. «Es ist das eine Mal gut gegangen, dann auch beim zweiten und dritten Mal. Vielleicht wars auch beim Voltabau so und Christian musste nur die Augen schliessen.»

«Was er aber nicht getan hat. Sebastian Koch hat ja erzählt, Christian habe sich exakt an die Vorgaben von Frischknecht gehalten und Hochstrasser total kontrolliert. Er sei sogar sehr arrogant aufgetreten.»

«Wenns stimmt.»

«Francesco hat recht, Nadine. Das Problem ist nicht gelöst, wenn ich für den Schaden auf dem Dreispitz aufkomme. Möglicherweise erpresst er meinen Sohn weiter und weiter … Was soll ich nur tun? … Christian ist verzweifelt, ausser sich. Und ich habe Angst. Wenn er durchdreht, ist er zu allem fähig … Mein Gott, was soll ich nur tun?»

Nadine setzte sich neben Sabrina.

«Mach dir keine Sorgen. Francesco wird das Problem lösen.»

«Wirklich?» Sie strahlte Ferrari an. «Ich habe gewusst, dass du eine Lösung findest.» Sie erhob sich mühsam und drückte ihn an ihre Brust. «Das werde ich dir nie vergessen, Francesco. Ich stehe für immer in deiner Schuld.»

Leonora hustete verlegen.

«Ja, was ist?»

«Ihr Besuch ist da.»

«Ach ja. Danke. Sie soll reinkommen.»

Der Kommissär kannte die Frau, die Sabrina herzlich umarmte, wusste aber nicht, woher.

«Hallo, Francesco, wie gehts dir?»

«Entschuldige...», stammelte ein total verlegener Ferrari.

«Ich bin Vivienne Burckhardt. Wir haben uns vor einem Jahr bei Olivia kennengelernt. Erinnerst du dich nicht?»

«Entschuldige ... ja natürlich. Jetzt fällt es mir wieder ein ... Das ist meine Kollegin Nadine Kupfer.»

«Freut mich sehr, Sie kennenzulernen.»

«Ganz meinerseits.»

«Ich scheine keinen bleibenden Eindruck hinterlassen zu haben. Tja, damit werde ich leben müssen», schmunzelte Vivienne.

«Nein ... das ist nicht so. Ich wusste nur im Augenblick nicht ... Ich meine, als ich dich sah, wusste ich sofort, dass ich dich kenne ...»

Die drei Frauen lachten herzhaft.

«Lass es bleiben, Francesco», riet ihm Nadine. «Du verstrickst dich nur noch weiter in Ungereimtheiten. Staatsanwalt Borer richtete ihm heute früh einen Gruss von Ihnen aus.»

«Wir können uns gern duzen. Einverstanden?»

«Ja, klar. Zuerst wusste er nicht, wer du bist. Aber inzwischen ist es ihm wieder eingefallen.»

«Immerhin … Störe ich euch, Sabrina? Soll ich später wiederkommen?»

«Nein, nein. Nadine und Francesco wollten gerade aufbrechen. Gib mir ein paar Minuten, ich begleite die beiden noch hinaus … Leonora, würdest du bitte eine Tasse frischen Kaffee für Frau Burckhardt bringen? Danke.»

«Das ist mir jetzt total peinlich», murmelte Ferrari, als sie im Freien standen.

«Braucht es dir nicht zu sein. Vivienne ist eine tolle Frau mit einem wunderbaren Humor und einem gesunden Selbstvertrauen. Wir konnten gestern Abend an diesem komischen Politwerbeanlass nicht wirklich miteinander reden. Irgendetwas bedrückt sie und sie möchte gern mit mir darüber sprechen. Hoffentlich ist sie nicht krank.»

«Wie alt ist eigentlich ihr Mann?»

«In deinem Alter, Francesco. So um die fünfundvierzig.»

«Du schmeichelst mir. Ich bin etwas älter.»

«Wirklich? Du siehst jünger aus.» Sie lächelte charmant, umarmte zuerst Nadine und schloss dann den Kommissär in ihre Arme. «Danke für alles, Francesco. Ich verlasse mich auf dich.»

Nadine fuhr langsam die Bruderholzstrasse hinunter, keiner sagte ein Wort. Nach einigen Minuten, die sich wie eine kleine Ewigkeit anfühlten, konnte der Kommissär sich nicht mehr zurückhalten.

«Bist du noch bei Trost?! ‹Francesco wird das Problem lösen›», äffte er seine Kollegin nach.

«Was sollte ich denn sagen? Sie tut mir leid, sie sass wie ein Häufchen Elend da. Sollte ich ihr etwa sagen, das geht uns am Arsch vorbei? Es ist schliesslich dein missratener Sohn, nicht unserer. Du hättest ihn halt nicht mit Geld zuschütten sollen. Deine Erziehung war ein einziges Desaster und jetzt kriegst du die Quittung dafür.»

«Das wäre die Wahrheit gewesen.»

«Und damit hätten wir ihr alle Hoffnung genommen. Dazu kommt …»

«Sprich es ruhig aus. Schlimmer kanns nicht mehr werden.»

«… dass dieser Hochstrasser ein ganz fieser Typ ist. Dem verpassen wir jetzt eine Abreibung, die er sein ganzes Leben lang nicht mehr vergisst.»

«Wunderbar! Wir spazieren in sein Büro, packen ihn am Kragen, drehen ihn durch den Fleischwolf und drohen ihm, frei nach der Methode Känguru.»

«Methode Känguru?»

«Wir machen grosse Sprünge mit leerem Beutel. Glaubst du wirklich, das beeindruckt ihn? Er wird uns hochkant rauswerfen oder rauswerfen lassen.»

«Dann drohen wir ihm mit der Macht der Vischers.»

«Über dieses Stadium ist er längst hinaus. Falls du es vergessen hast, er legt sich mit Christian Vischer an, dem einzigen Erben des gesamten Vischer-Vermögens.»

«Stimmt, Olivia und Agnes sind kinderlos. Okay, wir überlegen uns was anderes.»

«Und was?»

«Wieso immer ich? Lass dir gefälligst auch einmal etwas einfallen!»

«Hm! … Wer weiss am meisten über Hochstrasser?»

«Yvo, Frischknecht, Koch und Harr. Mehr kommen mir auf die Schnelle nicht in den Sinn.»

Ferrari griff zum Handy und fragte den Bauinspektor, ob er eine halbe Stunde für sie erübrigen könne. Er konnte.

Mühsam kroch Ferrari aus dem Porsche. Nadine soll sich endlich ein anständiges Auto zulegen. Von mir aus einen Porsche Cayenne, wenn sie schon bei der gleichen Marke bleiben will, oder einen Macan. Der scheint momentan in Mode zu sein. Da kann ich dann ganz normal einsteigen und muss mich nicht jedes Mal wie ein Sackmesser zusammenfalten. Sebastian Koch sass an seinem Schreibtisch in Pläne vertieft.

«Ciao, Sebastian. Danke, dass du für uns Zeit hast. Wir wollen dich nicht lange aufhalten.»

«Ihr seid mir eine willkommene Abwechslung. Thorsten und ich berechnen die Statik vom Gebäude am Voltaplatz.»

«Misstraut ihr Marco Frischknecht?»

«Überhaupt nicht, Nadine. Die Untersuchung wird ja auch von Externen gemacht, aber uns lässt die Sache einfach keine Ruhe. Ich habe Thorsten gesagt, dass ich die Pläne von Yvo und die Berechnungen von Marco nicht sehen will. So kann ich vollkommen objektiv meine eigenen Schlüsse ziehen und diese dann mit Frischknechts Daten vergleichen. Seid ihr schon einen Schritt weitergekommen?»

«Es gibt ein, zwei Ansätze, die wir verfolgen. Wir kommen aus einem anderen Grund, Sebastian.»

«Ach ja? Welchen?»

Der Kommissär erklärte ihm umständlich, um was es ging.

«Und nun wollten wir dich bitten, mit uns zusammen zu überlegen, ob es vielleicht eine Möglichkeit …»

«Wir wollen Hochstrasser den Arsch aufreissen», verlor Nadine die Geduld. «Und du sollst uns die Munition dazu liefern.»

«So kann man das auch sagen», brummte Ferrari.

Koch lachte.

«Klar und deutlich. Du gefällst mir, Nadine. Kommst ohne Umschweife zum Kern der Sache im Gegensatz zu deinem Partner. Wieder einmal Hochstrasser, kann ich dazu nur sagen. Immer in Schwierigkeiten. Als ich vom Einsturz hörte, war das mein erster Gedanke. Doch ich wollte euch nicht beeinflussen. Glaubt ihr, dass er mit dem Mord an Dani etwas zu tun hat?»

«Er ist einer unserer Hauptverdächtigen. Aber wie gesagt, deshalb sind wir nicht hier.»

«Sondern?»

«Wir wollen mehr über seine Pfuschbauten erfahren. Hochstrasser befindet sich auf einer kleinen Erpressungstour. Er hat Christian Vischer im Visier.»

«Wenn er sich da nur nicht übernimmt. Glaubst du, dass Christian mit ihm gemeinsame Sache gemacht hat?»

«Das schliessen wir aus.»

«Wie stellst du dir meine Hilfe vor?»

«Du kennst diesen Hochstrasser am besten. Sicher liegen bei dir jede Menge Akten über seine Bauten herum.»

«Die nicht öffentlich sind.»

«Heisst das, du kannst uns nicht helfen?»

«Das will ich damit nicht sagen. Ich müsste offiziell dazu aufgefordert werden. Könnte es sein, dass ihr Informationen über Hochstrassers andere Bauten benötigt, um das Bild von ihm abzurunden?»

«Also, ähm …»

«Francesco meint, dass du unsere Anfrage absolut richtig verstanden hast.»

«Dann wartet doch bitte einen Augenblick. Ich schaue mal, was so an Unterlagen vorhanden ist.»

Wenig später kehrte er mit drei Ordnern zurück.

«Das sind seine letzten drei Projekte. Die Unterlagen vom wahrscheinlich wichtigsten Bauwerk liegen bei euch.»

«Bei uns?»

«Bei der Staatsanwaltschaft, Francesco. Es betrifft die Bauruine auf dem Dreispitz. Viel kann ich euch darüber nicht sagen, es läuft ein Prozess gegen Vischer und Hochstrasser.»

«Wo hast du die drei anderen Ordner so schnell herbekommen?»

«Die wurden von der Staatsanwaltschaft angefordert und gehen am Montag raus. Ihr müsst euch also jetzt damit beschäftigen, ab Montag liegen sie bei Berni.»

«Obrist ist für den Fall zuständig?»

«Ein ausgezeichneter Mann. Seine Frau arbeitet meines Wissens bei Marco Frischknecht.»

«Seine Freundin. Weshalb gerade Obrist?»

«Der ist vom Fach. Er studierte zuerst Architektur, danach Jura. Dem macht niemand so schnell etwas vor. Falls am Voltaplatz Betrug vorliegt, wird er sicher seinen Kollegen Lustig unterstützen.»

«Und falls Marco Frischknecht der Schuldige ist, wird er ein grosses Problem bekommen.»

«Stimmt, Nadine. Nur, Marco ist ganz bestimmt kein Betrüger. Nein, das kann ich mir beim besten Willen nicht vorstellen. Wollt ihr die Ordner mitnehmen und sie mir am Montag früh zurückbringen?»

«Wir verstehen nichts von Bauplänen, Eingaben und all den Sachen.»

Koch seufzte.

«Wenn ich dich richtig verstehe Francesco, dann

soll ich die Akten durchgehen und nach versteckten Fussangeln suchen, korrekt?»

«Würdest du das für uns tun?»

Der Bauinspektor dachte einen Augenblick nach.

«Es gibt noch eine andere Möglichkeit», Koch stellte eine interne Telefonnummer ein, «Ruth, hast du eine halbe Stunde Zeit für mich? … Ja, jetzt gleich, bei mir im Büro … Danke.» Er legte auf. «Ruth Gasser ist eine meiner besten Mitarbeiterinnen. Sie hat die Unterlagen für die Staatsanwaltschaft zusammengestellt, kennt sich also bestens mit Hochstrassers Projekten aus.»

Eine Frau um die sechzig trat kurze Zeit später ins Büro. Koch stellte Nadine und den Kommissär vor und blieb danach konsequent bei der Version, dass die Polizei um Amtshilfe gebeten habe.

«Wenn ich etwas dazu beitragen kann, um den Mörder von Dani zu finden, bin ich sehr gerne bereit, euch zu unterstützen.»

«Danke, Ruth. Es geht um Philipp Hochstrasser. Er ist einer der Verdächtigen, aber das muss unter uns bleiben.»

«Selbstverständlich. Ah, da liegen ja die Unterlagen, die ich im Auftrag von Sebastian zusammengetragen habe. Der Dreispitz-Bau fehlt, diese Akten sind bereits beim Staatsanwalt. Vermutlich bleibt auch an uns etwas hängen.»

Koch nickte mit ernster Miene.

«Das stimmt. Auch wir sind nicht fehlerfrei.»

«Ich befürchte, dass da noch ziemlich viel Ärger auf uns zukommt. Dieser Hochstrasser ist ein übler Kerl. Auf dem Dreispitz hielt er sich überhaupt nicht an die Vorgaben. Er verwendete billiges Material und erst noch zu wenig. Das geht eindeutig aus dem Schlussbericht der Untersuchung hervor. Zudem arbeiteten verschiedene Handwerker unprofessionell, so begann beispielsweise die Fassade nach einem halben Jahr zu bröckeln und Wasser drang durchs Dach ein. Wie gesagt, ein übler Kerl. Und sein Assistent, dieser Christian Vischer, auch.»

«Vischer arbeitet nicht mehr für Hochstrasser, sondern für Yvo Liechti.»

«Erstaunlich. Auf der Branche wissen alle, dass dieser Vischer ein eiskalter Gauner ist. Das erzählt man sich natürlich nur hinter vorgehaltener Hand, schliesslich gehört er zum Vischer-Clan.»

«Unter uns, Ruth. Sabrina Vischer ist eine gute Freundin von Francesco. Sie bat ihn, ihr in einer delikaten Angelegenheit zu helfen. Seit ihr Sohn bei Yvo Liechti arbeitet, hat er seine Vergangenheit hinter sich gelassen. Doch Hochstrasser taucht immer wieder auf, jetzt erpresst er ihn sogar. Er weiss etwas, das Christian ins Gefängnis bringen könnte. Wir glauben, Sabrinas Sohn hat eine Chance verdient, und suchen nach Hochstrassers Schwachpunkt.»

«Um Gegendruck auszuüben, Nadine?»

«Du hast es erfasst. Kannst du uns einen Tipp geben?»

«Wisst ihr, Vischer und ich sind einige Male aneinandergeraten. Ein arroganter Kerl, unsympathisch und ungehobelt», sie blickte in die Runde. «Aber Hochstrasser ist ein noch viel üblerer Typ. Gibst du mir bitte die Akte Kraus, Sebastian?»

Der Leiter des Bauinspektorats schob den Ordner über den Tisch.

«Da ist Sprengstoff drin. Es geht um die Renovation einer Liegenschaft am Schaffhauserrheinweg. Auf den ersten Blick sieht alles korrekt aus, das verwendete Material ist absolut in Ordnung. Im Laufe der Arbeiten kam es jedoch zu Komplikationen. Der Denkmalschutz schritt ein und stellte Forderungen. Der Besitzer der Liegenschaft, ein Dr. Hartmut Kraus …»

«Den kenne ich. Das ist ein ehemaliger Divisionsleiter vom Vischer-Konzern», stellte Ferrari fest.

«Dieser Kraus musste danach einige Auflagen erfüllen. Philipp Hochstrasser führte alles sachgemäss aus. Das Haus sieht jetzt fantastisch aus.»

«Du warst dort?»

«Sebastian bat mich, die drei Bauten vor Ort zu inspizieren, um sicher zu gehen, dass jetzt alles in Ordnung ist. Kraus, ein sympathischer Herr um die achtzig, zeigte mir voller Stolz das Haus. Auch die Rechnungen für den Umbau durfte ich einsehen. Das Ganze hat ein Vermögen gekostet, vor allem die Auflagen des Denkmalschutzes. Aber es hat sich gelohnt.»

«Alles gut und recht, aber wo ist der Sprengstoff?»

«Die Denkmalpflege weiss von einigen Auflagen nichts, die sie angeblich gemacht haben soll.»

Nadine sah Ruth ungläubig an.

«Wie das?»

«Die Briefe sind gefälscht, von Hochstrasser. Er log Kraus vor, dass er spezielle Handwerker und Restauratoren hinzuziehen müsse, und die sind bekanntlich extrem teuer. Ich wollte dem alten Mann die Freude über sein nach Denkmalschutzkriterien renoviertes Haus nicht nehmen. Hochstrasser verdiente ein Vermögen damit, na ja, ‹erschwindelte› wäre wohl das treffendere Wort. Ich hätte dich am Montag noch über meine Recherchen informiert, Sebastian.»

Ferrari sah Koch fragend an.

«Bist du sicher, dass das alles stimmt, Ruth?»

«Absolut. Ich habe beim Denkmalschutz nämlich nach den letzten Renovationen an Gebäuden am Schaffhauserrheinweg gefragt, bei denen sie Auflagen gemacht haben. Ich gab vor, mich in diese Materie etwas vertiefen zu wollen, rein fachlich. Die Villa von Kraus ist zwar dabei, aber nicht in dem Umfang.»

«Heikel. Sehr heikel. Wer nahm den Bau ab?»

«Emanuel.»

«Emanuel … Emanuel Stoll muss gewusst haben, dass nicht alle Massnahmen vom Denkmalschutz angeordnet wurden. Hast du mit ihm darüber gesprochen, Ruth?»

«Das ist deine Aufgabe, Sebastian. Ich kann nur eins

und eins zusammenzählen und mache mir halt so meine Gedanken.»

«Hochstrasser hat Stoll geschmiert!»

«Mit grosser Wahrscheinlichkeit, Nadine. Stoll war auch der Baukontrolleur bei den anderen zwei Objekten.»

«Mist, verdammter! Wo ist Emanuel?»

«Auf Marbella im Urlaub. Er kommt am Wochenende zurück.»

«Gut. Ich nehme ihn mir am Montag vor. Wenn er es gesteht, soll er sofort seine Kündigung einreichen. Ich werde mir dann die weiteren Schritte überlegen.»

«Was ihr auch immer unternehmt, ich bitte euch nur um eines: Lasst Kraus aus dem Spiel. Er ist stolz und total glücklich mit seinem renovierten Haus. Wenn er erfährt, dass er reingelegt wurde, verkraftet er das nicht.»

«Das wollen und werden wir auch nicht, Ruth. Wir setzen einzig und allein Hochstrasser damit unter Druck.»

«Das ist eine ganz üble Figur. Das hier», sie klopfte auf die Akten, «ist Sprengstoff genug, um ihn anzuklagen. Doch einen Mord wird er nicht so einfach zugeben.»

«Wir haben noch einige andere Pfeile im Köcher.»

«Hoffentlich gelingt es euch, ihn zu überführen. Mit meiner Unterstützung könnt ihr rechnen.»

Sie schob Nadine die Ordner über den Tisch.

«Noch eine Frage. Fehlt euch eine Akte?»

Sebastian Koch sah Nadine fragend an.

«Wir sind sicher, dass bei Daniel Martin ein Ordner aus dem Regal verschwunden ist.»

«Vermutlich ein privater Ordner. Aber wir kontrollieren nach, ob eine Akte fehlt. Ruth, würdest du Thorsten bitten, zu uns rüberzukommen? Danke.»

«Selbstverständlich. Wenn ihr noch was wissen müsst, hier ist meine Durchwahl.»

«Danke. Du hast uns einen grossen Dienst erwiesen.»

«Gerne.»

Thorsten Harr bestätigte ihnen, dass sämtliche Unterlagen vollständig vorhanden seien.

«Dachte ich mir. Dani hielt sich strikt an unsere Vorschriften.»

«Trotzdem fehlt ein Ordner bei ihm zu Hause. Noch etwas, Thorsten. Dani hinterliess einen kurzen Brief, in dem er Yvo Mauscheleien vorwirft. Kennst du diese Zeilen? Weisst du, um was es dabei konkret geht?»

Ferrari legte ihm das Schreiben auf den Tisch. Harr schüttelte zuerst den Kopf, las die wenigen Sätze ein zweites Mal und schob das Blatt zurück.

«Unverkennbar seine Schrift. Leider kann ich euch nicht helfen, mit mir hat Dani darüber nicht gesprochen.»

«Das muss unter uns bleiben. Ich rechne mit deiner Diskretion.»

«Selbstverständlich, Nadine.»

«Da fällt mir noch etwas ein. Was ist mit Staatsanwalt Obrist? Ich meine, was ist, wenn er beim Denkmalschutz nachfragt? Dann stehen wir ziemlich dumm da.»

«Dieses Problem lösen wir, Sebastian. Für Francesco ein Klacks.»

«Hm!»

«Bist du noch bei Trost?!»

«Du wiederholst dich.»

«Wie bitte sollen wir das lösen?»

«Am einfachsten wäre es, Obrist würde diese Akten gar nicht erhalten.»

«Das meinst du nicht im Ernst, oder?»

Der Kommissär zog die linke Augenbraue in die Höhe.

«Ich sage ja nur, das wäre am einfachsten. Natürlich geht das nicht … Elender Mist!»

Nadine drückte das Gaspedal voll durch, sodass die Reifen wie beim Start eines Formel-1-Boliden durchdrehten.

«Spinnst du? Das ist ja lebensgefährlich. Die Kiste schwankt wie ein Schiff im Sturm.»

«Mitfahrer Maul halten!»

«Aber die Karre aus dem Dreck ziehen soll der Mitfahrer.»

«Im übertragenen Sinn», schmunzelte Nadine. «Bin gespannt, wie du das hinkriegst.»

Ferrari klopfte mit den Fingern aufs Pult.

«Das glaube ich jetzt nicht. Ich entsorge sämtliche Kugelschreiber im Umkreis eines Kilometers, damit du mich mit deiner dämlichen Klopferei nicht in den Wahnsinn treibst, und was macht der Herr? Er hämmert mit den Fingern auf den Schreibtisch.»

«Das hilft mir beim Denken.»

«Und?»

«Es fällt mir nichts Gescheites ein.»

«Na, prima. Jetzt haben wir zwar ein Druckmittel gegen Philipp in der Hand, dafür stehen wir vor einem Staatsanwaltsproblem.»

«Aha, man spricht über mich als Problem?! Sehr interessant», Staatsanwalt Jakob Borer betrat Ferraris Büro.

«Wir reden nicht von Ihnen, sondern von Bernhard Obrist.»

«Berni? Plant er ebenfalls eine politische Karriere?»

«Gibt es noch ein anderes Thema als Ihre Nationalratskandidatur?»

«In der Tat. Zum Beispiel der ungelöste Mord an Daniel Martin, wie steht es mit der Aufklärung?»

«Wir arbeiten daran.»

«Das will ich sehr hoffen, Ferrari. In welchem Zusammenhang haben Sie mit Berni zu tun?»

«Nur indirekt.»

«Aha. Da bin ich jetzt aber gespannt.»

«Es geht um einen seiner Fälle, um Philipp Hochstrasser.»

«Der Baulöwe? Ach so, die Sache auf dem Dreispitz. Berni hat mich darüber informiert … Jetzt verstehe ich. Sie verdächtigen Hochstrasser und durchforsten seine Vergangenheit.»

«Ja und nein.»

«Wie nun, Frau Kupfer?»

«Gehen wir einmal von der rein hypothetischen Annahme aus, dass Obrist am Montag über eine Akte verfügt, die für uns viel wichtiger ist als für ihn. Wie könnten wir an diese gelangen?»

Borer setzte sich auf den Besucherstuhl.

«Also .. ähm … Gegenfrage. Braucht er die Akte für seinen Fall?»

«Nicht unbedingt. Es wäre nur sozusagen das Sahnehäubchen. Die anderen Unterlagen reichen vollkommen aus, um Hochstrasser ans Messer zu liefern.»

«In diesem Fall könnte man, natürlich nur rein hypothetisch, bei Kollege Obrist die Akte aus prioritären Gründen anfordern. Ein Mord wäre wohl ein solcher Grund.»

«Rein hypothetisch, würden Sie so etwas tun?»

«Nun, Frau Kupfer, aber wirklich nur rein hypothetisch, wenn Sie die Akte dringend für Ihre laufenden Ermittlungen benötigen, werde ich mit Kollege Obrist sprechen. Das sollte kein Problem sein, vor allem, weil er sie gar nicht dringend für seinen Fall benötigt, wie Sie mir glaubhaft versichern.»

«Sehr schön. Wir benötigen den Ordner Kraus.»

Borer überlegte kurz.

«Kraus … Dr. Hartmut Kraus? Arbeitet er nicht im Vischer-Konzern?»

«Er war Divisionsleiter, ist jedoch längst pensioniert. Sie würden uns mit Ihrem umsichtigen Handeln sehr helfen, Herr Staatsanwalt. Und Francesco wäre auch bereit, Ihre tatkräftige Unterstützung bei Sabrina Vischer lobend zu erwähnen.»

«Bei Sabrina Vischer? Stimmt das, Ferrari?»

«Ich werde sie sogar bitten, Ihren Wahlkampf zu unterstützen.»

«Meinen Wahlkampf? Das ist eine ausgezeichnete Idee. Ganz hervorragend … Herrschaften, ein Mord hat absolute Priorität. Ich werde die Akte am Montag persönlich bei Kollege Obrist abholen. Sie können sich auf mich verlassen.»

«An dir ist die beste Politikerin aller Zeiten verloren gegangen.»

«Das liegt mir im Blut. Paps Nationalrat, Mam war Kommunalpolitikerin.»

«Meinst du wirklich, dass Obrist den Ordner rausrückt?»

«Allerdings. Borer wird sich nie und nimmer die Chance entgehen lassen, sich seinen Wahlkampf von Sabrina finanzieren zu lassen. Und jetzt, Chef, reissen wir Hochstrasser so was von den Arsch auf.»

Hochstrassers Zentrale an der Socinstrasse befand sich in einem heruntergekommenen Hinterhaus. Verschmierte Wände, bröckelnder Putz, uralte Büroeinrichtung. Es roch förmlich nach Untergang.

«Ja, der Franco! Ciao. Come stai?» Hochstrasser, ein äusserst attraktiver, braun gebrannter Sonnyboy, umarmte den Kommissär. «Und das ist sicher deine Kollegin Nadine Kupfer. Kommt, wir gehen in mein Büro, da sind wir ungestört.»

Ferrari trottete hinter den beiden her. Ich mag ihn nicht, ich mochte ihn noch nie. Aber ich halte mich zurück, Nadine soll mit ihm reden.

«Möchtet ihr etwas trinken?»

«Nein danke. Wir wollen Sie nicht lange belästigen.»

«Nun denn, was verschafft mir die Ehre?»

«Sie können es sich sicher vorstellen?»

«Selbstverständlich. Aber ich muss Sie enttäuschen, da sind Sie auf dem Holzweg. Ich war es nicht, oder traust du mir das etwa zu, Franco?»

Nadine sah den Kommissär irritiert an.

«Ich traue dir alles zu», brummte ein sichtlich genervter Ferrari.

«Jetzt macht mal halblang. Schaut euch hier um. Ohne Yvo wäre ich längst hopsgegangen, er ist meine letzte Chance. Und genau auf seinem Bau soll ich Mist gebaut haben? Ich beisse doch nicht die Hand, die mich füttert. Verdammt noch mal, Franco. Yvo ist einer von uns. An dem Bau ist alles top. Ihr seid bei mir echt an der falschen Adresse und …»

«Moment mal», unterbrach Nadine. «Reden wir von der gleichen Sache? Wir sind wegen Christian Vischer hier.»

«Klar reden wir vom Gleichen, nämlich vom Einsturz und vom Mord an Dani. Hängt Christian mit drin? Das kann ich mir eigentlich nicht vorstellen.» Hochstrasser blickte irritiert. «Die hatten zwar einen extremen Streit vor einer Woche, aber ich dachte, dass sich das wieder eingerenkt hat. Sie waren doch zusammen an dieser Quartierversammlung und sind im Anschluss noch was trinken gegangen, wie die dicksten Freunde. Dieser Schnetzler, ein Arschloch im Quadrat, ist ihnen gefolgt.» Hochstrasser schüttelte den Kopf. «Der Querulant wollte nicht aufgeben. Jetzt ist er rasiert, sein Druckmittel liegt in Trümmern.»

«Vischer und Martin stritten sich? Weisst du, warum?»

«Schwierig zu sagen. Es war ein kurzer und heftiger Streit. Ich hörte nur noch, wie Dani sagte: ‹Ich rede mit Sebastian. Und dann ist Schluss.›»

Ferrari trommelte mit den Fingern auf Hochstrassers Schreibtisch. Das Stakkato wurde schneller und schneller.

«Und das ist kein Ablenkungsmanöver von dir, Philipp?»

«Können diese Augen lügen, Franco?»

«Diese Augen haben das Lügen erfunden. Um was ging es deiner Meinung nach beim Streit?»

«Das liegt auf der Hand. Dani war irgendeiner Sache auf der Spur und wollte mit Koch darüber sprechen. Wenn du mich fragst, den Trümmerhaufen verdanken wir Marco.»

«Frischknecht?»

«Der Idiot hat sich verrechnet. Und Dani, an dem ist ein echt guter Ingenieur verloren gegangen, ist ihm auf die Schliche gekommen. Ich sag euch eins, ob ihr mirs glaubt oder nicht, bei dem Bau habe ich alles gegeben. Tausend Mal war ich auf der Baustelle. Da gibts kein Wenn und Aber. Die Untersuchungen werden zeigen, dass wir alles genau nach Plan ausgeführt haben.»

«Im Gegensatz zu anderen Baustellen.»

«Och, herrjeh, jetzt kommen diese alten Kamellen wieder hoch. Sie meinen das Ding auf dem Dreispitz? Der Prozess wird zeigen, dass mein Bauführer geschlampt hat, Frau Kupfer.»

«Vielleicht auch nicht.»

«Ach ja? Sie sind als Zuschauerin herzlich willkommen. Christian missbrauchte mein Vertrauen.»

«Inwiefern?»

«Er missachtete meine Anweisungen, um Geld zu sparen. Lobenswert zwar, doch das schadet meinem Ruf.»

«Welchem Ruf?»

Hochstrasser lachte.

«Gut gekontert. Unter uns, Christian hat arg gepfuscht. Die Fassade, das Dach und dann erst noch der Schwelbrand.»

«Wollen Sie damit sagen, Sie hätten nichts davon gewusst?»

«Ich kann nicht auf jedem Bau alles nachprüfen. Dafür habe ich einen Bauführer.»

«Christian beteuert hingegen, dass alles gemäss Ihren Anweisungen ausgeführt worden ist.»

«Kommen Sie aufs Gericht, Frau Kupfer. Sie werden sehen, Christian übernimmt die volle Verantwortung an dem Debakel.»

«Ja, weil Sie ihn erpressen.»

«Ich bitte Sie. Wer erzählt denn so einen Schwachsinn?»

«Christian. Er hat Rechnungen gefälscht und wurde von Ihnen erwischt.»

Hochstrasser pfiff durch die Zähne.

«Aha, daher weht der Wind. Er geht in die Offensive. Ihr seid gar nicht wegen des Voltabaus und wegen Dani hier?»

«Wir schlagen zwei Fliegen mit einer Klappe, Herr Hochstrasser.»

«Okay, diskutieren wir das aus. Dieser Scheissbau auf dem Dreispitz ist aus dem Ruder gelaufen. Das gebe ich offen zu. Meine Offerte war viel zu billig. Ich konnte das nur mit Einsparungen wieder reinholen.»

«Sie haben gepfuscht.»

«Mag sein. Nur, mir kann niemand etwas beweisen.»

«Nicht ganz. Sie haben es soeben vor Francesco und mir zugegeben.»

«Ich halte dagegen, indem ich Ihnen ... voilà», er warf von Christian abgezeichnete Rechnungen auf den Tisch, «die Fakten zeige. Die Rechnungen hier sind alle getürkt. Wenn Sie Christian aus der Schusslinie ziehen wollen, müssen Sie schon etwas mehr bieten.»

«Wie wärs mit Dr. Hartmut Kraus? Die Renovation der Villa am Schaffhauserrheinweg?»

«Kraus? Das war ein super Auftrag.»

In Hochstrassers Stimme schwang Vorsicht mit.

«Vor allem, weil Sie Dokumente des Denkmalschutzes fälschten.»

Hochstrasser pfiff erneut anerkennend durch die Zähne.

«Deine Kollegin ist spitze, Franco ... Gut. Reden wir nicht lange um den heissen Brei herum. Was wollen Sie von mir?»

«Sie übernehmen die volle Verantwortung für den Mist, den Sie auf dem Dreispitz abgeliefert haben, und dafür vergessen wir die Sache mit Kraus.»

«Das ... das ist nicht ganz so einfach, wie Sie es sich vorstellen.»

«Und warum nicht?»

«Wenn ich auf Ihren Vorschlag eingehe, bin ich erledigt. Das Ding auf dem Dreispitz ist eine Ruine, die muss abgerissen werden. Meine Versicherung zahlt keinen Rappen, nicht mal die Grobfahrlässigkeitsklausel greift.»

«Was bei Betrug auch nicht üblich ist.»

«Wie wahr. Wenn ich Christian die volle Schuld in

die Schuhe schiebe, komme ich vielleicht nochmals davon. Sollte ich gleichwohl verknurrt werden, kann ich auf Christian Regress nehmen.»

«Ja, klar. Seine Mutter wird das schon regeln.»

«Die fette Kuh! Ich war bei ihr, habe sie auf den Knien angefleht, mir zu helfen. Aber dieser Koloss bewegte sich keinen Millimeter. Jetzt läuft es halt in die andere Richtung. Das Muttersöhnchen wird zur Schlachtbank geführt und sie bezahlt erst noch die Rechnung für den Metzger.»

«Sie vergessen dabei eine Kleinigkeit.»

«Wollen Sie auch ein Stück des Kuchens?»

Nadine lachte.

«Nein, das meine ich nicht. Die Sache mit Kraus, schon vergessen? Da kriegen wir Sie. Also, was schlagen Sie vor? Sie sind doch auf diesem Gebiet das Genie.»

Hochstrasser faltete die Hände wie zum Gebet und dachte einen Augenblick nach.

«Gut. Ich übernehme die Verantwortung für das Desaster auf dem Dreispitz. Sie kriegen alle gefakte Rechnungen von Christian, ich bekomme den Ordner Kraus. Und wenn die Versicherung nicht bezahlt, übernimmt die fette Vischer die Sanierungskosten. Ende gut, alles gut.»

Strahlend wie ein Marienkäfer streckte er die Hände zum Himmel.

«Was meinst du, Francesco?», wandte sich Nadine an den Kommissär.

«Aha! Jetzt hat der Boss das letzte Wort.»

«Das mit Sabrina regle ich. Den Ordner kriegst du unter keinen Umständen, Philipp. Das wäre Unterschlagung von Akten.»

«Was spielt der denn überhaupt für eine Rolle?»

«Keine, wenn Ihr Anwalt am Montag Staatsanwalt Obrist informiert, dass Sie die Verantwortung übernehmen und für den Schaden aufkommen. Wahrscheinlich gibt es dann gar keinen Prozess.»

«Cool. Der Deal gilt. Sie sind verdammt clever, Frau Kupfer. Wollen wir uns nicht zusammentun?»

«Danke für das Angebot. Ich bleibe lieber auf der guten Seite.»

«Schade!»

«Noch eine letzte Frage. Wo warst du am Dienstagabend zwischen neun und zehn?»

«Bin ich Danis Mörder?»

«Wer weiss. Bist du es?»

«Ich war an einem Konzert am Stimmenfestival in Lörrach.»

«Allein?»

«Ich bin immer solo unterwegs.»

«Na also. War doch ein Kinderspiel. Das hätte ich auch locker ohne dich geschafft.»

«Und wenn Sabrina nicht mitspielt?»

«Gibt es noch Agnes oder Olivia oder den Chef des Hauses. Worauf wartest du? Ruf Sabrina an.»

Ferrari versuchte, sein Handy aus dem Hosensack zu fischen. Ein Ding der Unmöglichkeit. Dieses Auto ist eine absolute Zumutung! In einer Schuhschachtel hätte man mehr Bewegungsfreiheit.

«Es liegt nicht am Porsche. Du bist einfach zu fett.»

«Hm.»

Das Gespräch mit Sabrina Vischer dauerte nur kurz. Sie war mit allem einverstanden, was Ferrari vorschlug, und bat einzig und allein um Diskretion. Niemand dürfe je davon erfahren, weder Christian noch jemand anders aus der Familie.

«Sie möchte noch mir dir sprechen, Nadine.»

Nadine hielt am Strassenrand an.

«Hallo, Sabrina … Gern geschehen … Genauso … Ja, versprochen … Du kannst dich auf uns verlassen … Dir auch … Tschüss.»

«Und?»

«Sie ist richtig glücklich und hat sich bedankt. Sie wäre froh, wenn wir das alles für sie erledigen könnten.»

«Was erledigen?»

«Falls die Versicherung nicht zahlt.»

«Selbstverständlich. Dann nehme ich die zehn Millionen einfach von meinem nächsten Monatsgehalt und überweise sie Philipp.»

«Zehn sind es bestimmt nicht. Vielleicht drei oder vier, höchstens fünf. Ich habe ihr versprochen, dass wir das mit Hochstrasser regeln.»

«Super! Der wird uns laufend über den Tisch ziehen.»

«Das glaube ich kaum. Yvo wird uns unterstützen.»

«Glaubst du die Story von Philipp?»

«Das mit dem Streit glaube ich. Nur bei seinem plötzlichen Berufsethos schwanke ich. Falls er die Wahrheit sagt, könnte eine Fehlberechnung von Frischknecht die Ursache des Einsturzes sein, so wie Hochstrasser vermutet.»

«Möglich. Wir müssen uns mit Vischer unterhalten. Ich will wissen, weshalb sie sich in die Wolle gekriegt haben.»

«Aber kein Wort über das Gespräch mit Hochstrasser und Sabrina.»

«Wie könnte ich?»

«Wes Herz vor Freude springt. Oder ist es nur die Zunge?»

«Hm!»

Die weissen Marsmänner liefen auf der Bauruine mit Schutzmasken herum und arbeiteten sich langsam, aber stetig voran. Christian Vischer stand in einiger Entfernung und betrachtete das seltsam anmutende Geschehen. Als er Nadine und Ferrari sah, winkte er sie zu sich.

«Die ackern sich Meter für Meter durch die Betonmassen. Ab Montag beginnen sie mit schwerem Gerät die Mauern abzutragen. Es ist schrecklich mitanzusehen. Einfach grauenhaft. Monatelang haben wir gebaut und nun das.»

«Gibt es Neuigkeiten?»

«Nein, noch nicht.»

«Bei unserem letzten Besuch verdächtigten Sie Hochstrasser. Wie ist das möglich, Sie kontrollierten doch den Bau?»

«Wenn du wirklich betrügen willst, dann gelingt es dir auch. Hochstrasser ist ein gerissener Hund.»

«Sie halten wirklich nicht viel von ihm.»

«Gar nichts ... Sie werden es sowieso erfahren. In der nächsten Woche beginnt ein Prozess gegen Hochstrasser und mich. Es geht um Baumängel bei einem Bürohaus auf dem Dreispitz, bei dem ich die Verantwortung trage. Ich werde dies vor Gericht auch so aussagen. Was dann passiert, weiss ich nicht. Wahrscheinlich bin ich als Bauführer für niemanden mehr tragbar, auch nicht für Yvo.»

Nadine blickte warnend zu Ferrari. Ja, ja, schon gut. Ich verrate kein Sterbenswörtchen. Zur Sicherheit trat sie ihrem Chef auf den Fuss.

«Aua! Spinnst du?»

«Entschuldige. Das war keine Absicht», flunkerte Nadine. «Wir unterhielten uns mit Ihrem früheren Chef über die Baustelle und natürlich in erster Linie über den Mord. Er erwähnte einen Streit zwischen Ihnen und Dani Martin.»

«Einen Streit? ... Wann soll das gewesen sein?»

«Vor einer Woche.»

«Lassen Sie mich kurz überlegen ... Wir sind hin und wieder aneinandergerasselt, aber es ging immer um die Arbeit. Es wurde nie persönlich.»

«Hochstrasser bekam nur den Schluss der Unterhaltung mit. Dani Martin wollte offenbar mit Sebastian Koch reden und meinte, danach sei Schluss.»

«Ach das! Jetzt fällts mir wieder ein. Dani kam an einem Vormittag total sauer auf mich zu. Er fühle sich übergangen. Ich hätte immer nur mit Thorsten über den Bau am Voltaplatz gesprochen und ihn aussen vor gelassen. Dabei blendete er total aus, dass er krankgeschrieben war. Das Gespräch war mehr als seltsam, richtig konkret wurde er nicht. Er stellte laufend Fragen. Ob ich sicher sei, dass alles in Ordnung wäre. Wie es mit den elektrischen Installationen stünde. Und so weiter und so fort. Ich wusste genau, worauf es hinausläuft. Er spielte auf das Bürogebäude auf dem Dreispitz an. Verdammt noch mal, ja, dort haben wir gepfuscht. Betrogen. Doch das ist Vergangenheit. Ich bin ziemlich laut geworden. Als ich mich beruhigt hatte, versicherte ich ihm, hier sei alles in Ordnung.»

«Was meinte er mit der Bemerkung, danach sei Schluss?»

«Das hat Hochstrasser aus dem Zusammenhang gerissen. Komisch war Danis Reaktion gleichwohl, wenn ich es mir jetzt genau überlege.»

«Welche Reaktion?»

«Wie er darauf reagierte, als ich ihn anschrie. Ich sagte ihm klar und deutlich, er solle sich in Zukunft an Marco oder, besser noch, an Yvo wenden. Ich hätte genug von diesen unsinnigen Streitereien. Und da sagte er: ‹Das werde ich nicht. Ich will mit Yvo nichts mehr zu tun haben.›»

«Und Frischknecht erwähnte er nicht?»

«Nein, überhaupt nicht. Mit dem ist er sowieso nicht besonders gut ausgekommen.»

«Eins nach dem anderen. Er sagte also: ‹Mit Yvo will ich nichts mehr zu tun haben›?»

«So oder ähnlich. Und dann eben noch, zum Glück sei jetzt Schluss. Ich winkte nur ab. Das war mir zu wirr. Marco benötigte dann meine Hilfe, ein Problem mit den Sanitäranlagen im zweiten Stock. Weil mir das Ganze keine Ruhe liess, fragte ich Marco, ob es zwischen Dani und Yvo Stress gebe. Aber Marco wusste auch nichts.»

«Haben Sie Dani danach nochmals gesehen?»

«Erst wieder an der Quartierversammlung mit anschliessendem kleinen Besäufnis. Davon habe ich Ihnen ja schon erzählt.»

«War Ihr Streit ein Thema?»

«Ja, kurz. Ich fragte ihn, welche Laus ihm denn bei unserem letzten Gespräch über die Leber gelaufen sei. Er winkte ab. ‹Vergiss es, Chris. Ich will nicht darüber reden. Es bleibt, wie ich es gesagt habe.› Da wusste ich, es bringt nichts, wenn ich nachhake.»

«Und was war mit Marco Frischknecht?»

«Dem wich er irgendwie aus. Streit gab es meines Wissens keinen, nur einmal machte Dani so eine Bemerkung. Von wegen da komme der super Intellektuelle, der die Weisheit mit dem Löffel gefressen habe. ‹Der ist zu höherem geboren, Chris. Nicht zu solchen Bauten, wie du sie hochziehst und ich sie betreue› … Das kann ich übrigens nachvollziehen.»

«Warum?»

«Marco kann sehr arrogant sein und zeigt es den Leuten auch ungeniert. Die Handwerker hassen ihn wie die Pest. Bei Dani und Thorsten hält er sich natürlich zurück. Keiner will es sich mit den Baukontrolleuren verscherzen und allfällige unnötige Auflagen riskieren.»

«Wie verhält er sich Ihnen gegenüber?»

«Zurückhaltend. Aber auch nur, weil er meinen Clan fürchtet. Wäre ich kein Vischer, wäre ich Abschaum für ihn. Ein kleiner Bauführer, auf dem man herumtrampeln kann. Wenn Marco eines Tages auf irgendeiner Baustelle einen Unfall erleidet, wundert das niemand.»

«Malen Sie den Teufel nicht an die Wand.»

Vischer lachte.

«Das ist nicht meine Absicht. Brauchen Sie mich noch?»

«Nein, alle Fragen sind beantwortet. Falls Ihnen noch etwas einfällt …»

«… melde ich mich umgehend.»

«Frischknecht kam bei mir nicht arrogant rüber.»

«Du bist auch der Superheld der Kripo.»

«Tja und wieso? Das kommt nämlich nicht von ungefähr, sondern aufgrund meiner harten Arbeit, meiner überragenden Intelligenz, meiner präzisen

Kombinationsgabe, meines todsicheren Instinkts und last but not least wegen meines unwiderstehlichen Charmes und meines blendenden Aussehens.»

«Meinst du damit deine sich immer stärker abzeichnende Glatze, deinen Hang zum Alkohol und deine unkontrollierte Fresssucht?»

«Monika gefällts, wie ich bin.»

«Oh ja. Sie steht nun mal auf tapsige Bären, die mit ihren Kulleraugen hilflos in die Welt schauen. Das erweckt ihren Mutterinstinkt.»

«Deinen auch?»

«Ich krieg eher die Krise.»

«Du musst mich übrigens nicht nach Hause fahren.»

«Das habe ich auch nicht vor.»

«Warum fahren wir dann über die Dreirosenbrücke.»

«Weil ich JJ versprochen habe, Sandra Jeric zu beruhigen, wenn Ken bis heute Abend nicht auftaucht. Und, ist er aufgetaucht?»

«Anscheinend nicht. Du kannst mich dort vorne rauslassen.»

«Denkste! Du kommst brav mit, Superman!»

«Hm.»

Die Kunst bestand nicht darin, zu parkieren, sondern einen Parkplatz zu finden. Nadine kurvte minutenlang durchs Quartier, bis sich endlich einer aus einer Parklücke bewegte, etwa dreihundert Meter von der Oetlingerstrasse entfernt.

«Mit dem Achter hätten wir fast bis zur Oetlingerstrasse fahren können.»

«Und wären vom Voltaplatz bis hierher mindestens eine halbe Stunde unterwegs gewesen.»

«Mit dem Auto sind wir auch nicht schneller.»

«Autofahren macht mehr Spass.»

«Es würde mich schon interessieren, was daran lustig sein soll. Wir fahren sinnlos im Quartier herum, du fluchst wie ein Rohrspatz, weil so viele Idioten unterwegs sind, die einem den Parkplatz stehlen. Wo bitte ist das Vergnügen?»

«Das verstehst du nicht, du Ökofuzzi … Ah, hier ist es.»

Nadine läutete Sturm. Ferrari keuchte hinter ihr die knarrende Holztreppe hinauf. Das ganze Treppenhaus stank nach Kohl. Grässlich. Die sollten einmal lüften.

«Kommen Sie bitte rasch hinein. Die im Parterre kocht wieder einmal Gemüse und immer bei geschlossenem Fenster.»

«Gibts denn keinen Dampfabzug?»

Sandra Jeric schmunzelte.

«Schauen Sie sich unsere Kücheneinrichtung an, Herr Kommissär. Dann fragen Sie das nie mehr.»

In der Tat. Ein uraltes Spülbecken, wahrscheinlich würden Innenarchitekten für das Museumsstück bereits wieder ein Vermögen aufwerfen, ein Herd aus Grossmutters Zeit und zwei wackelige Wandschränke. Die Wohnung an und für sich war gemütlich eingerichtet, sicher den finanziellen Möglichkeiten von Sandra angepasst.

«Möchten Sie etwas trinken?»

«Danke, im Augenblick nicht.»

Die junge Frau hielt sich tapfer, aber man sah ihr die Verunsicherung an.

«Ich bin Nadine. Hast du etwas von Ken gehört?»

«Nein, leider nicht. Ich bin sehr beunruhigt. JJ klappert gerade alle Lokale ab, in denen wir normalerweise verkehren. Er ruft mich sofort an, wenn er ihn findet. Aber er wird ihn nicht finden.»

«Wieso nicht?»

«Weil er tot ist.»

Innerhalb weniger Sekunden war es um ihre Beherrschung geschehen. Sie wurde von einem heftigen Weinkrampf geschüttelt, Nadine nahm sie in den Arm.

«Er … er meldet sich immer. Auch wenn er … wenn er … du weisst schon.»

«Mit einer anderen unterwegs ist.»

Sie nickte.

«Das ist Ken. Er muss sich immer beweisen.»

«Macht dir das nichts aus?»

«Ich liebe ihn halt.»

Ferrari spielte mit einer Barbiepuppe, die vor ihm auf dem Stuhl gesessen hatte. Unglaublich! Ken schläft am Laufmeter mit anderen Frauen und da sitzt eine zierliche, eigentlich ziemlich hübsche Frau, die zu Hause auf ihn wartet und genau weiss, was er treibt. Das verstehe, wer will.

«Ken meldet sich immer, wo er auch ist. Doch jetzt … Nadine, es ist ihm etwas Schreckliches passiert.»

Ferrari verdrehte der Puppe die Arme, was ihm einen missbilligenden Blick von Nadine eintrug.

«Wo arbeitet Ken?»

«Normalerweise auf dem Bau, als Hilfsarbeiter. Im Moment ist er arbeitslos. Es läuft in der Branche nicht besonders und dort, wo es läuft, schnappen ihm und seinen Freunden die billigen Leute aus dem Osten den Job weg.»

Wahrscheinlich reisst er sich auch nicht gerade um den Job, dachte Ferrari kopfschüttelnd.

«Und du?»

«Ich bin Kosmetikerin und arbeite in einem Kosmetiksalon. Eine tolle Arbeit, nur leider schlecht bezahlt. Wir rennen hin und her, schminken stundenlang, geben uns echt Mühe, doch abkassieren tun die anderen. Immerhin reichts zum Leben.»

«Wie lange bist du schon mit Ken zusammen?»

«Drei Jahre. Er ist ein super Typ, abgesehen von seinem Machogehabe.»

«Wieso glaubst du, dass ihm etwas passiert ist?»

«Wegen des Zuhälters.»

«Welcher Zuhälter?»

«Ken ist der Prostituierten hinterher, das habe ich gesehen.»

«Du warst an dem Abend auch bei der Matthäuskirche? Das ist mir gar nicht aufgefallen.»

«Ja, ich traf mich mit zwei Freundinnen beim Schulhaus hinter der Kirche. Wir wollten gerade zu den Jungs, da rannte diese Frau aus dem Haus. Ken ist ihr nach, an der Klybeckstrasse hat sie ihr Zuhälter aufgegabelt. Ich bin sicher, Ken kannte den Typen und …» Sie wischte sich die Tränen aus den Augen, Zorn blitzte auf. «Wie kann man nur so dumm sein! Ich bin sicher, er …»

«… versuchte, ihn zu erpressen», ergänzte Ferrari.

«Ich habe ihn gewarnt, ihn angefleht, es nicht zu tun. Mit solchen Typen ist nicht zu spassen, doch er lachte nur. Ein Ken Kovac laufe in keine Falle. ‹Das ist unsere Chance, Sandra. Aus dem holen wir hundert Riesen oder mehr raus. Das ist ihm mein Schweigen wert. Der zahlt, hundertpro, nur damit seine Alte nicht in den Knast muss.›»

«Nannte er einen Namen oder notierte er sich die Autonummer?»

«Mir hat er nichts gesagt. Er wolle mich nicht belasten, er habe alles hier oben gespeichert», sie tippte sich auf die Stirn. «Und jetzt … ist er bestimmt tot.»

Nadine drückte sie fest an sich, während Ferrari die Barbiepuppe knetete. Wir wenden uns an die Kollegen von der Sitte, die kennen bestimmt alle Prostituierten und Zuhälter vom Quartier, zumindest die meisten. Dann gehen wir sukzessive vor, nehmen uns einen nach dem anderen vor. Hoffentlich ist es für Ken nicht zu spät.

«Wo finden wir JJ?»

«Ich weiss es nicht. Soll ich ihn anrufen?»

«Ja, bitte. Er soll seine Suche abbrechen. Ich glaube nicht, dass er ihn findet. Wir schreiben Ken zur Fahndung aus. Hast du ein brauchbares Foto von ihm?»

Sandra rannte ins Schlafzimmer.

«Glaubst du, dass er tot ist?», wandte sich Nadine an den Kommissär.

«Die Wahrscheinlichkeit ist hoch. Sollte die Frau Dani Martin wirklich erstochen haben, werden sie keinen Zeugen leben lassen, auch wenn Ken den Mord gar nicht gesehen hat. Das Risiko, dass er plaudert, ist zu gross.»

Sandra trat ins Wohnzimmer und hielt Ferrari ein Foto hin. Umständlich versuchte er, mit seinem iPhone das Foto aufzunehmen. Nadine stiess ihn kopfschüttelnd zur Seite.

«Das wird so nichts. Lass es mich machen.»

Sandras Telefon surrte.

«Das ist sicher JJ … Nein, es ist eine SMS von … Ken.» Kreidebleich starrte sie auf das Display. «Mein Gott!»

Nadine nahm ihr das Handy aus der Hand und las die Nachricht vor.

«Du findest deinen Freund unter der Dreirosenbrücke. Halt den Mund oder du bist die Nächste.»

Ken Kovac lag mit einer klaffenden Stirnwunde auf dem Boden. Das Leben ist grausam. Und wie. Die Polizei sperrte Strasse und Park vollständig ab und drängte die vielen Schaulustigen zurück, die aus purer Sensationslust einen Blick auf den Toten werfen wollten. Peter Strub untersuchte Ken bereits, als Nadine und Ferrari mit Sandra eintrafen. Sie übergaben seine Freundin in die Obhut von Kollege Stephan Moser, der sie nur mit grösster Mühe von der Leiche fernhalten konnte. Nadine redete ihr gut zu und versprach, sie zu Ken zu bringen, nachdem sie sich ein Bild vor Ort gemacht hatten.

«Hallo, Peter. Kannst du uns schon sagen, seit wann der junge Mann tot ist?»

«Höchstens eine Stunde schätze ich.»

«Pervers!» Nadine deutete auf einen Plastikbeutel mit dem Handy. «Schreibt eine Botschaft mit Kens Handy, nachdem er ihn ermordet hat. Wer tut denn so was?»

«Die Todesursache ist wahrscheinlich ein heftiger Schlag auf den Kopf. Womit kann ich noch nicht sagen», kommentierte Strub seine vorläufigen Ergebnisse. «Der Mörder muss ein eiskalter Typ sein. Um diese Zeit und bei diesem schönen Wetter halten sich doch immer viele Menschen am Rhein auf. Und du sagst, der Täter schrieb noch eine SMS?»

«Ja, an die Freundin des Ermordeten. Sie ist dort drüben bei Stephan und möchte gern Abschied nehmen. Wie weit bist du mit deinen Untersuchungen, Peter?»

«Ich bin fertig. Die Ergebnisse kriegt ihr morgen.»

Ferrari nickte Stephan zu. Langsam, Schritt für

Schritt kam Sandra auf den Tatort zu. Beim Anblick ihres Freundes schlug sie die Hände vors Gesicht und sank zu Boden.

«Wieso ... wieso nur?», stammelte sie verzweifelt.

Nadine hielt sie fest. Ihr ganzer Körper zitterte. Diese Momente, sie waren so unsagbar schwer. Schmerz, Verzweiflung, Angst, Panik und eine nie dagewesene Einsamkeit breiteten sich aus und über allem lag eine bleischwere Leere.

«Er mimte immer den Starken, dabei war er ganz sanft. Viel sensibler als all die anderen. Wieso? ... Nadine ... ich verstehe das nicht.»

Ferrari schloss die Augen, tausend Bilder schossen durch seinen Kopf. Das Leben und der Tod, dieses ungleiche Paar ist unzertrennlich. Ein glückliches Ende gibt es nicht. Eines Tages trennt sich die Seele vom Körper und entschwindet in die Unendlichkeit des Seins. Leben und Tod sind eins, so, wie der Fluss und das Meer eins sind. Traut den Träumen, denn in ihnen ist das Tor zur Ewigkeit verborgen. Was, wenn wir nicht mehr träumen können? Was, wenn wir nicht mehr hoffen können?

«Er hat zu hoch gepokert, viel zu hoch ... Wollte einmal in seinem Leben ans grosse Geld ran ... Und jetzt ... Jetzt ist er tot, Nadine.» Sandra weinte leise in sich hinein. «Darf ich ihn halten?»

Der Polizeiarzt nickte. Vorsichtig nahm sie ihren Freund in den Arm, liebevoll schaukelte sie ihn hin und her. Wie wenn man ein kleines Kind in den

Schlaf wiegt, dachte der Kommissär. Nach einigen Minuten erhob sich Sandra.

«Darf ich jetzt nach Hause gehen, Nadine? Ich möchte schlafen. Einfach nur schlafen.»

«Das geht leider nicht.»

«Nicht? Warum?»

«Der Mörder kennt dich, er hat dich über die SMS gewarnt. Du kannst jetzt nicht in deine Wohnung zurück.»

«Aber wo soll ich denn hin? Ich hab nur JJ und die anderen Kumpels. Die wohnen alle noch zu Hause.»

«Wo wohnen deine Eltern?»

«Sie sind vor zwei Jahren nach Slowenien zurückgekehrt. In unsere Heimat.»

«Du kannst für eine Nacht bei uns bleiben», schlug Ferrari vor.

«Bei Ihnen?»

«Bei meiner Frau und mir.»

Sie sah Nadine an, die sie in den Arm nahm.

«Das ist eine gute Idee. Wir bringen dich zu dir nach Hause, du packst ein paar Sachen ein und dann fahre ich dich zu Francesco nach Birsfelden. Einverstanden?»

«Ja ... Danke ... Ich ... Nadine, ich habe furchtbare Angst!»

Ferrari sass mit Nadine am Küchentisch. Monika zeigte Sandra das Gästezimmer im oberen Stock und blieb bei ihr, bis sie eingeschlafen war.

«Sie hat einen Schock. Armes Ding.»

«Möchtest du auch ein Glas Wein, Schatz?»

«Gerne. Das muss grausam sein, wenn du plötzlich deinen Liebsten in einer Blutlache vor dir liegen siehst.»

«Sie ahnte es, Monika.»

«Trotzdem. Du hoffst bis zuletzt. Auf eine solche Situation ist niemand vorbereitet. Einfach schrecklich. Manchmal … manchmal träume ich, dass Borer vor der Tür steht und mich zu einem Tatort bringt. Und da liegt ihr zwei, erschossen. Ich erwache jedes Mal schweissgebadet und am ganzen Leib zitternd.»

«Das … das hast du mir noch nie erzählt. Träumst du das oft?»

«Immer, wenn ihr einen besonders brutalen Mord aufklärt. Ich kann nichts dagegen tun.»

Ferrari küsste Monika zärtlich.

«Unkraut vergeht nicht. Du weisst doch, Nadine und ich sind unsterblich.»

«Hoffentlich stimmt das auch.»

«Du hast ein gutes Herz, Monika. Woher wusste der Mörder eigentlich, dass Sandra Kens Freundin ist?»

«Falls der Täter wirklich ein Zuhälter ist, kennt er sich im Quartier aus. Ken war auch kein Unbekannter. Vielleicht haben sie sogar über Sandra gesprochen.»

«Wie wollt ihr sie beschützen?», fragte Monika besorgt.

«Richtigen Personenschutz gibt es langfristig keinen. Wir können sie einige Zeit verstecken, aber danach wird sie zur Zielscheibe des Mörders. Es gibt nur eins, wir müssen den Mörder so rasch als möglich verhaften. Bloss, wer ist es? Welches Motiv steckt hinter der Tat? Haben wir es wirklich mit Erpressung zu tun? Wer ist die unbekannte Frau? Stehen die beiden Morde in einem Zusammenhang? Fragen über Fragen.»

«Habt ihr keine heisse Spur?»

«Nicht einmal eine lauwarme.»

«Ich habe die SMS auf mein Handy weitergeschickt. Wartet einen Augenblick ... Hier ist es. ‹Halt den Mund oder du bist die Nächste.› Das heisst, der Mörder ist davon überzeugt, dass sie weiss, wer er ist. Sonst würde er ihr nicht drohen.»

Leise öffnete sich die Küchentür.

«Stör ich? Sorry. Ich ... ich kann nicht mehr schlafen. Kriege ich auch ein Glas Wein?»

Ferrari reichte Sandra ein Glas, das sie in einem Zug leerte.

«Ich habe gehört, was du gesagt hast, Nadine. Aber ich weiss nichts. Gar nichts.» Sie leerte auch das zweite Glas in einem Zug. «Ken wollte es alleine machen, ganz alleine, und mich nicht in Gefahr bringen. Das hat er jetzt davon. Er ist tot und ich bin in Gefahr ... Es dreht sich alles. Ich bin so ... so müde. Was ... was mache ich denn jetzt? JJ? ... JJ ist ein lieber Kerl ... Aber kein Ken ... Kein Ken ... Nadine, bei mir dreht sich alles ... Ich möchte nur noch schlafen ...»

Monika und Nadine brachten Sandra in ihr Zimmer. Innerhalb weniger Minuten war sie wieder eingeschlafen.

«Grossartig!»

«Was denn?! Der Wein wirkte beruhigend.»

«Und morgen ist alles doppelt so schlimm. Zum Seelenschmetter kommt noch der Kater dazu.»

Ferrari nickte zufrieden. Für einmal, meine Damen, könnt ihr mir Vorwürfe machen, so viel ihr wollt. Besser, morgen mit einem Kater aufzuwachen, als sich die ganze Nacht auf dem Bett zu wälzen, zu grübeln, zu hadern, über die Zeit danach nachzudenken und darüber, wie man es hätte verhindern können, und vor Trauer beinahe verrückt zu werden.

«Bei uns ist sie gut aufgehoben. Sie soll sich richtig ausschlafen.»

«Übers Wochenende bist du mit ihr und Nikki aber allein.»

«Wieso das denn?»

«Falls du es vergessen hast, Olivia und ich fliegen morgen früh nach Paris. Soll ich es absagen?»

«Kommt nicht infrage. Du freust dich schon lange auf diesen Ausflug. Hm. Vielleicht könnte Sandra für ein paar Tage zu Sabrina.»

«Gute Idee.»

«Ich rufe sie gleich an.»

Sabrina erklärte sich spontan dazu bereit, Sandra für einige Tage aufzunehmen. Und so fuhren Ferrari und Sandra am Samstagmorgen mit dem Taxi aufs Bruderholz. Der Anblick der imposanten Villen und vor allem die Vorstellung, in einem dieser eleganten Häuser für die nächsten Tage zu wohnen, erschienen Sandra unwirklich.

«Wow! Echt krass. So etwas habe ich noch nie im Leben gesehen, Herr Ferrari.»

«Ich heisse Francesco. Ja, die Villen sind eindrücklich und jene von Sabrina Vischer ist etwas ganz Besonderes.»

Christian Vischer öffnete ihnen die Tür und führte sie in den Salon. Sabrina umarmte Sandra herzlich.

«Willkommen in meinem bescheidenen Heim. Fühl dich wie zu Hause. Ich denke, wir duzen uns. Ist dir das recht?»

Sandra nickte verlegen.

«Komm, ich zeige dir dein Zimmer.»

«Setzen Sie sich doch, Herr Ferrari», wandte sich Christian Vischer an seinen Gast.

In diesem Moment klingelte es an der Tür und kurz darauf nahm auch Nadine auf dem Sofa Platz.

«Solange wir unter uns sind – ich möchte mich bei Ihnen bedanken. Sie wissen schon, dass Sie mit Hochstrasser geredet haben. Er nimmt die Schuld auf sich, wie er mir am Telefon versicherte. Sein Anwalt meint, dass er einen Deal mit dem Kläger aushandeln kann. Wir übernehmen, besser gesagt, Mutter übernimmt die Kosten eines allfälligen Schadens. So kommen Hochstrasser und ich halbwegs ungeschoren davon.»

«Verdient hast du es ja nicht», tönte es von der Tür her, «aber vielleicht ist es dir eine Lehre.»

«Bestimmt, Mutter. Nie mehr krumme Dinger, ich versprechs. Seit ich bei Yvo arbeite, ist alles sauber.»

«Ich hoffe es von ganzem Herzen. Was ist denn das? … Leonora, wo bleibt der Kaffee?»

«Bemüh dich nicht, Sabrina. Wir wollen dich nicht aufhalten.»

«Unsinn! Für eine Tasse Kaffee ist allemal Zeit. Leonora?!»

Nach einigen Minuten trudelte die Gesuchte mit Kaffee und frischen Croissants ein.

«Sandra gefällt mir. Was macht sie beruflich?»

«Sie ist Kosmetikerin.»

«Oh, das ist ja wunderbar. Mit einem eigenen Geschäft?»

«Nein. Sie arbeitet in einem Kosmetikstudio am Claraplatz.»

«Ist das im Augenblick nicht zu gefährlich? Was ist, wenn ihr dort der Mörder auflauert?»

«Vollkommen richtig, Sabrina. Deshalb soll sie bei dir bleiben, hier ist sie in Sicherheit.»

«Das kann ich aber nicht.» Sandra trat in den stilvoll eingerichteten Salon. «Dann wirft mich der Chef raus. Ich müsste jetzt schon im Geschäft sein.»

«Gib Christian die Telefonnummer, er meldet dich ab. Du bist jetzt einfach krank. Das ist nicht einmal gelogen. Gut gehts dir bestimmt nicht.»

«Es geht mir sogar ziemlich lausig.»

Christian Vischer verliess den Salon, um zu telefonieren.

«Das wird schon wieder. Nicht heute, nicht morgen, aber bald schon kommen bessere Tage. Und so lange bleibst du einfach bei mir.»

Nadine blickte den Kommissär schmunzelnd an. Die zwei Frauen schienen sich gut zu verstehen. Vermutlich tat die Gesellschaft beiden gleichermassen gut.

«Nun, dann können wir ja beruhigt unserem Job nachgehen.»

«Natürlich. Aber zuerst trinkt ihr euren Kaffee und esst die Croissants. Sonst verputze ich alle allein. Und wie ihr seht, bekommt mir das überhaupt nicht. Ich platze aus allen Nähten.»

Sabrina verzog ihr Gesicht zu einer Grimasse und lachte.

«Ich soll dir einen schönen Gruss ausrichten. Wenn du am Montag nicht zur Arbeit kommst, bist du entlassen. Die Kosmetikerinnen stünden bei ihm Schlange … Das hat er zumindest am Anfang des Gesprächs gesagt.»

«Das … Nadine … ich brauche diese Arbeit. Bitte, lasst mich gehen. Ich kann es mir nicht leisten, den Job zu verlieren.»

«Den bist du bereits los», brummte Christian leise.

«Ich … ich … wieso? Er hat doch gesagt, dass ich die Stelle behalten kann, wenn ich am Montag zur Arbeit komme.»

«Na ja. Ein Wort ergab das andere. Als er sagte, dass er solche wie dich zu Hunderten auf der Strasse auflesen könne, ging mir die Sicherung durch. Sorry, er hat dich rausgeworfen.»

Sandra liess sich aufs Sofa fallen, jegliche Farbe war aus ihrem Gesicht gewichen.

«Aber das kann er nicht … das darf er doch gar nicht, oder, Nadine?»

«Also wenn du krankgeschrieben bist, kann er dir in dieser Zeit nicht kündigen, und zwar während dreissig Tagen im ersten Jahr. Nur, willst du dich weiterhin so schikanieren lassen? Dein Chef scheint nicht gerade ein Wonneproppen zu sein.»

«Was … was soll ich denn jetzt machen? … Weisst du, wie lange ich einen solchen Job gesucht habe, Christian?» Sie schoss wie eine Furie hoch. «Über ein Jahr. Und was machst du? Du versaust mir alles.»

«Es … es tut mir leid.»

«Davon kann ich nicht leben.»

«Er nannte dich Schlampe.»

«Ja und? Ich muss mit ihm reden und die Sache klarstellen.»

Nadine hielt sie zurück.

«Sorry, aber das geht nicht. Du darfst im Moment nicht durch die Gegend rennen. Dann können wir dich nicht beschützen. Bitte, Sandra, sei vernünftig.»

«Mein Sohn hat den Schlamassel angerichtet», schaltete sich Sabrina ein. «Er soll das auch wieder in Ordnung bringen. Wie heisst dein Chef?»

«Lothar … Lothar Gründel … Bitte, Christian. Ich brauche die Arbeit. Entschuldige dich bei Lothar! Vielleicht nimmt er mich dann wieder auf.»

«Ich werde Christian begleiten, damit er nicht wieder auf dumme Gedanken kommt.»

«Danke! Hoffentlich lässt sich das wieder einrenken.»

Sabrina begleitete Nadine und Ferrari zur Tür.

«Sie ist in Ordnung und mein Sohn ein Idiot.»

«Ich kanns nachvollziehen. Beim Wort Schlampe wäre ich auch explodiert», gestand der Kommissär.

«Oh, das möchte ich gern mal miterleben. Aber macht euch keine Sorgen, wir bringen das in Ordnung. Tschüss, ihr Lieben. Besucht mich bald wieder.»

Nadine fuhr gemächlich das Bruderholz hinunter.

«Oh, haben wir heute keine Eile?»

«Ich denke nach. Meinst du nicht, dass wir diesem Gründel einen Besuch abstatten sollten, bevor wir in den Waaghof fahren?»

«Lieber nicht.»

«Nur einen klitzekleinen Freundschaftsbesuch. Wir bitten ihn ganz höflich, Sandra wieder einzustellen.»

«Das lassen wir schön bleiben.»

«Spinnst du? Interessiert es dich etwa nicht, ob Sandra ihren Job verliert? Weisst du, wie hart es ist, arbeitslos zu sein? Das zum Thema Menschlichkeit. Du bist genauso arrogant wie dieser Vischer.»

«Bin ich nicht. Aber wenn du meinst …»

In der Gundeldingerstrasse drückte Nadine voll aufs Gas. Die Gemütlichkeit hatte ein abruptes Ende gefunden.

«Hier ist Tempo 50.»

«Das ist mir so was von egal. Wir fahren jetzt zu diesem Gründel und lesen ihm die Leviten.»

«Das werden wir unter keinen Umständen, Sabrina regelt die Sache.»

«Sabrina? Die kommt doch mit dem überhaupt nicht klar.»

«Vergiss nicht, sie ist Olivias Schwester.»

«Was heisst denn das nun wieder?»

«Alles, was sich Sabrina vornimmt, wird auch in die Realität umgesetzt. In dieser Beziehung ist sie eine hundertprozentige Vischer, ganz die Tochter von Albert Vischer und die Schwester von Olivia.»

«Oh! Na gut. Warten wir erst mal ab und verschieben diesen Besuch.»

Staatsanwalt Borer erwartete sie händereibend vor dem Kaffeeautomaten.

«Ah, die Herrschaften sind auch schon da. Warum wurde ich über den nächtlichen Mord nicht umgehend orientiert?»

«Das wollten wir heute früh nachholen, aber zuerst haben wir die Freundin des Ermordeten in Sicherheit gebracht.»

«Benötigen Sie für die Frau Personenschutz, Ferrari?»

«Das erscheint mir nicht nötig. Wir haben sie bei Sabrina Vischer untergebracht. Die Villa ist sehr gut abgeriegelt, und ausserdem befindet sich immer ein Heer von Angestellten im Haus. In der Zwischenzeit schnappen wir den Mörder. Was machen Sie eigentlich am Samstag im Büro?»

«Auf Sie beide warten. Mein halbes Leben verbringe ich damit, während Sie sich auf der Gasse amüsieren. Sind Sie sicher, dass die junge Frau bei Frau Vischer gut aufgehoben ist?»

«Allerdings. Sicherer als im Waaghof.»

«Ihr Wort in Gottes Ohr. Apropos Vischer, Sie schulden mir was.»

«Zuerst die Ware, dann die Bezahlung. So lautet nun mal unser Deal.»

«Das klingt wie in einem schlechten Krimi, Frau Kupfer. Nur mit dem Unterschied, dass dort Ware im Austausch gegen Bargeld fliesst. Wie auch immer, der Ordner liegt bei Ihnen auf dem Tisch, Ferrari.»

«Ist nicht wahr?»

«Aber sicher. Was man sofort erledigen kann, soll man nicht auf die lange Bank schieben.»

«Wie sind Sie an den Ordner herangekommen? Der sollte doch erst am Montag zu Obrist gebracht werden.»

«Nach unserem Gespräch bin ich zu Berni und erklärte ihm, dass wir die Akte zur Aufklärung des Mordes benötigen. Er war sofort einverstanden, was ehrlich gesagt nicht einzig und allein an meiner Überzeugungskunst lag. Offenbar werden die Karten neu gemischt. Wie ich gehört habe, nimmt Hochstrasser die Schuld auf sich. Sein Anwalt schlug einen Vergleich vor und Obrist ist anscheinend einverstanden. Er muss es noch vom Ersten Staatsanwalt absegnen lassen. Die Folge: kein Interesse an den Akten. Tja, manchmal ist es ganz einfach. So bin ich wohlgemut ins Baudepartement spaziert und liess mir die Akte von Koch aushändigen. Stellen Sie sich vor, er wollte doch tatsächlich eine Quittung dafür. Nun … nachdem ich zuerst den Beleidigten, dann den Entrüsteten spielte, verzichtete er darauf. Unter uns», er lehnte sich verschwörerisch nach vorne, »selbst wenn das Ding aus unerklärlichen Gründen nicht mehr auftaucht, ist das nicht weiter von Belang. Diesen Ordner braucht wahrscheinlich niemand mehr.»

«Ganz herzlichen Dank, Herr Staatsanwalt. Wir geben ihn trotzdem zurück.»

«Wie Sie wollen, Ferrari. Ihre Entscheidung. Äh … da wäre noch eine Kleinigkeit …»

«Spätestens am Montag treffen wir Sabrina Vischer wieder. Seien Sie unbesorgt, wir werden voll des Lobs über Ihre wertvolle Unterstützung sein. Sie können mit ihr rechnen.»

Borer rieb sich erneut die Hände, dieses Mal vor lauter Freude.

«Eine wunderbare Nachricht. Sehr schön.» Er schaute Ferrari an und runzelte die Stirn. «Ich kann mich doch auf Sie verlassen, Ferrari? ... Vielleicht hätte ich besser die Akte kopiert.»

«Also bitte ...»

«Tun Sie nur nicht so scheinheilig. Schliesslich habe ich es Ihnen zu verdanken, dass ich noch nicht in der grossen Kammer sitze. Weshalb soll sich ein Saulus auf einmal in einen Paulus verwandeln?»

«Ganz einfach, weil Sie uns in der Hand haben. Nur Sie und wir kennen den Grund, warum die Akte verschwinden muss.»

«Eine plausible Erklärung, Frau Kupfer. In der Tat, höchst plausibel.»

«Aber der Prozess findet trotzdem statt.»

«Im kleinen Kreis. Staatsanwalt und Verteidiger handeln zuvor das Strafmass aus. Wenn der Richter einverstanden ist, und das wird er sein, ist der Mist geführt. Wie man so schön sagt. Kollege Obrist war sehr erfreut darüber. Seine Begeisterung, Hochstrasser und Vischer anzuklagen, hielt sich in Grenzen. Verständlicherweise. Mit Sicherheit würde der mächtige Clan nicht einfach zusehen, wie einer der

Seinigen verurteilt wird. Obrists Karriere, die notabene ganz am Anfang steht, hätte durch diesen Prozess enormen Schaden erlitten. Wobei … wenn Sie mich fragen, Kollege Obrist ist sowieso überfordert. Ich glaube, der steht kurz vor einem Zusammenbruch oder, auf Neudeutsch, vor einem Burn-out. Den jungen Leuten fehlt einfach der Schmiss und das Durchstehvermögen.»

«Da sind Sie ein anderes Kaliber.»

«Sehen Sie, Frau Kupfer. Dieser Unterton in Ihrer Stimme … Ich traue Ihnen beiden nicht über den Weg. Es würde mich nicht wundern, wenn Sie meine politischen Pläne auf irgendeine Weise zu torpedieren versuchen. Doch dieses Mal gelingt es Ihnen nicht. Mit Sabrina Vischer im Rücken ziehen Sie den Kürzeren. Und nun, Herrschaften, wünsche ich Ihnen ein schönes Wochenende.»

Ferrari suchte im Internet nach einem Bericht über das zweite Mordopfer, den Toten unter der Dreirosenbrücke. Nichts, rein gar nichts. Komisch. Anscheinend war die Tat noch nicht bis zu den Journalisten durchgedrungen. Auch gut. Der Kommissär tippte das Stichwort «Kosmetikstudio» und «Lothar Gründel» ein. Ein knapp fünfzigjähriger Mann mit Halbglatze lächelte ihn an. Der Pressetext hob die günstigen Preise, den guten Service und die einzigartige Atmosphäre hervor. Letzteres entsprach durchaus der Wahrheit, nur bestand die einzigartige Atmosphäre aus einem Klima der Angst. Dir wird dein Lächeln im Hals stecken bleiben, sobald Sabrina mit dir fertig ist, mein Freund. Geschieht dir recht. Ferrari schüttelte den Kopf. Die Welt gerät immer mehr aus den Fugen.

«Ah, der Herr surft.»

«Nur ein wenig. Ich habe mir die Internetseite von diesem Gründel angeschaut.»

Nadine drehte den Bildschirm zu sich.

«Sieht ziemlich gestellt aus. Das ist ja dick aufgetragen. Einzigartige Atmosphäre. Davon kann Sandra ein Lied singen. Hier ist der Autopsiebericht.»

«Jetzt schon? Peter wird immer schneller.»

«Aus der Not geboren. Er will heute mit seiner Frau an ein Konzert im KKL. Da hat er Gas gegeben.»

Ferrari vertiefte sich in die zwei Seiten. Die Todesursache war ein heftiger Schlag mit einem stumpfen Gegenstand. Metallspuren deuteten darauf hin, dass Ken Kovac mit einer Stange oder einem Rohr erschlagen wurde.

«Peter meinte, es könnte ein Wagenheber gewesen sein.»

«Ein Wagenheber?»

«Ja. Die Kurbel des Wagenhebers, mit der man die Radmuttern herausschraubt.»

«Durchaus möglich. Kein Alkohol im Blut, nur Essensreste, die auf eine Pizza schliessen lassen. Wo hielt er sich die ganze Zeit über auf?»

«Vermutlich bei einer anderen Frau, bei einem

Kumpel oder er zog durch die Strassen, seinem Mörder auf der Spur.»

«Der ihn zur Dreirosenbrücke lockte. Vielleicht war es das erste Treffen, möglicherweise ging es auch um die Geldübergabe. Was wissen wir über Ken?»

«Nur das, was uns Sandra erzählte.»

«Also praktisch nichts.»

«Big Georgs Leute klappern das Quartier ab und sammeln Informationen.»

«Sehr gut. Dann machen wir Schluss für heute.»

Nadine schmunzelte.

«Jetzt müsste ich den Strohwitwer eigentlich zum Essen einladen.»

«Ein anderes Mal gern.»

«Du versetzt mich? Dafür kann es nur einen Grund geben – Fussball.»

«Falsch! Diät ist angesagt. Nikki bleibt über Nacht bei Celina, einer Freundin. Die beste Gelegenheit, damit anzufangen.»

«Wers glaubt! Du setzt dich vor die Kiste, zapst durch die zweihundertvierzig Kanäle, von denen du nur die Hälfte verstehst, und schläfst nach zehn Tüten Chips und zwei Flaschen Wein mit Puma auf dem Sofa ein. Wetten?»

«Ich werde euch beweisen, dass Francesco Ferrari ein Mann mit Prinzipien ist.»

«Soso. Und nur Puma, die leeren Chipstüten und Weinflaschen sowie der Flachbildschirm können es bezeugen.»

Mit leerem Magen durch den Wald zu joggen, ist total ungesund. Ich brauche etwas Bodenhaftung, damit ich keinen Hungerast einfange, wie die Fahrer bei der Tour de France. Der Kommissär setzte sich mit Spiegelei und Schinken vor den Fernseher. Nicht gerade ein üppiges Mahl und schon gar kein Diätmenü, aber ich muss das brutzeln, was ich noch halbwegs hinkriege. Zum lukullischen Gericht öffnete er einen roten Dezaley. Er zapte durch das TV-Programm und blieb bei seiner Lieblingssendung «The Big Bang Theory» hängen. Wunderbar. Ferrari war zufrieden, einzig das Essen lag ihm schwer auf. Und alles nur, weil ich das fette Zeug zu gierig hinuntergeschlungen habe. Hm. Der Kommissär suchte im Apothekerkästchen nach den Rennie-Tabletten. Einfach die Sodbremse ziehen, versprach die Werbung. Hoffentlich hilfts. Puma kratzte an der Tür zum Wintergarten. Ferrari liess sie herein. Ohne ihn eines Blickes zu würdigen, rannte sie zu seinem Teller, der auf dem Boden lag, und schleckte ihn genüsslich aus. Zum Glück sind Monika und Nikki nicht da … Nachdem der Kommissär die Küche aufgeräumt hatte, streckte er sich auf dem Sofa aus. Gar nicht so schlecht, einmal allein zu sein. Francesco – allein zu Haus! Das heisst mit Puma, korrigierte er sich. Morgen früh beginne ich mit dem Training. Denen werde ich es zeigen! Das waren seine letzten Gedanken, bevor er selig einschlief.

7. Kapitel

Die Sonntagszeitungen berichteten kurz und bündig über den Toten unter der Dreirosenbrücke. Einzig die «Schweiz am Sonntag» ging in einem grösseren Artikel auf den Mord ein. Anscheinend hatte der Journalist erfahren, wie das Opfer hiess, und dessen Kumpels interviewt. Im Kommentar bemerkte er lakonisch, es sei bei diesem Lebenswandel nur eine Frage der Zeit gewesen, bis es zu einem Unglück kommen musste. Einwanderungskind, nach der obligatorischen Schulzeit Hilfsarbeiter auf dem Bau, Lehrstelle als Maler nach einem halben Jahr geschmissen, langzeitarbeitslos, Abhängen mit Gleichgesinnten, null Perspektive. Alles die Schuld einer total misslungenen Migrationspolitik, die einzig und allein Kamö-Kinder hervorbrachte. Was ist denn das? Am Ende des Artikels folgte die Aufklärung: keine Ausbildung möglich. Ziemlich an den Haaren herbeigezogene Bezeichnung, befand Ferrari kopfschüttelnd. Der Journalist schrieb weiter, dass Kens Eltern nach Ex-Jugoslawien zurückgekehrt seien. Schlechte Recherche, mein Guter! Sonst wüsstest du, aus welchem der sechs jugoslawischen Nachfolgestaaten Kens Familie stammt. Vermutlich Slowenien wie die Eltern von Sandra. Der Artikel endete mit der Bemerkung, so ginge es einer ganzen Generation. Einer Generation von Gestrandeten, ohne Chance, im gelobten Schweizerland wirklich Fuss zu fassen. Nicht abwegig, aber allzu pathetisch. Es sind längst nicht alle so hoffnungslos unterwegs wie Ken. Sandra ist das beste Beispiel. Sie kämpft sich durch, steht immer wieder auf und resigniert nicht. Und doch, objektiv betrachtet, sieht ihre Zukunft nicht rosig aus. Sie ist von einem Idioten wie diesem Gründel abhängig, muss dankbar sein, dass sie überhaupt einen Job hat. Wir leben in einer schwierigen Zeit. Weiss Gott! Eine Besserung zeichnet sich nicht ab. Europa befindet sich mitten in einer Bewährungsprobe. Brexit, Putsch in der Türkei, IS-Anschläge … Wer läutet denn am Sonntag? Ferrari schlurfte missmutig zur Tür.

«Nadine! Ist etwas passiert?»

«Ja und nein.»

«Komm herein.»

«Was müffelt denn hier so?»

«Das ist von gestern Abend. Ich habe Schinken mit Spiegelei gekocht. Der Schinken ist ein wenig angebrannt.»

«Ein wenig? Ein bisschen stark, würde ich sagen.»

Nadine öffnete das Küchenfenster und die Tür zum Wintergarten.

«Es zieht.»

«So geht der Gestank wenigstens raus.»

Ist die eine mal weg, kontrolliert mich die andere! Wahrscheinlich ist Nadine nicht zufällig hier, sondern auf Anweisung von Monika. Sozusagen ein Kontrollgang!

«Was willst du eigentlich hier?»

«Das erzähle ich dir, sobald du geduscht, rasiert und angezogen bist.»

«Super. Ich will aber gar nicht weg.»

«Dann fahre ich allein zu Sabrina.»

«Wieso zu Sabrina?»

«Sandra wurde heute auf dem Morgenspaziergang überfallen. Ein Typ versuchte sie in sein Auto zu zerren. Zum Glück konnte sie sich losreissen und wegrennen.»

«Ich bin in zwanzig Minuten bereit. Lass dir inzwischen einen Kaffee raus.»

Christian Vischer öffnete die Tür. Vom Salon her drang die sonore Stimme von Albert Vischer zu ihnen. In ziemlich erregtem Ton, wie es Ferrari schien. Sabrina sass wie eine Sünderin auf der Couch, Sandra stand verlegen und total eingeschüchtert in einer Ecke, während Vischer senior vom Leder zog.

«Wie bist du nur auf die Idee gekommen, diese … diese junge Frau bei dir aufzunehmen? Das ist doch viel zu gefährlich. Reicht es denn nicht, dass wir latent damit rechnen müssen, entführt zu werden? Nein, jetzt spielst du noch mit dem Feuer und belastest dich mit einer Person, die in einen Mordfall verwickelt ist … Ah, gut, dass ihr kommt. Ist diese Schnapsidee etwa von euch? Gibt es heutzutage keinen Personenschutz mehr?»

«Das hätten wir bei der Staatsanwaltschaft nicht durchgebracht.»

«Und dann kommt ihr auf die Idee, sie bei Sabrina einzuquartieren.»

«Ich fand die Idee gut und Sabrina ebenfalls.»

«Und jetzt?» Vischers Stimme überschlug sich. «Findest du den Gedanken immer noch gut, Francesco?»

«Wir sollten uns jetzt zuerst einmal beruhigen und die Sache analysieren.»

«Beruhigen? Ich beruhige mich, wann ich will!»

«Es wäre besser, wenn wir vernünftig miteinander sprechen könnten», Ferraris Stimme vibrierte leicht.

«Vernünftig wäre es gewesen, diese Frau nicht hierherzubringen.»

«Da bin ich anderer Meinung.»

Vischer drehte sich zu seinem Enkel um.

«So? Und welcher Meinung bist du?»

«Es war richtig, Sandra aufzunehmen. Kein Mensch konnte ahnen, dass sie beobachtet wird.»

«Auf jeden Fall packt sie jetzt ihr Zeug zusammen und verlässt das Haus.»

«Das ist das Haus meiner Mutter, deiner Tochter. Und sie allein entscheidet, wer wann kommt und geht.»

«Wie war das?»

«Falls du schwerhörig bist, Grossvater, hier entscheidet einzig und allein meine Mutter. In ihrem Namen kann ich dir sagen, Sandra bleibt. Aber ich denke, es ist Zeit, dass du gehst, nachdem du dich bei Sandra für deine Unhöflichkeit entschuldigt hast.»

«Ich soll was?»

«Du sollst deinen gottverdammten, arroganten Ton ablegen, dich bei Sandra entschuldigen und dann verschwinden. Und zwar blitzartig.»

«Christian!»

«Es ist genug, Mama. Endgültig. Ich lasse mich nicht länger von Grossvater in den Senkel stellen ... Du bist ein grossartiger Mensch, Grossvater. Doch jetzt bist du zu weit gegangen.»

Vischer liess sich auf die Couch fallen und starrte seinen Enkel überrascht an.

«Und noch etwas. Ich rufe jetzt unseren Sicherheitsdienst an. Zwei Mann sollen Sandra in den nächsten Tagen rund um die Uhr bewachen. Hast du etwas dagegen einzuwenden?»

Albert Vischer starrte zu Boden. Sekunden der Stille vergingen, einer Ewigkeit gleich. Dann schmunzelte der alte Herr und klopfte sich freudig auf die Oberschenkel.

«Das ... so hat in den letzten zwanzig Jahren keiner mit mir geredet, Christian ... Ruf den Sicherheitsdienst an.» Er erhob sich langsam und reichte Sandra die Hand. «Ich entschuldige mich in aller Form für mein Verhalten. Es war unfair. Sehr sogar. Kannst du mir verzeihen?»

Sandra zögerte. Die plötzliche Wandlung irritierte sie.

«Der Sicherheitschef will eine Bestätigung von dir», Christian reichte seinem Grossvater das Telefon.

«Vischer! … Ja, das ist die Entscheidung meines Enkels … Selbstverständlich … Und damit das klar ist, wenn mein Enkel eine Anweisung gibt, ist diese auszuführen. Das gilt nicht nur für die Sicherheitsabteilung … Ich werde das morgen per Mail kommunizieren … Wie? … Ab sofort. Wie Christian angeordnet hat, zwei Mann rund um die Uhr … Danke.»

«Danke, Grossvater.»

«Wofür?»

«Dass du mich unterstützt.»

«Es blieb mir ja nichts anderes übrig.» Der Patriarch küsste seine Tochter, umarmte Sandra und wandte sich dann an Ferrari. «Entschuldige meinen Ton … Ich bin besorgt und nun froh, dass unser Sicherheitsdienst in den nächsten Tagen bei Sabrina patrouilliert. Beinahe würde ich sagen, ihr habt einen schlechten Einfluss auf Christian. Er wird aufmüpfig.» Vischer schmunzelte. «Und ich stelle fest, dass es mir gefällt. Sehr sogar. So, es ist an der Zeit zu gehen.»

Albert Vischer erhob sich, nickte mehrfach in die Runde und verliess mit strammen Schritten den Salon. Im Gang kreuzte er Leonora, die zitternd eine Karaffe Kaffee auf einem Serviertablett jonglierte.

«Keine Angst, Leonora. Mein Vater ist weg … Christian, ich bin stolz auf dich!»

«Wow! Das war jetzt aber wirklich spitze», doppelte

Nadine nach. «Der alte Herr war stark beeindruckt.»

«Ich bilde mir nichts darauf ein, Frau Kupfer.» Vischer junior sass mit hochrotem Kopf neben Sandra auf dem Sofa. Das Gefecht hatte Kraft gekostet. «Die Revolution ist schon am Abflauen. Zum Glück sitze ich, mir zittern nämlich die Knie.»

«Das geht vorbei. Zurück bleibt das Selbstvertrauen.»

«Ihr Wort in Gottes Ohr, Herr Kommissär. Bei der nächsten Auseinandersetzung buttert er mich wieder locker unter, doch irgendwie hat es Spass gemacht.»

Ferrari liess vier Stück Zucker in die Kaffeetasse fallen und rührte konzentriert im Uhrzeigersinn.

«Das mit dem Sicherheitsdienst ist eine gute Idee. Wer kann schon von sich behaupten, dass zwei Bodyguards auf ihn aufpassen?»

«Darauf kann ich gut verzichten», entgegnete Sandra.

«Aber du bleibst vorerst hier, oder?»

«Wenn ich Sabrina nicht zur Last falle.»

«Blödsinn! Ganz im Gegenteil. Schaut euch meine Finger- und Zehennägel an. Die waren noch nie so schön.»

«Die mache ich dir das ganze Leben lang gratis. Du musst nur zu mir in den Kosmetiksalon kommen.»

«Das glaube ich kaum», brummte Christian.

«Wieso nicht? Morgen gehe ich wieder arbeiten.»

«Also …», begann Sabrina zögernd. «Ich wollte es

dir in Ruhe erklären. Christian hat mich gestern zum Claraplatz gefahren. Dieser Herr Gründel ist ein sehr unangenehmer Zeitgenosse.»

«Um Himmels willen, habt ihr gestritten?»

«Dazu ist es gar nicht gekommen. Ich bat ihn höflich, nicht so auf dir herumzutrampeln.»

Christian lachte.

«Na ja, so höflich war das nicht, Mama. Du erinnerst mich sehr an Grossvater.»

«Blödsinn! Ich war ausgesprochen höflich. Dem Mann fehlt leider jeglicher Anstand, was ich ihm dann auch sagte.»

«Worauf er uns rauswarf und nachschrie, dass du fristlos entlassen seist.»

«Das … nein … das kann er nicht.»

«Mach dir keine Sorgen, Sandra. Es ist ganz klar mein Fehler und ich bringe das wieder in Ordnung», versicherte Sabrina.

«Er wird mich sicher nicht mehr einstellen.»

«Daran denke ich auch nicht. Du bist sehr gut in deinem Job. Und ich habe bereits etwas Werbung gemacht. Agnes weiss es schon. Olivia werde ich davon erzählen, sobald sie mit Monika aus Paris zurück ist. Meine Freundinnen werden bei dir Schlange stehen.»

«Bei mir … wo denn?»

«Das schauen wir noch. Wir finden gemeinsam eine Lösung.»

Sandra lächelte zaghaft.

«Ich … es ist alles etwas viel. Der Tod von Ken, kein Job mehr und heute Morgen dieser Überfall. Es … es ist einfach zu viel.»

«Ja, das ist wirklich sehr viel auf einmal. Ruhe und viel Schlaf werden dir guttun. Wir gehen sofort, aber du musst uns noch erzählen, was genau heute Morgen passiert ist.»

«Ich spazierte Richtung Bottmingen bis zum grossen Feld, die frische Luft tat richtig gut. Plötzlich versperrte mir ein weisses Auto den Weg. Ein Mann stürzte heraus und versuchte, mich in den Wagen zu zerren. Ich schrie und schlug um mich. Irgendwie konnte ich mich befreien. Ich rannte und rannte, bis ich wieder beim Haus war.»

«Ist er dir gefolgt?»

«Ich glaube nicht.»

«Kannst du den Mann beschreiben?»

«Es ging alles so schnell. Ziemlich gross, ziemlich kräftig.»

«Wie alt?»

«Keine Ahnung.»

«Ein weisses Auto sagst du? Ein grosser Wagen?»

«Ja. Mein Chef hat auch so einen, aber in Blau. Die Marke konnte ich mir nicht merken, die Autonummer leider auch nicht.»

«Ist dir etwas anderes aufgefallen? Lass dir Zeit.»

Sie dachte lange nach.

«Nein. Es ist alles so überraschend gekommen. Ich … ich bin fix und fertig, Nadine.»

Sie lehnte sich bei Christian an, der seinen Arm um ihre Schulter legte.

«Danke. Wir lassen dich jetzt in Ruhe. Ruf uns an, wenn dir etwas einfällt.»

Als sich Ferrari und Nadine erhoben, trat Leonora mit zwei Männern in den Salon.

«Herr Vischer, die Sicherheitsleute sind hier», informierte sie kurz und bündig.

«Mein Name ist Eugen Mahler. Das ist mein Kollege Gustav Kurz. Wir stehen zu Ihren Diensten, Herr Vischer.»

«Vielen Dank, dass Sie gekommen sind. Sie und Ihr Kollege sollen ab sofort auf Sandra … auf meine Freundin Sandra aufpassen.»

«Sie können sich auf uns verlassen, Herr Vischer. Wir sind drei Teams à je zwei Personen. Wir werden Ihre Freundin keine Minute aus den Augen lassen.»

Sabrina begleitete Nadine und den Kommissär bis zum Tor.

«Eigentlich ist es ja eine traurige Angelegenheit, durch die Sandra zu mir gekommen ist. Doch ihr seid mir sicher nicht böse, wenn ich darüber nicht unglücklich bin.»

Ferrari küsste sie auf beide Wangen.

«Man sieht es dir an.»

«Dieser Gründel, mit dem bin ich noch lange nicht fertig, Francesco. Dieser ungehobelte Kerl. Ich bin da äusserst nachtragend, aber bitte kein Wort zu Sandra.»

«Du findest bestimmt eine Lösung.»

«Garantiert, Nadine. Dieser Schlussstrich hat auch etwas Gutes. Sandra kann das Alte hinter sich lassen und neu anfangen. Ich wollte schon immer mit einer Minderheitsbeteiligung in ein Kosmetikinstitut einsteigen. Das ist meine Chance. Wir ergänzen uns hervorragend, Sandra ist echt gut in ihrem Beruf und ich verfüge über die eine oder andere Beziehung.»

«Und über den einen oder anderen Franken.»

«Das schadet bestimmt nicht.»

«Christian scheint Sandra zu mögen», stellte Nadine fest.

«Oh ja. Er blüht richtig auf, seit Sandra bei uns ist. Hoffentlich beruht das auf Gegenseitigkeit. Was für ein Morgen. Ich muss unbedingt meine Schwestern anrufen und ihnen vom Putsch erzählen. Der grosse Albert Vischer wird von seinem Enkel Christian in die Schranken gewiesen.» Sie lachte. «Das werden sie mir nie und nimmer glauben.»

«Du kannst uns gerne als Zeugen benennen.»

«Das werde ich. Und bitte, findet den oder die Mörder von diesem Ken und von Herrn …»

«Daniel Martin.»

«Genau, von Herrn Martin. Heute sind wir nur knapp der nächsten Katastrophe entgangen. Ich bin so froh, dass der Sicherheitsdienst jetzt da ist. Darauf hätte ich schon früher kommen müssen. Bitte, bringt die Schuldigen hinter Gitter, bevor Sandra auch noch etwas passiert.»

Ferrari klopfte rhythmisch an das Seitenfenster des Porsches, was ihm einen vernichtenden Blick von Nadine einbrachte. Das kann ja heiter werden. Erfahrungsgemäss verstärken sich solche Marotten im Alter.

«Warum ist jemand hinter Sandra her?»

«Weil er glaubt, dass Ken und sie das Ding gemeinsam durchziehen wollten.»

«Und woher weiss der Mann, dass wir sie bei Sabrina verstecken?»

«Das ist eine sehr gute Frage. Nur ganz wenige wissen davon. Ich … ich sollte es nicht sagen, bloss …»

Nadine hielt am Strassenrand an.

«Ich weiss, ich nerve dich mit meinem Geklopfe. Schon vorbei.»

«Darum geht es nicht, aber schön, dass du es einsiehst. Bei Yvo im Hof stand ein Audi Q7.»

«Ein Kombi?»

«Ein SUV, ein Wahnsinnsteil.»

«Was ist denn das?»

«Ein Sport Utility Vehicle oder wörtlich übersetzt ein Sport- und Nutzfahrzeug, kurz ein Geländewagen.»

«Aha, interessant. Fahren wir ins Gellert. Mal schauen, ob der Wagen im Hof steht.»

Sie standen, wie nicht anders zu erwarten war, vor einem geschlossenen Tor. Doch Nadine hatte sich nicht geirrt, neben einem Lamborghini stand der Q7.

«Wo wohnt Yvo eigentlich?»

«So ein Mist! Ganz in der Nähe von Sabrina.»

«Ruf zur Sicherheit an. Ich komme mir etwas blöd vor. Bruderholz–Gellert–Bruderholz und womöglich weilt Yvo gerade in Mailand oder Paris.»

«Davon hat er nichts gesagt.»

Yvo sass zu Hause vor dem Laptop. Interessiert schaute sich Ferrari im Haus seines Schulfreundes um. Stilvoll eingerichtet und gleichwohl habe ich von einem Stararchitekten mehr erwartet. Mehr Design, mehr Extras, mehr vom letzten Schrei. Hm.

«Enttäuscht?»

«Schon ein wenig.»

«Herausragende Architektur und modernste Inneneinrichtungen sind meinen Bauten vorbehalten. Ich mag es einfach und eher bünzlig.» Yvo ging in die Küche und kam einige Minuten später mit drei Tassen Kaffee zurück. «Tragisch der Mord an diesem Ken Kovac. Glaubt ihr, dass die beiden Delikte zusammenhängen?»

«Allerdings.»

«Das glaube ich auch, solche Zufälle gibt es nicht. In der Zeitung stand, dass Ken und seine Freunde immer bei der Matthäuskirche herumlungerten. Die Mörsbergerstrasse verläuft ja entlang der Matthäuskirche.»

«Gut kombiniert. Frage: Wem gehört der weisse Q7, der bei dir im Geschäft steht?»

«Der Firma. Wir sind halt alle Autofreaks. Weshalb fragst du, Francesco?»

«Jemand versuchte, Kens Freundin zu entführen.

Und dieser jemand fuhr in einem weissen Auto vor. Zum Glück konnte sich Sandra losreissen.»

«Verdächtigst du mich?»

«Verdammt noch mal, Yvo. Mach es uns nicht so schwer. Du bist ein guter, ein sehr guter Freund und nein, wir verdächtigen dich nicht. Falls du es noch nicht gemerkt hast, wir versuchen bei allem, was wir tun oder nicht tun, dich zu entlasten. Nur du, du trägst nicht gerade viel zu unserer Arbeit bei.»

«Sorry, Francesco, das war nicht so gemeint.»

«In diesem Riesenwirrwarr taucht immer wieder dein Name auf. Am Voltaplatz stürzt dein neustes Bauwerk ein. Dani Martin, der zuständige Baukontrolleur, wird ermordet. Die Jungs auf dem Matthäusplatz beobachten um die Tatzeit eine Frau, die aus Martins Haus rennt. Ken Kovac verfolgt sie und wird Tage später ebenfalls ermordet. Heute versuchte ein Mann, Kens Freundin zu entführen, er fuhr ein weisses Auto. Ach ja, da wäre noch der an dich adressierte Brief von Dani Martin, in dem du indirekt beschuldigt wirst.»

«Verstehe. Ich denke übrigens ununterbrochen über dieses Schreiben nach. Es kommt mir nichts in den Sinn. Ich weiss wirklich nicht, wie ich euch helfen kann.»

«Wer ausser dir fährt diesen Q7?»

«Nur Christian und Marco.»

«Wer hat einen Autoschlüssel?»

«Ich. Ein zweiter liegt am Empfang in einer Schublade.»

«Und wer hat einen Schlüssel zum Tor und zum Haus?»

«Die gleichen Leute. Seid ihr sicher, dass es ein Q7 war?»

«Nein. Sandra beschrieb lediglich ein grosses weisses Auto. Wir dachten zuerst an einen Van. Dann ist mir eingefallen, dass ein weisser Q7 bei dir im Hof steht.»

«Wann fand der Überfall statt?»

«Heute früh.»

«Dann bringts wohl nicht viel, wenn wir ins Büro fahren? Wenn jemand den Audi dazu benutzt hat, ist der Motor inzwischen abgekühlt. Oder wollt ihr euch den Wagen trotzdem anschauen?»

Der Kommissär winkte ab.

«Wo wurde die Frau überfallen? Dürft ihr mir das sagen?»

«Ganz in der Nähe von Sabrinas Haus.»

«Ein Zufall? Wieso befindet sich diese Sandra auf dem Bruderholz?»

Nadine blickte zu Ferrari, der nur nickte.

«Wir haben Sandra für ein paar Tage bei Sabrina untergebracht.»

«Das wird immer komplizierter. Also ich bin heute noch nicht aus dem Haus gegangen. Ich arbeite an meinem neusten Projekt, mit mässigem Erfolg. Der Tod von Dani ist mir extrem eingefahren. Das Ganze verdichtet sich zusehends. Mittendrin sitze ich, ohne zu wissen, warum. Es gibt zwischen dem Einsturz des Gebäudes, dem Brief, dem Mord und meiner Person eine Verbindung. Nur komme ich nicht darauf, welche.»

«Vielleicht führen die Fäden bei Philipp Hochstrasser zusammen», wandte Nadine ein.

«Den kennen Francesco und ich seit der Kindheit. Ein Spieler, ein Gauner, der dem Teufel immer in letzter Sekunde von der Schippe springt. Der Bau am Voltaplatz war seine letzte Chance. Wenn er den Einsturz zu verantworten hat, ist er erledigt. Und das hat er bestimmt nicht riskiert. Bist du anderer Meinung, Francesco?»

«Nein. Er braucht eine Referenz, die kriegt er nur noch von dir. Wer sonst könnte schuld sein am Desaster?»

«Ich bin alle durchgegangen, Elektriker, Spengler, Sanitär. Sogar meine Leute habe ich durchleuchtet … Ihr kennt Christians Vergangenheit?»

«So in etwa. Ein kleiner Hochstrasser.»

«Etwas hart ausgedrückt, doch es geht in diese Richtung. Zuerst waren er und Philipp die dicksten Freunde. Zumindest glaubte Christian daran. Philipp hat ihn nach Strich und Faden verarscht, jetzt hassen sich die zwei. Eigentlich traurig, wenn Menschen so aneinandergeraten. Immerhin weiss ich, dass Christian die Arbeiten der Hochstrasser AG mit Argusaugen überwacht. Auch eine Art der Qualitätssicherung. Was Christian betrifft, er befindet sich in einer ziemlich ähnlichen Situation wie Philipp. Sollte er bei mir seine Chance nicht nutzen, muss er den Beruf wechseln oder auswandern.»

«Und Marco Frischknecht?»

«Mit ihm arbeite ich schon über zwanzig Jahre zusammen. Ein ausgezeichneter Ingenieur.»

«Frischknecht soll ziemlich arrogant sein.»

«Vornehm ausgedrückt, Nadine. Die Bauarbeiter hassen ihn, ich muss ihn ab und zu zurückpfeifen.»

«Könnten seine Berechnungen falsch sein?»

«Francesco, ich verwette mein ganzes Vermögen, dass die Berechnungen korrekt sind. Er hat sich in zwanzig Jahren nicht einmal verrechnet.»

«Für mich bleibt Philipp Hochstrasser der heisseste Kandidat. Deine Bude ist nicht einfach wegen eines Windhauchs eingestürzt.»

«Sollte deine Vermutung zutreffen, Nadine, dann ist Philipp entweder der kaltblütigste Schweinehund, der mir je untergekommen ist, oder der absolut dümmste.»

«Ich tippe auf kaltblütig. Das würde auch zur SMS passen, die der Mörder an Sandra schickte.»

«Wer kommt noch infrage?»

«Niemand von meinen Leuten. Wenn mein Bau beziehungsweise eine vertuschte Schlamperei hinter dem Mordmotiv steckt, bleiben Christian, Marco, Philipp und ich als Verdächtige. Langsam werde ich verrückt, Francesco. Ich dachte sogar über Thorsten und diesen Schnetzler nach.»

«Aus einem bestimmten Grund?»

«Schnetzler, weil er sich auf die Verliererstrasse manövrierte, nicht zuletzt wegen Dani, der ihn vor versammelten Quartiervereinsmitgliedern lächerlich gemacht hat. Und Thorsten könnte sich als Kickbacker erweisen, das habt ihr auch schon angetönt … Vergesst es. Wollt ihr meine ehrliche Meinung hören? Es kommt nur einer infrage – ich. Und das Motiv steht zwischen den Zeilen eines Briefs, der mich nie erreicht hat.»

«Super!»

Nadine fuhr Ferrari nach Hause.

«Kommst du noch mit rein?»

«Heute nicht. Ist Yvo der Mörder?»

«Nein. Seine Analyse stimmt, es gibt keinen, der infrage kommt. Vielleicht sind wir total auf dem Holzweg. Wir müssen unsere Ermittlungen ausweiten.»

«Auf wen?»

«Wir nehmen das Baudepartement unter die Lupe.»

«Echt?»

«Ja. Beim Wort Kickback wurde ich hellhörig. Vielleicht ist dieser Leo Schnetzler kein Einzelfall.»

«Du meinst …»

«… dass es noch andere gibt, die sich über einen netten Zusatzverdienst freuen.»

«Thorsten?»

«Wenn wir Yvo verdächtigen, und du kannst es schönreden, wie du willst, wir tun es, dann können wir auch Thorsten etwas genauer unter die Lupe nehmen.»

«Einverstanden. Dein Freund bei der Bank kennt

sicher jemanden, der jemanden kennt, der uns über ihn Auskunft geben kann. Oder etwa nicht?»

«Ich rufe ihn morgen früh an. Was wissen wir eigentlich über Schnetzler?»

«Er ist ein Freak, ein totaler Spinner, führt seit Jahren mit jedem, der ihm über den Weg läuft, Prozesse und wechselt im Stundentakt seinen Job. Es geht dabei immer um Geld. Meistens kriegt er eins aufs Dach, wie im Fall von Yvo.»

«Weil Dani ihn unterstützte und sich an der Besprechung mit Schnetzler anlegte. Das geht mir einfach nicht aus dem Kopf.»

«Obwohl er als Vertreter des Baudepartements eher schlichten müsste.»

«Genau. Doch das Gegenteil ist der Fall, Dani bezieht klar Stellung für Yvo. Gleichzeitig beschuldigt er ihn in seinem Brief.»

«Nur wissen wir nicht, wessen.»

«Das geht alles nicht auf.»

«Lass uns morgen weiterdiskutieren. Tschüss, Chef. Und sei pünktlich um acht im Büro, wie es sich für einen guten Vorgesetzten gehört.»

So, endlich Wochenende oder zumindest was davon noch übrig ist. Durch den Einsatz konnte ich bereits das Frühstück auslassen, der Beginn der angekündigten Diät! Jetzt ist Joggen angesagt. Wobei, Ferrari schaute zum Himmel hinauf, bei der brennenden Sonne, bei der Menge Ozon sollte ich das Fitnessprogramm auf den späteren Nachmittag verschieben. Zeit, sich ein wenig zu entspannen. Ferrari holte aus dem kleinen Geräteschuppen hinter dem Haus einen Liegestuhl. Puma lag auf der Hollywoodschaukel, gähnte und beobachtete das Geschehen aus den Augenwinkeln. Du hast es gut, kleine Maus. Kannst gemütlich hin- und herschaukeln und musst nicht am Sonntag auf Phantomjagd. Der Kommissär drehte den Stuhl um. Ja, so müsste es gehen. Nein, das ist verkehrt herum. Umständlich brachte er das Teil in Position, der Liegestuhl entwickelte ein Eigenleben und klappte einfach in sich zusammen. Mist! Dann eben auf ein Neues. Ferrari schwitzte. Ich werde wohl noch in der Lage sein, diesen Liegestuhl aufzustellen. Geschafft. Der Kommissär rüttelte am Stuhl, nicht, dass das Ding zusammenkracht, wenn ich mich daraufsetze. Jetzt noch ein kühles Getränk und schon beginnt der gemütliche Teil des Sonntags. Er nahm eine Flasche Mineralwasser aus dem Kühlschrank. Heute verzichte ich ganz auf Alkohol. Jetzt noch die Zeitung und … Besetzt! Puma hatte es sich in der Zwischenzeit auf Ferraris Liegestuhl gemütlich gemacht und war nicht bereit, auch nur einen Millimeter zu weichen. Na prima, dann eben nochmals das Ganze von vorne mit Liegestuhl Nummer zwei. Beim zweiten Mal gings schon viel besser. Tja, Übung macht den Meister. Als Nikki gegen Abend eintrudelte, schnarchten die beiden einträchtig nebeneinander auf den Liegestühlen im Takt.

8. Kapitel

Big Georg, der hundertfünfzig Kilo schwere Leiter der Fahndung, liess von seinen Leuten eine Liste mit weissen SUVs erstellen, von denen es in Basel und der Region mehr gab, als Ferrari vermutet hatte. Bis diese Liste zur Verfügung stünde, würde es noch einige Zeit dauern, liess er den Kommissär wissen, vor allem, weil auch die Kollegen in den Nachbarkantonen und dem Dreiland mit einbezogen würden. Mit «einige Zeit» meinte er ein oder zwei Tage. Na prima. Geduld ist nicht wirklich meine Stärke. Ferrari fuhr sich durch die Haare. Irgendwann ist genug gesammelt, dann muss die Jagd beginnen. Apropos sammeln, Big Georgs Informationen über Ken Kovac brachten rein gar nichts. Ein im Quartier bekannter Querulant, der mit seiner Gang immer wieder provozierte. Mehrere Anzeigen wegen Ruhestörung und Belästigung lagen vor. Das war alles. Der Kommissär legte das Notizblatt zur Seite und rief seinen Freund in der Bank an. Selbstverständlich werde er sich um die gewünschten Angaben über Thorsten Harr und Leo Schnetzler bemühen, doch werde der Baukontrolleur kaum so dumm sein, Kickbackzahlungen über sein Konto laufen zu lassen. Et voilà, ein Dämpfer mehr. Ausserdem würden die Recherchen ein paar Tage in Anspruch nehmen. Zeit, die wir nicht haben. Wenigstens hielt sich Sandra strikt an die Anweisungen und tat keinen Schritt ohne ihre Bodyguards.

«Sebastian ist unten, Francesco. Hat er einen Termin?», erkundigte sich Nadine.

«Nein, er soll raufkommen.»

Der Leiter des Bauinspektorats kam wenige Minuten später ins Büro.

«Ich hatte an der Heuwaage eine Besprechung. Da dachte ich, ich schau mal kurz bei euch rein. Komme ich ungelegen?»

«Nein, keineswegs. Kaffee?»

«Gerne, Nadine.»

Sebastian Koch legte seine mitgebrachten Baupläne auf den Tisch.

«Wieder so eine unangenehme Angelegenheit. Die Mängel am Bau nehmen langsam überhand. Bei der Besprechung eben ging es um einen Umbau im Gundeli. Ich sags dir, Francesco. Pfusch, Pfusch und nochmals Pfusch. Bei der Bauabnahme stellten wir extreme Baumängel fest, die Normen wurden nicht eingehalten.»

«Was geschieht in solch einem Fall?»

«Die Mängel müssen behoben werden. Das heisst, es wird nachgebessert. So lange, bis alles den Vorschriften entspricht.»

«Und wer ist dafür verantwortlich?»

«Das wird sich weisen. Architekt, Handwerker, Investor und Versicherungsvertreter schlagen sich im Augenblick deswegen die Köpfe ein.» Koch seufzte. «Eigentlich müsste ich jetzt mit meinem Kollegen reden, aber ich drücke mich etwas um das Gespräch.»

«Entlässt du ihn?»

«Es bleibt mir keine andere Wahl. Ich werde ihm die Chance geben, selbst zu kündigen. Seid ihr mit Hochstrasser klargekommen?»

«Ja. Nur weiss man bei Philipp nie, was er sich noch alles ausdenkt. Es ist unmöglich, diesen Mann unter Kontrolle zu bringen.»

«Etwas würde mich schon interessieren, Francesco. Ich kenne Jakob nun doch auch schon einige Jahre. Wie habt ihr ihn dazu gekriegt, den Ordner persönlich bei mir abzuholen?»

«Mit Charme.»

«Wenn ich viel glaube, das sicher nicht. Wohl eher mit Bestechung», lachte Koch.

«Ein hartes Wort. Mit Versprechungen trifft es eher.»

«Ach so! Du meinst, die Vischers unterstützen seinen Wahlkampf. Ich wollte euch noch über meine Berechnungen informieren. Mit neunundneunzigprozentiger Sicherheit stimmen Marcos Pläne, daran gibt es meiner Meinung nach nichts zu rütteln. Ich habe auch nichts anderes erwartet.»

«Also doch Hochstrasser?»

«Möglich. Die externen Untersuchungen werden es zeigen.»

In Gedanken strich der Kommissär erneut Marco Frischknecht von seiner Verdächtigenliste.

«Nehmen wir an, Philipp hat gepfuscht. Wer hätte es merken können oder müssen?»

«Am ehesten Christian Vischer als Bauführer, Dani und Thorsten von unserer Seite. Oft ist es ja so, dass alle von Fehlern oder absichtlichem Pfusch wissen, aber keiner macht den Mund auf. Aus verschiedenen Gründen. Die Handwerker wollen beim nächsten Bau wieder berücksichtigt werden, der Bauführer steckt mit dem Architekten und dem Ingenieur unter einer Decke. Die einzig neutralen Personen sind wir vom Bauinspektorat. Natürlich nicht ohne Ausnahme, wie der Fall Emanuel Stoll zeigt. Dann ist die Kette mehr als perfekt und hält, solange keine offensichtlichen Schäden auftreten.»

«Es sei denn, der Baukontrolleur riecht den Braten, abgesehen von der eben erwähnten Ausnahme.»

«Wenn einer etwas bemerkt hätte, wäre es Dani gewesen. Er war mit Abstand mein bester Mann. Ich begreife heute noch nicht, dass er zu mir ins Bauinspektorat gekommen ist. Der wäre längst als Architekt oder Ingenieur mehrfacher Millionär.»

«Was ihm jetzt auch nicht mehr viel bringen würde.»

«Du sagst es, Nadine. Ah, bevor ich es vergesse, der Untersuchungsleiter war bei mir. Das wird noch ziemlich viel Knatsch absetzen.»

«Weshalb?»

«Wegen der Versicherung. Die klopften bereits bei den externen Experten an. Sie werden versuchen, sich aus der Verantwortung zu stehlen, schliesslich geht es um Millionen. Ich hoffe, es gibt keine Schlammschlacht.»

«Zwischen wem?»

«Viele kommen dafür nicht infrage. Yvo, Marco, die Subunternehmer wie Hochstrasser. Es wäre nicht das erste Mal, dass durch einen solchen Fall Freundschaften kaputtgehen. Aber das nur nebenbei. Die Experten werden die Ursache des Einsturzes herausfinden, auch wenn das einige Monate dauern kann. Und im Gespräch mit eben diesen Experten beschuldigte der Versicherungsinspektor Philipp Hochstrasser massiv.»

«Wie das?»

«Offenbar wollte er sich für den Bau auf dem Voltaplatz total absichern, sich praktisch einen Persilschein ausstellen lassen, sogar für den Fall der Grobfahrlässigkeit.»

«Geht das überhaupt?»

«Bei einigen Versicherungen kannst du so ziemlich jede Art von Police abschliessen, selbstverständlich gegen horrende Prämien.»

«Verstehe ich das richtig? Philipp wollte sich gegen Pfusch am Bau versichern?»

«Exakt. Hochstrasser meinte, sie stünden vonseiten der Bauherrin und des Architekten unter extremem Zeitdruck. Falls seine Leute wider Erwarten diesem

Druck nicht standhalten würden, wolle er sich absichern.»

«Das hätte er mittels einer Versicherung, welche die Konventionalstrafe bezahlt, machen können.»

«Das riet ihm der Inspektor, aber er wollte explizit eine gegen Grobfahrlässigkeit. Die Versicherung lehnte ab. Ob er die jetzt anderweitig abschliessen konnte, weiss ich natürlich nicht. So. Danke für den Kaffee. Ich mache mich jetzt auf die Socken. Es ist besser, wenn ich das Gespräch mit Emanuel hinter mich bringe.»

«Interessant! Unser kleiner Schlaumeier pfuscht munter weiter. Von wegen er beisst nicht die Hand, die ihn füttert.»

«Dani kommt ihm auf die Schliche und wird von ihm abgeräumt.»

«Klingt logisch, Chef.»

«Wir sollten uns nochmals mit Philipp unterhalten.»

«War das eben nicht Sebastian Koch?»

«Richtig geraten, Herr Staatsanwalt.»

«Was wollte er?»

«Uns über seine Ergebnisse der Statikuntersuchungen informieren.»

«Sehr gut.» Borer rieb sich die Hände. «Ich dachte schon, es ging um die Akte Kraus.»

«Nein. Die geben wir ihm später wieder zurück.»

«Apropos Ordner.» Ferrari suchte seinen Schreibtisch ab. «Hast du ihn, Nadine?»

«Nein. Er lag bei dir auf dem Tisch.»

«Haben Sie ihn mitgenommen, Herr Staatsanwalt?»

«Wie käme ich dazu? Der befindet sich mit Sicherheit irgendwo in Ihrem Tohuwabohu.»

«Ich muss doch sehr bitten. Hier ist alles fein säuberlich aufgeräumt. Wo zum Teufel ist denn dieser Ordner?»

«Ha! Fein säuberlich aufgeräumt, dass ich nicht lache. Hier herrscht das Chaos, Marke Ferrari.»

Der Kommissär dachte nach.

«Sind Sie sicher, dass Sie den Ordner nicht mitgenommen haben?»

«Das ist eine absolute Frechheit. Sie finden in Ihrem Saustall wichtige Unterlagen nicht mehr und beschuldigen dann Ihre Kollegin und mich, diese entwendet zu haben.»

«Nicht Nadine, nur Sie!»

«Eine Unverschämtheit! Finden Sie den Ordner oder es hat ein Nachspiel. Ich stehe bei Sebastian im Wort. Guten Tag, die Herrschaften!»

Ferrari durchstöberte seinen Schreibtisch minutiös, öffnete Schublade um Schublade und nahm auch das Bücherregal unter die Lupe. Der Ordner schien sich in Luft aufgelöst zu haben.

«Jaköbeli macht keine halben Sachen.»

«Was meinst du?»

«Ich wette mit dir jeden Betrag, dass das Teil plötzlich wie aus dem Nichts wieder auftaucht. Und so lange hast du es verschlampt.»

«Du meinst ...», Ferrari pfiff anerkennend durch die Zähne.

«Jaköbeli behält den Ordner als Trumpf in der Hand, falls du wider Erwarten einen Rückzieher machst und Sabrina gegen ihn aufhetzt. Bleibt die Akte verschwunden, verlieren wir das Druckmittel gegen Hochstrasser. So einfach ist das und ziemlich clever von unserem Herrn Staatsanwalt. Erst wenn er die ersten Früchte erntet, taucht der Ordner wieder auf deinem Schreibtisch auf. Trümpfe gibt man eben nur aus der Hand, um zu stechen. Das solltest du als Jassexperte wissen. Los, komm, nehmen wir uns Hochstrasser vor.»

«Ich schwöre es, Frau Kupfer. Es ging alles mit rechten Dingen zu. Kein Betrug, kein Pfusch. Die wollen mich fertigmachen und es gelingt ihnen.»

«Wer will Sie fertigmachen?»

«Christian Vischer, Thorsten Harr, Sebastian Koch und wahrscheinlich auch Marco und Yvo. Da ist etwas total faul. Ich habe beim Voltabau exakt nach den Armierungsplänen gearbeitet, ohne Wenn und Aber. Natürlich standen wir unter Druck, wie meistens. Doch gepfuscht, bei meiner Seele, Frau Kupfer, gepfuscht wurde nicht.»

«Sie sind bestimmt gegen allfällige Schäden versichert. Oder?»

«Ja, klar.»

«Auch gegen Grobfahrlässigkeit?»

«Logisch. Man weiss ja nie, wie die Leute arbeiten.»

«Vor allem nicht bei deinem Personal.»

«Wie meinst du das?»

«Du beschäftigst Saisonniers aus dem Osten.»

«Die sind genauso gut wie wir Schweizer oder unsere Grenzgänger. Manche sogar besser.»

«Vor allem günstiger.»

«Ja, verdammt noch mal, ist es eine Schande, Geld zu sparen?»

«Das nicht, aber sie sollen unter ziemlich unwürdigen Bedingungen arbeiten und leben.»

«Wer sagt das?»

«So etwas spricht sich herum.»

«Ich beschäftige keine Schwarzarbeiter, falls du das meinst.»

«Dann stimmt es auch nicht, dass du die Gastarbeiter wie Vieh in einer deiner Mietskasernen einpferchst, sie ausbeutest und später abservierst.»

«Alles gelogen. Du kannst dich jederzeit mit meinen Leuten unterhalten. Du wirst niemanden finden, der negativ über mich spricht.»

«Das glaube ich dir gerne.»

«Nur nicht so sarkastisch. Ihr könnt euch auch die Unterkünfte anschauen, es ist alles in bester Ordnung. Dass ich meine Leute logischerweise nicht in Luxuswohnungen unterbringe, wird ja sogar in deinen sturen Beamtenschädel hineingehen.»

«Du warst schon immer ein Gauner, Philipp. Damals auf der Hoppe hast du mein …»

«Können wir das mit dem Horburgpark für später

aufheben, Francesco? Kommen wir nochmals auf die Versicherung zu sprechen. Ist es wirklich normal, eine Grobfahrlässigkeitsversicherung abzuschliessen?»

«Absolut. Das machen alle Unternehmer.»

«Es handelt sich also nur um eine Versicherung, um Eventualitäten vorzubeugen?»

«Weshalb denn sonst?»

«Vielleicht um abgesichert zu sein, wenn der Murks an die Oberfläche dringt.»

«Was wissen Sie denn schon? Ihr Yvo …»

«Mein Yvo?»

«Ja, euer Yvo, der Wohltäter und Menschenfreund, und sein Hampelmann Christian Vischer, der Schinderhannes, der die Drecksarbeit verrichtet. Ein sauberes Pärchen. Nur das wollt ihr gar nicht sehen. Für euch ist von vornherein klar, dass ich der Sauhund bin. So viel zur objektiven Betrachtungsweise. Die wussten schon lange, dass sie den Zeitplan niemals einhalten können, deshalb musste ich auch ran. Es ging nicht darum, mir eine Chance zu geben, sondern einen Sündenbock zu präsentieren, wenns schiefläuft. Das Gebäude hätte nie und nimmer so schnell gebaut werden dürfen. Aber nein, Yvo und auch Frischknecht wussten es besser. Jeder normale Mensch hätte den Auftrag abgelehnt. Der Superarchitekt, der die Behörden im grossen Stil schmiert, ist kein Deut besser als unsereins.»

«Alles dumme Sprüche.»

«Das hören Sie nicht gern, Sie dumme Göre. Aber

ich lass mich von euch nicht einfach einsargen. Ich kämpfe um meine Existenz.»

«Mit allen Mitteln.»

«Ja, Francesco, mit allen Mitteln. Seit dreissig Jahren baue ich mein Unternehmen auf ...»

«Auf Lug und Trug.»

«Seien Sie vorsichtig, Frau Kupfer. Meine Geduld ist zu Ende.»

«Meine auch. Die dumme Göre kann nämlich zwei und zwei zusammenzählen. Was ist das Resultat? Eine kaputte Existenz. Einer, dem alle Fälle davonschwimmen, weil er sich seit Jahren von Murks zu Murks mauschelt und alle betrügt. Und jetzt? Jetzt zieht sich die Schlinge langsam zu. Die einzige Möglichkeit, sich wieder etwas Luft zu verschaffen, ist der Angriff als beste Verteidigung. Ohne Rücksicht auf andere. Sie ziehen sogar den Mann in den Dreck, der Ihnen die letzte Chance gibt. Sie sind ein erbärmlicher Wicht.»

«Ist das alles?»

Ferrari sass angespannt da. Es bedarf nicht mehr viel, bis Philipp die Nerven verliert. Wenn das nur gut geht.

«Noch längst nicht. Seit Jahren ziehen Sie alle und jeden über den Tisch und finden immer wieder ein Hintertürchen, durch das Sie sich davonschleichen können. Bloss dieses Mal nicht. Spüren Sie, wie die Luft dünner und dünner wird? Sie ersticken ganz langsam.»

Philipp Hochstrasser atmete tief durch.

«Es gelingt Ihnen nicht. Nein, Sie können mich nicht provozieren. Sie warten förmlich darauf, dass ich auf Sie losgehe. Aber den Gefallen tue ich Ihnen nicht.»

«Gut, das hätten wir geklärt. Konzentrieren wir uns auf das Wesentliche und versuchen, so sachlich wie nur irgend möglich zu bleiben», versuchte Ferrari das Gespräch in geordnete Bahnen zu lenken. «Ich bin Nadines Meinung, Philipp. Du hast den Bogen längst überspannt. Und mit jedem Betrug bist du ein wenig mehr in den Sumpf hinein geschlittert. Das Märchen mit dem Komplott gegen dich nehme ich dir nicht ab. Eine Phalanx Vischer, Frischknecht, Liechti, Koch und Harr existiert nur in deiner Fantasie.»

«Sie sind ganz einfach ein Lügner und Betrüger. Dummerweise ist Ihnen Daniel Martin mit seinem ausgezeichneten Fachwissen auf die Schliche gekommen. Und deswegen musste er sterben.»

«So läuft der Hase! Sie wollen mir einen Mord unterjubeln. Da sind Sie aber auf dem Holzweg. Dani … da kann ich nur lachen. Der war ja überhaupt nicht mehr in der Lage, klar zu denken.»

«Was heisst das?»

«Der schwebte auf Wolke sieben. Sein Job war ihm vollkommen egal.»

«Sie meinen, Dani war verliebt?»

«Verliebt ist die Untertreibung des Jahres.»

«Woher wissen Sie das?»

«Einer meiner Leute hat ihn mit seiner Flamme gesehen. Bei unserer nächsten Begegnung machte ich dann eine Bemerkung. Sie hätten ihn sehen sollen. Er strahlte über beide Ohren.»

«Kennen Sie die Frau?»

«Nein. Dani bat mich, niemandem davon zu erzählen. Er wolle in einigen Wochen bekannt geben, wer seine grosse Liebe ist, und damit alle überraschen.»

«Natürlich konnten Sie Ihr Plappermaul nicht halten und erzählten jedem, der es wissen wollte, von Danis neuer Freundin.»

«Warum sollte ich? So wichtig schien mir die Sache nun auch wieder nicht. Der Honeymoon hielt sowieso nicht lange. Vor drei Wochen traf ich ihn nämlich über Mittag auf der Pfalz. Ich fragte ihn höflichkeitshalber, wie es ihm geht. Das war ein schwerer Fehler. Anscheinend lief es nicht mehr gut zwischen den beiden. Dani war total depressiv, ich versuchte ihn zu trösten.»

«Wie anständig von Ihnen!»

«So bin ich eben, Frau Kupfer. Ich redete auf ihn ein. Es sei alles halb so schlimm, eine andere Mutter habe auch eine schöne Tochter. Halt all den Quatsch, der dir in so einem Moment einfällt. Keine Reaktion. Also änderte ich meine Taktik. Ich riet ihm, er solle um sie kämpfen. Das sei nicht so einfach, meinte er traurig. ‹Sie liebt mich, aber sie ist zu labil. Sie wird gegen mich aufgehetzt.› Sprachs, stand auf und weg war er. Eine schwache Figur, unser Baukontrolleur.»

«Können wir mit deinem Mitarbeiter reden, der Dani mit seiner Freundin gesehen hat?»

«Sicher. Zenon Nowak arbeitet auf meiner Baustelle im Rheinhafen. Soll ich euch begleiten?»

«Danke. Das kriegen wir schon alleine hin. Was fährst du eigentlich für ein Auto?»

«Einen Mercedes. Weshalb?»

«Nur so. Welche Farbe?»

«Schwarz.»

«Kennst du jemanden, der einen weissen SUV fährt?»

«Nein … Doch. Yvo, Christian und Marco. Ich glaube, es ist ein BMW.»

«Ein Audi.»

«Lass die Fragerei, wenn du es bereits weisst, Francesco. Sind wir endlich fertig? Ich habe noch zu arbeiten.»

«Für heute wars das», antwortete ihm Nadine. «Doch fertig sind wir nicht. Wir kriegen Sie. Egal, wie lange es dauert.»

«Arschloch!»

«Das war er schon immer.»

«Ist er unser Mörder?»

«Möglich. Jemand, der so um sich schlägt und alle anderen beschuldigt, versteckt etwas.»

Ferrari lachte.

«Was gibt es da zu lachen?»

«Du hättest dich sehen sollen, als Philipp von deinem Yvo sprach.»

Der Schlag in die Rippen kam ohne Ankündigung und verfehlte seine Wirkung nicht.

Der Arbeiter auf der Baustelle erinnerte sich an die vornehme Frau, wie er sich ausdrückte, konnte sie aber nur sehr vage beschreiben. Schön, zwischen vierzig und fünfzig. Mehr war nicht aus ihm herauszuholen. Nadine setzte sich neben Ferrari ans Rheinbord, stumm beobachteten sie die endlos fliessenden Wassermassen.

«Wir kommen nicht wirklich voran», begann Nadine.

«Du sagst es. Wer ist die unbekannte vornehme Frau, in die Dani Martin verliebt und die kurz vor seinem Tod bei ihm war? Oder sind die beiden Frauen gar nicht ein und dieselbe Person? Von welcher Bombe sprach er? Hängt der Einsturz des Voltagebäudes mit dem Mord zusammen und wenn ja, wie? Versuchte Ken wirklich, den Mörder zu erpressen und wurde er deshalb getötet? Ist Sandra das nächste Opfer?»

«Glaubst du, Sandra weiss, wer der Mörder ist, oder hat zumindest eine Vermutung?»

«Nein, aber er denkt es. Aus diesem Grund wird er wieder versuchen, Sandra in seine Gewalt zu bringen und zu töten.»

«Toller Gedanke.»

«Keine Sorge. Christian stellte Sandra als seine Freundin vor. Die Bodyguards werden keinen an sie heranlassen. Wir müssen versuchen, über Sandra an den Mörder heranzukommen.»

«Und wie?»

«Das weiss ich noch nicht.»

«Was ist mit der vornehmen Frau?»

«Vielleicht haben wir es mit einem Beziehungsdrama zu tun.»

«Gehen wir davon aus, dass wir es mit nur einer Frau zu tun haben und dass sich die Verliebten wieder versöhnt haben. Am Mordabend werden sie von Iris Schläpfer händchenhaltend gesehen. Wer weiss, möglicherweise folgte ihnen der eifersüchtige Ex oder ein Nebenbuhler, der Dani im Streit umbringt. Die Frau flieht, wird vom Mörder abgefangen und bedroht.»

«Die Jungs vor der Kirche sahen aber nur die Frau aus dem Haus rennen.»

«Weil sie sich auf die vermeintliche Prostituierte in den High Heels konzentrierten. Der Mann konnte unbemerkt aus dem Haus entwischen, rannte zu seinem Auto und verfolgte seine Ex oder wer auch immer sie ist.»

«Klingt logisch. Ken verfolgt die Frau, die in das Auto steigt, merkt sich die Nummer oder kennt den Typen sogar und erpresst ihn. Sie verabreden sich bei der Dreirosenbrücke und der Mann tötet auch ihn.»

«Daraufhin schickt er eine SMS an Sandra und droht ihr, weil Ken ihn glauben liess, dass Sandra informiert ist.»

«Das glaube ich nicht. Der Täter reimt sich das eher zusammen.»

«Der Mörder kommt aus Sabrinas Umfeld, Francesco.»

«Wie kommst du darauf?»

«Weil er wusste, wo sich Sandra aufhält. Den Aufenthaltsort kennen nur ganz wenige.»

«Eigentlich nur wir und die Vischers.»

«Vielleicht erzählte Sandra jemandem davon, mit JJ hat sie bestimmt geredet.»

«Hm.»

«Ich glaube, wir kennen den Mörder.»

«Aber wir kennen weder seine Beweggründe noch wissen wir seinen Namen.»

Nadines Handy jodelte. Weshalb kann die Verrückte keinen normalen Klingelton verwenden wie jeder halbwegs normale Mensch? Ich werde es wohl nie begreifen. Der Kommissär schüttelte den Kopf und ging ein paar Schritte. Gemächlich floss der Rhein Richtung Deutschland. Ziemlich tiefer Pegelstand. In Nordindien steht das halbe Land unter Wasser und wir werden bald unter der Trockenheit leiden. Verkehrte Welt. Die Wärme macht auch unseren Gletschern zu schaffen, sehr sogar. Gemäss dem Schweizer Gletscherinventar sind nur noch neunhundertvierzig Quadratkilometer ständig mit Eis bedeckt. Das sind achtundzwanzig Prozent weniger als noch vor vierzig Jahren. Wahnsinn. Ein Fischer winkte Ferrari zu. Gibt es überhaupt noch Fische im Rhein? Vielleicht sollte ich es auch einmal mit Fischen versuchen. Das beruhigt. Die Art von Fischerei, die wir betreiben, das Auffischen von Verbrechern, beruhigt nicht sonderlich.

«Auf, auf! Das Faulenzen ist zu Ende», Nadine hatte ihr Telefongespräch beendet.

«Nur noch einen Augenblick. Ich bin viel zu selten am Rhein.»

«In Birsfelden kannst du das ganze Wochenende auf der Kraftwerkinsel verbringen.»

«Das ist nicht das Gleiche. Was gibts denn?»

«Stephan rief an. Die Sicherheitsleute der Familie Vischer sind mit Sandra zur ihrer Wohnung in die Oetlingerstrasse gefahren. Jemand hat die Tür aufgebrochen und alles durchsucht.»

Nachdenklich stieg der Kommissär in den Porsche.

Die Spurensicherung untersuchte das Schloss der Wohnungstür. Sandra sass weinend am Küchentisch, während sich die beiden Sicherheitsleute diskret im Hintergrund hielten. Nadine setzte sich neben die junge Frau.

«Ich verstehe das alles nicht, Nadine. Der hat alles kaputt gemacht. Wieso nur?»

Ferrari schaute sich in der Wohnung um. Der Eindringling hatte nichts dem Zufall überlassen, minutiös die ganze Wohnung auf den Kopf gestellt. Alle Schränke und Schubladen waren leer geräumt. Die Sachen lagen auf dem Boden verstreut. Ferrari nahm die Barbiepuppe vom Boden auf und strich ihr über den Kopf. Wenn du sprechen könntest, wüssten wir mehr. Der Mörder sucht etwas. Aber was? Als die Spurensicherung ihre Arbeit erledigt hatte, gab der Kommissär den beiden Sicherheitsleuten zu verstehen, dass er sie einen Augenblick alleine sprechen wolle.

«War die Wohnungstür offen?», fragte der Kommissär.

«Angelehnt. Als Sandra die Tür mit dem Schlüssel öffnen wollte, ging sie auf. Ich hielt sie sofort zurück und mein Kollege Gustav ist alleine rein. Ich rief die Polizei an und informierte den Boss.»

«Albert Vischer?»

«Den Juniorchef, Christian. Er will, dass wir die Teams verstärken. Wir werden in Zukunft pro Schicht zu viert auf Sandra aufpassen. Bewaffnet.»

Ferrari, alles andere als ein Waffenfan, nickte. Gut so.

«Eine weise Entscheidung. Passt gut auf sie auf. Gebt uns bitte noch einige Minuten. Wir möchten uns mit Sandra kurz unterhalten. Schräg gegenüber ist ein Café. Wir kommen dann zu euch hinüber.»

Eugen zögerte einen kurzen Augenblick, dann nickte er zustimmend.

«Okay. Wir warten drüben.»

Sandra schien sich langsam wieder zu beruhigen. Ferrari setzte sich an den Tisch und griff nach der Barbiepuppe.

«Kannst du dich konzentrieren, Sandra?»

Sie nickte nur.

«Christian Vischer lässt dich in Zukunft von vier

Mann bewachen. Wenn du möchtest, stellen wir dich unter Polizeischutz.»

«Ich verstehe das nicht, Herr Ferrari … Francesco. Warum durchstöbert jemand meine persönlichen Sachen und wirft alles achtlos auf den Boden?»

«Sofern der Einbrecher unser Mörder ist, und davon gehen wir aus, glaubt er, dass du mit Ken unter einer Decke steckst und er dir etwas hinterliess. Einen Zettel, einen Hinweis. Irgendetwas, das vermutlich auf seine Identität hinweist. Vielleicht kennst du ihn sogar.»

«Bestimmt nicht, Nadine. Ken sagte zum Abschied nur, wenn er zurück sei, hätten wir Kohle bis zum Abwinken. Von einem Zettel oder so weiss ich rein gar nichts. Ich habe schreckliche Angst.»

«Wir finden den Mörder. Und in der Zwischenzeit werden dich Christians Leute und wir gemeinsam bewachen.»

«Christians Leute beschützen mich gut. Das beruhigt mich ein wenig. Er … er ist süss, kümmert sich liebevoll um mich. Er wohnt sogar wieder bei Sabrina. Nadine … ich schäme mich.»

«Wofür?»

«Ken … er ist noch nicht einmal auf dem Hörnli und ich … ich glaube, ich habe mich in Chris verliebt.»

Nadine lächelte.

«Gegen Gefühle kommst du nicht an. Vielleicht warst du gar nicht richtig in Ken verliebt.»

Das, werte Kollegin, könnte man auch etwas gefühlvoller ausdrücken.

«Er ist so lieb und Sabrina auch, aber ich passe dort nicht hin.»

«Unsinn! Nur weil die Vischers reich sind?»

«Ich gehöre nicht in diese Welt. Meine ist in den letzten Tagen total umgekrempelt worden. Ich stehe vor dem Nichts. Freund verloren, Job verloren, ein Mörder jagt mich. Alle meine Sachen liegen einfach im Dreck. Bei der Vorstellung, dass jemand in meiner Unterwäsche, in meinen Röcken gewühlt hat, wird mir schlecht. Ich will das Zeug nicht mehr. Verstehst du das, Nadine?»

«Vollkommen.»

Ferrari blickte Sandra besorgt von der Seite an. Sie tut mir leid. Hoffentlich spielt Christian nicht mit ihr. Nur weil er im Augenblick gern den Beschützer, den Helden mimt, bedeutet das noch lange nicht, dass er sie liebt. Sie verdient eine ehrliche Chance.

«Wir müssen nochmals über Ken sprechen. Überleg genau, jeder noch so kleine Hinweis kann wertvoll sein. Was genau hat er dir gesagt?»

«Nur dass unser Scheissleben zu Ende sei. Jetzt komme die grosse Kohle rein. In einer Woche lägen wir in Dubai am Strand. In einem Fünfsternehotel. Ich wollte das alles gar nicht, ich bin mit meinem Leben zufrieden … gewesen. Jetzt ist alles anders.»

«Mit wem hast du in den letzten Tagen telefoniert?»

«Mit niemandem. Ich weiss nicht einmal, wo mein Handy ist.»

«Auch nicht mit JJ?»

«Nein. Der versuchte zwar, mich mehrmals zu erreichen, aber ich antwortete nicht. Ich konnte einfach nicht.»

Wie nah doch Glück und Unglück beieinanderliegen. Das Schicksal schlug unbarmherzig zu. Innert wenigen Tagen wurde Sandras Leben auf den Kopf gestellt. Du gehst am Morgen zur Arbeit und wenn du nach Hause kommst, ist alles anders. Unwiederbringlich. Du wirst mit Situationen konfrontiert, die dich vollkommen überfordern, dich aus der Bahn werfen. Und das Schlimmste daran ist die eigene Machtlosigkeit. Du kommst nicht dagegen an. Was wäre, wenn Monika und mir etwas zustossen würde? Was würde aus Nikki? Oder aus Monika und Nikki, sollte mich jemand im Dienst erschiessen? Diese Gefahr war immer da. Monika ist stark, eine Kämpferin. Sie würde es mit der Zeit verkraften. Und ich im umgekehrten Fall? Wahrscheinlich nicht. Ich würde jämmerlich daran zugrunde gehen.

«Darf ich hereinkommen?»

Sandra fiel Christian Vischer um den Hals.

«Ich weiss nicht, ob ich eine Freundin will, die so unordentlich ist», versuchte er sich in einem Scherz. Er blickte fragend zu Ferrari.

«Wir sind fertig. Passen Sie gut auf sie auf.»

«Draussen steht eine kleine Armee, Herr Kommissär. Der amerikanische Präsident wird nicht besser bewacht als Sandra.»

Ferrari spielte mit der Puppe.

«Wir müssen den Typen kriegen, Nadine. Schnell, bevor er vollkommen die Nerven verliert.»

«Was will er von ihr?»

«Entweder verfügt sie über eine wichtige Information, die ihr gar nicht bewusst ist, oder der Mörder glaubt nur, dass sie etwas weiss.»

«Die erste Version gefällt mir besser, sofern wir diese Info vor ihm finden. Glaubst du, dass Vischer sie liebt?»

«Macht den Anschein. Sie ist auf alle Fälle verliebt.»

«Willst du die Bude noch auf den Kopf stellen?»

«Das bringt nichts. Das hat unser Phantom bereits gründlich erledigt.»

«Ob es fündig wurde?»

«Das erfahren wir in Kürze. Lässt der Mörder sie in der nächsten Zeit in Ruhe, hat er sein Ziel erreicht. Dann wird es für uns verdammt schwierig.»

«Und wenn nicht, wird es für Sandra gefährlich.»

«Die Vischer-Boys sind nicht schlecht. Es wird für ihn nicht leicht sein, an Sandra heranzukommen. Klappern wir das Haus ab. Wie ist der Eindringling überhaupt hineingekommen? Sicher nicht mit einem Schlüssel, sonst hätte er die Wohnungstür nicht aufbrechen müssen.»

«Mit Barbie?»

«Was meinst du?»

«Gehen wir auf Erkundungstour mit der Barbiepuppe im Arm?»

«Hm!»

Die Nachbarn hatten nichts gesehen und nichts gehört. Wie die drei Affen, die ihren Ursprung in einem japanischen Sprichwort haben. Sie sehen nichts, sie hören nichts und sie reden nichts. Bis auf die Rentnerin im Parterre, die Dame sprudelte wie ein Wasserfall. Ohne Luft zu holen, laberte sie Nadine und den Kommissär eine halbe Stunde zu. Sie erzählte von ihren süssen Enkeln, vom Postboten, der die Post zerknüllt in den Briefkasten stecke, und von diesem ungehobelten Kerl im ersten Stock, der ihr immer die Zeitung aus dem Briefkasten stehle, sie lese und erst am Mittag wieder in den Milchkasten zurücklege. Deshalb müsse sie jetzt jeden Morgen um sechs aufstehen und den Zeitungsverträger abpassen. Nein, sie habe niemanden gesehen, aber die Kuh oben in der Dachwohnung würde einfach jeden reinlassen, wenn es läute. Das sei nun die Folge davon. Eine kurze Nachfrage bei der Dame in der obersten Etage brachte Klarheit. Jemand hatte zwar bei ihr geklingelt, doch es sei niemand heraufgekommen. So weit, so gut. Nur wirklich weiter brachte sie das Ganze nicht.

«An der Ecke bei der Matthäuskirche gibt es ein Restaurant. Trinken wir dort etwas?»

«Von mir aus.»

«Schlechte Laune, Chef?»

«Besorgt. Ist das dort nicht unser Freund JJ?»

Er lümmelte mit zwei jungen Frauen und einigen Typen vor der Kirche herum.

«Hallo, JJ.»

«Weshalb taucht ihr erst jetzt auf? Sandra ist verschwunden. Verdammte Scheisse.»

Nadine klärte ihn auf.

«So eine Kuh! Ich reiss mir hier den Arsch für sie auf, ruf hundert Mal an und sie meldet sich einfach nicht mehr. Wo ist sie überhaupt?»

«In Sicherheit. Mehr können wir nicht sagen.»

«Ich bin heute Morgen bei diesem Gründel gewesen. Der ist total ausgeflippt. Er hat mir ihren Kram mitgegeben. Kosmetiksachen. Ich soll ihr ausrichten, dass er den letzten Lohn einbehält. Als Schadenersatz.»

«Schadenersatz für was?»

«Weil er nach einem Ersatz suchen muss und so lange einige Kundinnen nicht bedienen kann.»

«Interessant. Wo hast du die Sachen?»

«Bei mir zu Hause. Ich hole sie rasch, bin gleich wieder da.»

«Wir sind drüben im Restaurant.»

«Okay, dauert nur einige Minuten.»

Der kleine Karton gab nicht viel her. Ferrari griff nach einem Lippenstift, die Überreste der Karriere bei Lothar Gründel und vielleicht der Anfang einer neuen. Wenn es Christian ernst meint, den Anschein machts.

«Gebt ihr einen aus?»

«Klar. Sag mal, hast du bei uns in der Zentrale angerufen?»

«Wie beim letzten Mal. Der Typ sagte, ihr seid unterwegs und würdet euch melden.»

«Wann war das?»

«Am Samstagmorgen.»

Seltsam, dachte Ferrari. Wer hatte am Samstagmorgen Dienst?

«Gehts Sandra gut?», erkundigte sich JJ.

«Bestens.»

«Ihr müsst unbedingt mit ihrem Boss sprechen. Sie ist die Einzige von uns, die einen Job hat. Echt Scheisse, wenn sie ihn wegen Ken verliert.»

«Was erzählt man sich so auf der Gasse?»

«Dass Ken zu gierig wurde und ihn dieser Baufuzzi deshalb gekillt hat.»

«Welcher Baufuzzi?»

«Na dieser Stararchitekt. Yvo weiss nicht wer.»

«Yvo Liechti?»

«Genau. Dem seine Hütte ist doch wie ein Kartenhaus zusammengekracht. Martin wusste, warum. Deshalb musste er dran glauben. War total unüberlegt von dem Kerl. Sein Licht erlosch genau dann, als er es mit einer Nutte trieb. Die ist zwar abgehauen, aber sicher nicht weit gekommen. Wahrscheinlich hat er die auch alle gemacht.»

«Gute Story. Wer sagt das?»

«Ken.»

«Und wem sagte Ken das?»

«Kitty.»

«Aha. Und wer ist Kitty?»

«Meine Braut. Deswegen und wegen Sandra habe ich euch ja angerufen. Wollt ihr mit Kitty reden?»

Nadine nickte.

Einige Minuten später sassen sie zu viert im Restaurant.

«Das ist meine Kleine. Kitty, das sind die Bullen, von denen ich dir erzählt habe.»

Sie setzte sich vorsichtig auf eine Stuhlkante und bestellte eine Coke.

«Würdest du uns bitte erzählen, woher du das mit dem Architekten weisst?»

«Von Ken.»

«Etwas genauer bitte.»

«Ich sollte es JJ und Sandra ausrichten.»

«Das heisst, du hast Ken getroffen. Richtig?»

«Ja, bei der Kirche. Er war total gut drauf. ‹Morgen lade ich euch alle ein. Wo ihr wollt. In Paris, London, New York. Wir machen eine ganz grosse Sause.› Wieder so ein Luftballon, dachte ich und das sagte ich ihm auch direkt ins Gesicht. ‹Dieses Mal nicht, ich habe das grosse Los gezogen.› Dann lästerte er über Gründel. Er wollte unbedingt mit Sandra sprechen, aber sie war am Schminken und ihr Chef lässt weder Besuch noch Handys zu. Damit sei jetzt endgültig Schluss. Er wisse, wer den Alten von der Mörsbergerstrasse abgemurkst habe, und dieser Jemand sei verdammt reich, so reich, dass er nicht wisse, wohin mit der Kohle. Ich verstand nur Bahnhof, wusste nicht, von wem er sprach. Ob ich nichts davon gehört hätte, höhnte er. Dem seine Hütte am Voltaplatz sei zusammengekracht. Du meinst diesen Architekten, diesen Yvo Liechti?, fragte ich ihn. Er lachte nur und hörte mir gar nicht mehr zu.»

Nadine sah entsetzt zu Ferrari, der wie wild mit dem Lippenstift in der Hand fuchtelte.

«Das wollte ich euch unbedingt sagen. Ihr ruft ja nie zurück», murrte JJ. «Sandra geht es gut, Kitty. Sie ist bei den Bullen. Dieser Liechti ist hinter ihr her. Was ist jetzt mit ihrem Job?»

«Was … was meinst du?», Nadine rang sichtlich um Fassung.

«Ihr müsst diesen Gründel auseinandernehmen. Er muss sie wieder einstellen.»

«Wir kümmern uns darum.»

«Was ist mit ihr, Ferrari? Sie ist auf einmal so still?»

«Eine Erkältung, sonst geht es ihr gut», beschwichtigte der Kommissär.

«Scheiss Sommergrippe. Das hatte ich letztes Jahr auch. Hoffentlich steckt sie uns nicht an. Komm, Kitty, wir machen einen Abgang.»

«Nur noch eine Frage, Kitty. Erwähnte Ken den Namen Yvo Liechti?»

«Wer soll es denn sonst sein? Das stand doch in allen Zeitungen und im Internet.»

Ferrari warf den Lippenstift in den kleinen Karton zurück und legte Nadine die Hand auf den Arm.

«Bist du in Ordnung?», fragte er besorgt.

«Nein … ich kanns einfach nicht glauben.»

«Vielleicht lügt sie.»

«Weshalb? Gib mir nur einen plausiblen Grund, weshalb sie uns belügen sollte?»

«Weil … weil … ich weiss es nicht.»

«Sie sagt die Wahrheit, genauso wie JJ.»

«Möglich. Bloss, das heisst noch lange nicht, dass er Yvo gemeint hat.»

«Sondern?»

«In der Presse geistern die Namen aller Beteiligten herum. Yvo, Christian Vischer, Philipp Hochstrasser und Marco Frischknecht.»

«Aber es gibt nur einen, der die Verantwortung trägt, und das ist Yvo.»

Ferrari bezahlte. Tiefe Sorgenfalten bedeckten seine Stirn. So kommen wir nicht weiter, Nadine ist blockiert. Kittys Aussage hat sie tief getroffen, bis ins Mark erschüttert. Ich muss nochmals die ganzen Zeitungsartikel und Online-Berichte lesen. Yvo ist kein Mörder! Nein, das ist er nicht, hämmerte es ununterbrochen in Ferraris Schädel.

«Yvo kanns gar nicht gewesen sein, er war mit uns am Tattoo», hörte er Nadine tonlos sagen. «Falls er der Drahtzieher ist …»

«Dann hörst du auf. Das würde ich sogar verstehen, vermutlich ginge es mir genau gleich. Nur steht das gar nicht zur Debatte. Er war es nicht. Ganz bestimmt nicht.»

«Und wenn doch?»

«Liebst du Yvo?»

«Ich … Liebe … das ist ein grosses Wort, Francesco. Ich mag ihn sehr. Er ist charmant, kultiviert, intelligent, humorvoll. Ganz anders als meine bisherigen Typen. Ob ich ihn liebe? Ich weiss es wirklich nicht, ich bin einfach sehr gerne mit ihm zusammen.»

«Yvo ist ein feiner Kerl. Ich mag ihn auch und ich bin von seiner Unschuld überzeugt. Zweifel und Angst helfen uns nicht. Es gibt nur einen Weg aus dieser Misere, wir müssen schleunigst den Mörder finden.»

Ferrari nahm den Karton unter den Arm. In einigen Jahren ergeht es mir ähnlich. Ich werde zwar nicht entlassen, so hoffe ich zumindest, sondern pensioniert. Am Tag X räume ich meinen Posten und alles, was aus der Zeit als Kommissär übrig bleibt, ist eine kleine Schachtel mit Kugelschreibern, Lottoscheinen und einigen persönlichen Aufzeichnungen. Wehmut lag in seinem Blick. Unwillkürlich dachte der Kommissär an Dani Martin. Ein Mann Ende fünfzig, ohne Familie, ohne echte Freunde. Ein Einzelgänger, der immer wieder versuchte, der Einsamkeit zu entfliehen. Etwa mit seiner Nachbarin. Verständlicherweise zog er das Singledasein alsbald der einengenden Zweisamkeit vor und ging auf Distanz. Irgendwann lachte ihm das Glück, er fand eine verwandte Seele, mit der er seine nächsten Jahre oder Jahrzehnte verbringen wollte. Nur leider war ihm das nicht vergönnt. Tragisch. Da geht es mir besser, viel besser. Ich bin vor vielen Jahren Monika begegnet, sie ist und bleibt mein guter Stern. Nach meiner Pensionierung wird sie zwar noch einige Jahre ihre Apotheke führen, doch das macht nichts. Ich kann mich gut selbst beschäftigen. Vielleicht schreibe ich meine Memoiren oder eröffne im hohen Alter eine Detektei, setze mich wie Sherlock Holmes mit einer gestopften Pfeife auf die Hollywoodschaukel und warte auf Kundschaft oder ich beginne zu kochen. Wer weiss?

«Danke, Chef», Nadine küsste ihn auf die Wange und riss ihn aus seinen Gedanken, «weil du an Yvos Unschuld glaubst. Weisst du, ich bin genauso gerne mit dir zusammen wie mit Yvo. Ein Leben ohne dich kann ich mir beim besten Willen nicht vorstellen.»

Auf dem Weg in den Waaghof machten sie einen Abstecher in den Kosmetiksalon von Lothar Gründel. Der Chef sass an der Kasse und zählte die bisherigen Tageseinnahmen. Viel war nicht los. Eine der Angestellten wischte den Boden auf, eine zweite beschäftigte sich mit den Fingernägeln einer älteren Kundin. Gründel sah mürrisch auf den Karton, den Ferrari auf die Theke stellte.

«Sind Sie der Vater von Sandra?»

«Nur ein guter Bekannter.»

«Sie scheint mehrere gute Bekannte zu haben. Ihre Tochter?»

«Meine Kollegin.»

«Kollegin?»

«Ja. Wir wollten Sie bitten, Sandra wieder einzustellen.»

«Vergessen Sie es. Die ist raus, war sowieso nicht zu gebrauchen.»

«Wie darf ich das verstehen? War Sandra eine schlechte Angestellte?»

«Miserabel, viel zu teuer und dann diese Clique, mit der sie verkehrte. Schlimmes Pack. Hängen den ganzen Tag rum, arbeiten nichts, saufen nur und wir Steuerzahler finanzieren das auch noch. Ein Skandal! Letzten Samstag ist plötzlich eine feine Dame in Begleitung eines jüngeren Mannes aufgetaucht. Ich solle nicht auf Sandra herumtrampeln. Dass ich nicht lache. Als sie mir drohte, habe ich sie hochkant rausgeworfen.»

«Das ist ebenfalls eine Freundin von Sandra.»

«Was wollen Sie eigentlich?»

«Wie gesagt, Sie höflich bitten, Sandra wieder einzustellen.»

«Kommt nicht infrage. Sonst noch was?»

«Wir möchten morgen den Rest ihres Lohnes bar abholen.»

«Wenn ich alles abziehe, was sie mir noch schuldet, kriegt sie nichts mehr.»

«Was schuldet sie Ihnen denn?»

«Schadenersatz, weil ich nicht alle Kundinnen bedienen kann.»

«Man siehts. Richtige Warteschlangen.»

«Am Montag läuft nie etwas.»

«Soso. Wir kommen dann morgen vorbei, um das Geld abzuholen.»

«Da könnt ihr lange warten. Und jetzt raus, ich habe zu tun.»

«Noch eine Frage. War Ken am Freitag hier?»

«Dieser Kovac? Der ist doch ermordet worden, oder? Was geht Sie das überhaupt an?»

Ferrari zückte seinen Ausweis.

«Francesco Ferrari, Kommissär bei der Basler Polizei. Das ist meine Kollegin Nadine Kupfer. Wir ermitteln in diesem Mordfall. Würden Sie mir jetzt bitte meine Frage beantworten?»

«Ken … ja, er war am Nachmittag hier, glaube ich. Er wollte dringend mit Sandra reden. Ich habe ihn rausgeworfen.»

«Scheint Ihre Spezialität zu sein.»

«Was?»

«Leute vor die Tür zu stellen.»

«Nur jene, die mir auf die Nerven gehen. Ich habe Sandra hundert Mal gesagt, dass ich diese Loser nicht vor und schon gar nicht in meinem Laden sehen will. Das ist schlecht fürs Geschäft.»

«Sie geben ihr also keine zweite Chance?»

«Kommt nicht infrage. Die endet in der Gosse wie die anderen. Was solls. Sie hatte ihre Chance und ich bin echt froh, dass ich sie los bin. Ein Geschäftsfreund, er ist Coiffeur, hat eine ihrer Freundinnen angestellt.»

«Kitty?»

«Genau. Die klaute ihm die halbe Produktepalette.»

«Wollen Sie damit sagen, dass Sandra ebenfalls stiehlt?»

«Das geht bei mir nicht so leicht. Da ... jede Angestellte hat ihre eigenen Kosmetiksachen. Und das kontrolliere ich ziemlich genau.»

«Stasimethoden.»

«Was meinen Sie?»

«Methoden wie bei der ehemaligen Staatssicherheit in der DDR. Kontrolle total. Viel Vertrauen haben Sie ja nicht in Ihre Mitmenschen.»

«Die versuchen mich doch alle zu verarschen, aber Lothar Gründel lässt sich nicht verarschen.»

Nadine stand abwesend neben dem Kommissär.

«Wie Sie meinen. Komm, Nadine, wir gehen.»

«Sagen Sie Sandra, dass sie sich hier nicht mehr blicken lassen soll.»

«Wir richten es ihr aus. Und nicht vergessen, morgen ist Zahltag.»

«Und wenn ich mich weigere?»

«Das ist selbstverständlich Ihre Entscheidung. Vielleicht bitten wir unsererseits die MwSt. und die AHV, Ihren Laden zu kontrollieren. Sie haben bestimmt nichts zu verbergen. Übrigens, vermutlich wird Sie die Dame vom letzten Samstag nochmals aufsuchen.»

«Soll sie nur. Dann passiert ihr das Gleiche wie beim letzten Mal.»

«Kennen Sie eigentlich die Familie Vischer?»

«Welche Vischers?»

«Die von der Pharmafirma.»

«Klar. Wer kennt die nicht? Denen möchte ich einmal persönlich begegnen. Vielleicht könnte ich die Frauen als Kundinnen gewinnen.»

«Diese Gelegenheit haben Sie verpasst. Aber keine Sorge, sie bekommen eine zweite Chance.»

«Wie meinen Sie das?»

«Die feine Dame, die Sie letzten Samstag in Begleitung eines jungen Mannes besucht hat, das war Sabrina Vischer.»

«Das …»

Gründel verstummte, aus seinem Gesicht war jegliche Farbe gewichen. Tja, wie das Leben so spielt.

«Es stimmt alles, Francesco. Kitty lügt nicht. Ken war hier, um mit Sandra zu reden, und hat dann Kitty beauftragt, Sandra und JJ zu informieren.»

«Hm. Glaubst du, dass Kitty ihren Chef beklaut?»

«Das ist doch belanglos. Aber ja, das glaube ich.»

«Und trotzdem nimmst du sie ernst?»

«Ich würde auch einiges mitgehen lassen, wenn ich einen solchen Kotzbrocken zum Chef hätte, der mich jeden Tag aufs Neue ausbeutet. Der ist mit Sicherheit kein bisschen besser als dieser Gründel. Fakt ist, Kitty lügt nicht … Jetzt fahren wir zu Yvo.»

«Das lassen wir schön bleiben. Wir fahren zurück ins Büro und überlegen uns in Ruhe das weitere Vorgehen.»

Für Big Georg war Kitty Kuzmanovic eine völlig Unbekannte. Genauso wie JJ und zwei drei andere Namen, die Ferrari während der Begegnungen aufgeschnappt hatte. Der Kommissär las nochmals sorgfältig alle Zeitungsartikel durch. Vielleicht stach ihm ein bisher unbeachtetes Detail ins Auge, irgendetwas, das ihn auf eine heisse Spur brachte. Praktisch diese digitalen Archive. Früher mussten wir tonnenweise Papier anhäufen, um auf dem Laufenden zu sein. Der einzig wirklich detaillierte und aufschlussreiche Report behandelte «Die Katastrophe am Voltaplatz». Über drei Seiten war das Tagesthema mit Interviews der Betroffenen abgehandelt worden. Yvo Liechti, Marco Frischknecht und Philipp Hochstrasser kamen zu Wort. Am Rande auch Christian Vischer mit einem banalen Statement, dass er sich keinen Reim darauf bilden könne. Vonseiten des Bauinspektorats hatten Sebastian Koch und Thorsten Harr Stellung bezogen.

«Schlauer?»

«Leider nein. Ich kann es drehen und wenden, wie ich will. Es läuft alles …»

«Auf Yvo hinaus!»

«Nicht so schnell. Es läuft alles auf eine am Voltabau beteiligte Person hinaus. Und das ist nicht nur Yvo.»

«Gut. Gehen wir noch einmal alle durch. Wer von den Beteiligten hat ein Alibi, wer keins?»

«Christian Vischer war im Casino, das wurde überprüft. Wie lange er dort gewesen ist, wissen wir nicht. Thorsten Harr war zu Hause, was seine Frau bestätigt.

Marco Frischknecht arbeitete gemeinsam mit Rebecca Roth im Büro, die um halb elf von ihrem Freund, Staatsanwalt Obrist, abgeholt wurde. Philipp Hochstrasser war am Stimmenfestival und Yvo mit uns am Tattoo. Bleiben genau genommen Vischer, Hochstrasser und Yvo, sofern Yvo den ersten Mord in Auftrag gab.»

«Hm.»

«Was ist mit diesem Schnetzler?»

«Da er mit dem Einsturz des Gebäudes sein Druckmittel verloren hat, können wir ihn streichen. Andererseits brachte ihn Yvo wieder ins Spiel, weil er sich selbst auf die Verliererstrasse manövriert hatte. Aber ehrlich gesagt, das glaube ich nicht. Yvo erwähnte auch Thorsten Harr als Kickbacker, was ich ebenfalls ausschliesse. Zudem hat Harr ein Alibi, er spielte zu Hause mit seinen Kindern.»

«Seine Frau könnte lügen. Was ist, wenn sich Dani Martin in die Frau des Kollegen verliebt hat?»

«Gut, belassen wir Harr auf unserer imaginären Verdächtigenliste.»

«Wenn wir jetzt noch den weissen Wagen mit einbeziehen, bleiben Christian und Yvo. Oder bist du anderer Meinung?»

«Philipp und Harr könnten ein Zweitauto haben.»

«Das wissen wir in Kürze. Du kannst es drehen und wenden, wie du es willst. Unter dem Strich bleibt Yvo übrig.»

Ferrari hämmerte mit seinem Kugelschreiber auf dem Tisch herum.

«Es wird auch nicht besser, wenn du Löcher in dein Pult hackst.»

«Überschlafen wir das Ganze eine Nacht, Nadine.»

«Und dann gehen wir zu Borer, legen ihm die Akten auf den Tisch und geben den Fall ab. Ich will unter keinen Umständen Yvo verhaften müssen.»

«Wer will Herrn Liechti verhaften?»

«Wenn man vom Teufel spricht …»

«Der Kaffeeautomat funktioniert nicht. Sie haben doch einen guten Draht zu dem Ding, Frau Kupfer. Würden Sie mir bitte einen Cappuccino herauslassen?»

«Dir auch einen, Francesco?»

«Gerne.»

Staatsanwalt Borer ging in Ferraris Büro auf und ab, rhythmisch klopfte Ferrari den Takt dazu. Nach wenigen Minuten kam Nadine mit drei Pappbechern zurück und betrachtete amüsiert die Szene. Wenn Borer jetzt im Galopp durch das Büro hüpft, muss der Chef die Kadenz stark erhöhen. Echt schräg die beiden.

«Ah, danke! Es geht doch nichts über einen Kaffee nach einem langen Tag. Glauben Sie tatsächlich, dass Yvo Liechti unser Mann ist?»

«Es läuft alles darauf hinaus, ob es uns passt oder nicht.»

Ferrari schilderte die Sachlage.

«Käme ein völlig Unbekannter nicht infrage?»

«Das Phantom von Basel? Wunschdenken, Herr Staatsanwalt.»

«Werden Sie ihn zum Verhör vorladen?»

«Wir schlafen eine Nacht darüber, dann sehen wir weiter. Für den Fall der Fälle wären wir Ihnen dankbar, wenn ein anderes Team die Verhaftung übernehmen könnte.»

«Selbstverständlich. Mir gefällt das nicht, ganz und gar nicht. Yvo Liechti ist ein bedeutender Mann, da müssen Sie mir schon hieb- und stichfeste Argumente für einen Haftbefehl liefern. Heute ist wieder einer dieser Tage, an dem ich am liebsten den Bettel hinschmeissen würde.»

«Ärger?»

«Nur der übliche Wahnsinn, abgesehen von den zwei ungelösten Mordfällen. Stellen Sie sich vor, wir verhaften den Stararchitekten Yvo Liechti aufgrund einiger Indizien, und in Tat und Wahrheit ist er unschuldig. Dann sind wir erledigt.»

«Sie können immer noch in die Politik einsteigen. Sabrina steht Ihnen zur Seite.»

«Glauben Sie wirklich, dass die Vischers meinen Wahlkampf unterstützen, wenn wir einen ihrer Freunde irrtümlich anklagen, Frau Kupfer?»

«Nicht wirklich.»

«Eben. Sie mit Ihren Ermittlungsmethoden! Ich erinnere mich an einen alten Fall, da präsentierten Sie mir im Stundentakt einen neuen Mörder. Am Ende erwischten Sie gerade noch den Richtigen, ganz nach dem Zufallsprinzip.»

«Ich muss schon bitten …»

«War es etwa anders?»

«Hm!»

«Wenigstens sind Sie ehrlich.»

«Was ist der wirkliche Grund für Ihre schlechte Laune?»

«Unser junger Kollege. Es ist genau das eingetroffen, was ich befürchtete. Der Stress war zu viel für ihn, Obrist liegt mit einem Burn-out zu Hause. Und der Erste Staatsanwalt bat mich, zwei seiner Fälle zu übernehmen. Als ob ich nicht genug zu tun hätte. Die jungen Leute sind einfach nicht mehr belastbar. Tja, das wird eine lange Nacht. Ich muss jetzt meine Frau anrufen und mich dann in diese Fälle vertiefen. Kommen Sie morgen früh zu mir, aber nur, wenn Sie absolut sicher sind, dass es Liechti gewesen ist. Wir können uns keinen Fauxpas leisten. Bis dann, die Herrschaften.»

Ferrari begann wieder rhythmisch zu klopfen. Sein Hirn arbeitete auf Hochtouren.

«Soll ich dazu ein Tänzchen aufführen?»

«Wie?»

«Du klopfst wie ein Irrer. Das nervt mich total.»

Der Kommissär legte den Kugelschreiber zur Seite und blickte auf die Uhr.

«Wer von den Beteiligten kennt Yvo geschäftlich am besten?»

«Vischer und Frischknecht, dann Hochstrasser, Harr und Koch. In dieser Reihenfolge.»

«Vischer und Hochstrasser gehören zu den Verdächtigen. Wir fahren zu Frischknecht und unterhalten uns mit ihm.»

«Aus welchem Grund?»

«Wie der Staatsanwalt so schön sagt, wir setzen auf das Prinzip Zufall und hoffen auf einen Lucky Punch.»

«Na super!»

Der Chef öffnete persönlich.

«Ich bin heute sozusagen alles in Personalunion. Rebecca ist zu Hause.»

«Wir haben davon gehört. Wissen Sie, wie es Herrn Obrist geht?»

«Nicht sonderlich gut. Wer hat es Ihnen gesagt?»

«Staatsanwalt Borer. Er muss einige der Fälle übernehmen.»

«Ach so. Kommen Sie doch herein. Kaffee?»

«Lieber ein Glas Mineralwasser.»

«Kommt sofort. Das Sitzungszimmer ist hinten links.»

«Kann ich Ihnen helfen?»

«Das schaffe ich schon noch, Frau Kupfer.»

Kurz darauf trat der Ingenieur mit Gläsern und zwei Flaschen Mineralwasser ein.

«Mit oder ohne?»

«Für mich ohne, für den Chef bitte mit.»

«Hoffentlich erholt sich Obrist bald wieder. Ich bin ohne Rebecca ziemlich aufgeschmissen. Du merkst so etwas erst, wenn du plötzlich allein auf weiter Flur stehst.»

«Haben Sie keine weiteren Angestellten?»

«Nein. Rebecca und ich sind ein eingespieltes Team. Sie hält die Stellung, während ich mit den Kunden verhandle.»

«Läuft das Geschäft?»

«Ich kann nicht klagen. Hilfreich ist natürlich das Beziehungsnetz meiner Frau. Sie ist eine Burckhardt, aber das wissen Sie bestimmt, und die Freundschaft zu Yvo. Was für Yvo eher ein Handicap ist.»

«Inwiefern?»

«Er baut verhältnismässig viel im Ausland und wäre froh, wenn wir als Team zusammen auftreten würden. Doch ich bin alles andere als ein Kosmopolit.»

«Basel–Birsfelden–Basel.»

«Ich verstehe nicht, Frau Kupfer.»

«Ich kenne noch jemanden, der am liebsten von Birsfelden nach Basel und zurückfährt.»

«Sie meint mich», schaltete sich der Kommissär ein.

«Ach so. Dann können Sie es mir gut nachempfinden, Herr Ferrari. Einmal überredete mich Yvo zum Bau eines Hochhauses in Weissrussland. Monatelang flogen wir hin und her. Das machte überhaupt keinen Spass. Kommen Sie mit Ihren Ermittlungen voran?»

Ferrari blickte zuerst zu Nadine, seufzte leise und begann dann stockend zu fragen.

«Wie gut kennen Sie Yvo Liechti?»

«Yvo ist einer meiner besten Freunde, Herr Kommissär.»

«Ich heisse Francesco.»

«Marco. Du bist ja mit ihm aufgewachsen und kennst ihn bestimmt besser als ich.»

«In den letzten Jahren sind wir uns wieder näher gekommen.»

«Reden wir nicht um den heissen Brei herum, Herr Frischknecht», verlor Nadine die Geduld.

«Wollen wir uns nicht auch duzen?»

«Ja, gern. Also, wir sind in einer Sackgasse gelandet. Gemäss aktuellem Ermittlungsstand laufen die Fäden eindeutig bei Yvo zusammen.»

«Das … nein, das ist unmöglich.»

«Wir sind in einer schwierigen Situation. Yvo … du musst wissen … er ist ein sehr, sehr guter Freund von mir.»

«Das weiss ich. Er schwärmt total von dir. Du seist seit Langem die erste Frau, die ihn fasziniert.»

Nadine senkte den Blick. Sie versuchte ansatzweise, nochmals einen Satz zu sprechen, aber ihre Stimme versagte. Wortlos stand sie auf und verliess den Raum.

«Scheisssituation!»

«Allerdings. Wir übergeben morgen den Fall an den Staatsanwalt und ziehen uns wegen Befangenheit zurück. Die Indizien sprechen gegen Yvo.»

«Er ist kein Mörder. Ganz bestimmt nicht. Kann ich euch irgendwie helfen?»

«Ich weiss selbst nicht, warum wir hier sind. Wir klammern uns an jeden Strohhalm und hoffen auf ein Wunder. Im Büro dachten wir über seine engsten Freunde nach.»

«Seit seine Tochter Laura in England studiert, steht ihm Nadine am nächsten. Christian und ich gehören geschäftlich und privat zu seinen besten Freunden. Und Vivienne.»

«Deine Frau?»

«Ja, sie mögen sich. Vivienne unterstützte ihn auch in der schweren Zeit nach der Geburt seiner Tochter.»

«Als er seine Frau verlor.»

«Die ersten Jahre war Vivienne sozusagen die Ersatzmutter der Kleinen, bis sich Yvo erholte und sein Leben neu organisierte. Der Kontakt zu Laura ist bis heute nicht abgebrochen. Ich bin übrigens sehr froh darüber.»

Ferrari sah ihn fragend an.

«Unsere Ehe ist kinderlos geblieben. Vivienne wünschte sich immer ein Kind, aber ich kann keine bekommen. Es liegt eindeutig an mir.»

«Habt ihr über eine Adoption nachgedacht?»

«Wir waren kurz davor, als Yvos Frau starb und Vivienne in die Bresche sprang. Schon eigenartig. Man könnte sagen, Laura hat einen Vater, eine Ersatzmutter und einen Ersatzvater. Ich kenne Yvo also sehr gut und weiss, dass er kein Mörder ist. Dafür lege ich meine Hand ins Feuer.»

Bei den letzten Worten war Nadine wieder eingetreten. Man sah ihr deutlich an, dass sie geweint hatte.

«Darf ich dich etwas fragen, Marco?»

Oh! Sonst ist es doch eher meine Art, eine Frage anzukündigen. Ferrari sah seine Kollegin überrascht an.

«Zwischen Vivienne und …»

Der Ingenieur schmunzelte.

«Zwischen den beiden lief nie etwas, falls du das meinst. Vivienne konzentrierte sich voll und ganz auf die Kleine, sie blühte richtig auf. Ehrlich gesagt, machte mir die Dreierbeziehung zu Beginn auch etwas Mühe.»

«Sorry …»

«Die Frage liegt auf der Hand. Ich kann dich beruhigen, Vivienne ist nicht Yvos Typ. Du bist es. Hast du Fotos seiner Frau gesehen?»

«Nein.»

«Du bist ihr sehr ähnlich.»

Nadine senkte den Kopf und schwieg einen kurzen Moment.

«Ich … ich warte draussen auf dich, Francesco. Ist das in Ordnung?»

«Sicher.»

«Ich hätte nichts sagen dürfen, es tut mir leid.»

«Das ist nicht deine Schuld. Wir sind emotional zu stark in den Fall verstrickt, was die ganze Angelegenheit nicht einfacher macht. Wie vor einigen Jahren, als sich ein Polizist in eine Prostituierte verliebte. Dieser Polizist war der beste Freund eines Kollegen, der wiederum Nadine nahe stand.»

«Schwierig.»

«Die Beziehung zwischen Nadine und dem Beamten litt stark darunter. Wir hätten damals den Fall von Anfang an abgeben müssen. Genauso wie den jetzigen.»

«Habt ihr etwas Konkretes gegen Yvo in der Hand?»

Ferrari berichtete kurz über die bisherigen Untersuchungsergebnisse.

«Also ehrlich, wenn ich das alles höre, Francesco. Das reicht nie und nimmer für eine Anklage. Und dieses Wischiwaschi von Sandras Freundin kann ich nicht ernst nehmen. Nannte sie wirklich Yvos Namen?»

«Sie schon, aber Ken liess es offen.»

«Na also. Yvo kommt höchstens als Verdächtiger infrage. Mehr nicht.»

«Was ist mit dem weissen Audi Q7?»

«Den fahren wir doch alle. Yvo, Christian und ich. Sogar Philipp.»

«Hochstrasser fährt den Audi?»

«Ich habe ihm selbst vor zwei Wochen den Wagen geliehen. Sein Mercedes, ein uraltes Modell, gab gerade den Geist auf, als ich mit dem Q7 auf der Baustelle war. Philipp tobte wie ein Wilder. Er müsse nach Liestal zu einer Besprechung und sei eh schon knapp dran. Am nächsten Tag brachte er den Wagen zurück.»

«Weiss Yvo davon?»

«Wahrscheinlich nicht.»

«Wenn du mir jetzt noch ein vernünftiges Argument lieferst, wie Philipp am Wochenende an den Audi gekommen ist, stehe ich in deiner Schuld.»

«Er liess einen Nachschlüssel machen.»

«Möglich. Zutrauen würde ich es ihm, aber … war nicht das Eingangstor geschlossen?»

«Am Schlüsselbund hängen der Autoschlüssel, der fürs Tor und einer fürs Haus.»

«Dann hätte er innerhalb von einigen Stunden alle drei Schlüssel kopieren lassen müssen. Eher unwahrscheinlich. Der Audi-Schlüssel ist ein High-Tech-Produkt. Den kannst du kaum nachmachen lassen.» Ferrari drückte Frischknecht fest die Hand. «Vielen Dank, Marco. Es ist nur ein Strohhalm, aber besser als gar nichts.»

Nadine sass draussen auf der Treppe.

«Du rauchst?»

«Ich habe aufgehört. Nur … es ist … es beruhigt mich.»

«Es war ein interessantes Gespräch. Du hast etwas verpasst.»

Sie warf die Kippe achtlos auf die Strasse.

«So was tut frau nicht.»

Ferrari bückte sich und hob sie auf.

«Frau macht noch vieles nicht.»

«Hm. Willst du gar nicht wissen, was wir geredet haben? Also, Marco hat Philipp den Q7 ohne Yvos Wissen geliehen. Und du darfst drei Mal raten, welche Schlüssel sich am Bund befinden», Ferrari machte ein kurze Pause, bevor er triumphierend fortfuhr. «Fahrzeugschlüssel und Torschlüssel und … He …»

Nadine warf sich dem Kommissär an den Hals und weinte hemmungslos.

Ferrari stieg beim Barfüsserplatz in den Dreier. Mist, besetzt! Auf seinem Lieblingsplatz vorne rechts im hintersten Wagen sass eine alte Dame, die lautstark ein Selbstgespräch führte. Im Sommer mit dreissig Grad und mehr und erst noch zu Stosszeiten ist Tramfahren eine Herausforderung, zumal einige Mitfahrer nicht gerade nach Parfum riechen. Nach einer gefühlten Ewigkeit stieg der Kommissär an der Endstation aus. Herrlich. Nur zwanzig Minuten vom Stadtzentrum entfernt und schon befand man sich in einer anderen Welt. Der Kommissär spazierte den Wald entlang nach Hause. Es ist einige Grad kühler als in der Stadt, dass das so viel ausmacht. Er konnte es kaum erwarten, Monika in die Arme zu schliessen. Ich gönne ihr ja den Städtetripp mit Olivia von Herzen. Aber Francesco allein zu Hause ist nicht das, was ich mir wünsche. Drei Tage ohne Monika und schon bricht bei mir Panik aus. Die letzten Meter brachte der Kommissär im Stechschritt hinter sich. Was soll denn das?! Das gibts doch nicht. Langsam gehen mir die beiden Alten so richtig auf den Geist, Monika sass mit ihrer Mutter im Garten. Wenn das nur kein schlechtes Omen ist. Wo Hilde sich aufhält, kann meine Mutter nicht weit sein. Hm. Etwas stimmt nicht, das spüre ich. Es ist absolute Vorsicht geboten. Alarmstufe rot. Dieses Mal laufe ich garantiert in keine Falle.

«Hallo, Hilde. Hallo, Monika. Schön, dass du wieder da bist. Ich habe dich vermisst. Wie war es in Paris?»

«Einfach toll. Ich erzähle dir später davon. Möchtest du auch einen Schluck Champagner, mein Schatz? Ich hole nur schnell ein Glas.»

«Wie geht es dir, Hilde?»

«Danke der Nachfrage. Altersbeschwerden plagen mich, sonst geht es mir soweit gut.»

Wenn das Wort «soweit» nicht wäre, würden bei mir keine Alarmglocken läuten. Aber so!?

«Hier, Liebling.»

Der Kommissär nippte am Glas. Demi-sec, leicht süss, genau das Richtige für einen gemütlichen Abend im Garten.

«Gibt es einen besonderen Grund für deinen Besuch, Hilde?»

«Nein, nein, ich wollte nur Monika überraschen.»

Halleluja! Ich irre mich. Erleichtert atmete Ferrari auf. Sekunden später sprang Puma von einem Baum, strich dem Kommissär um die Beine und landete mit einem eleganten Sprung auf seinem Schoss.

«Hallo, kleine Maus. Wie geht es dir?»

Hilde erhob sich stöhnend und schlurfte langsam zur Toilette.

«Etwas bedrückt sie, ich weiss nur nicht was», flüsterte Monika.

«Keine Angst. Das kriegen wir schon auf die Reihe.»

Nach einigen Minuten liess sich Hilde wieder auf den Gartenstuhl fallen.

«Ist es nicht schön, so am Abend im Garten zu sitzen? Die Ruhe, der Frieden ringsum.»

«Doch, doch.»

«Wo ist eigentlich Nikki?»

«Bei einer Freundin.»

«Fährst du noch in Urlaub, Hilde?»

«Wir wollten nach Sizilien, aber wir haben es uns anders überlegt und bleiben nun zu Hause.»

«Wir, das heisst du und meine Mutter?»

«Ja. Es ist viel zu gefährlich, weil dieser Vulkan ausgebrochen ist.»

«Der Vesuv? Wolltet ihr denn dorthin?»

«Ganz in die Nähe. In ein kleines Hotel. Es hat nur zehn Zimmer. Wir waren schon zwei Mal dort. Aber es ist uns im Augenblick wirklich zu gefährlich.»

«Aha. Dann bleibt ihr in Basel? Bei uns ist es auch schön.»

Hilde seufzte tief.

«Mama, irgendetwas stimmt doch nicht. Was ist los mit dir? Bist du krank?»

«Nein, nein. Es ist alles bestens.»

Puma gähnte, stand auf, drehte sich im Kreis und liess sich wieder nieder. Monika tippte den Kommissär mit dem Schuh unter dem Tisch an. Was denn?! Wenn sie nicht will, kann ich es auch nicht ändern.

«Ist etwas mit meiner Mutter? Habt ihr euch gestritten?»

«Nein, nein. Es ist alles bestens.»

Monika schenkte nach.

«Wir essen nachher eine Kleinigkeit. Isst du mit?»

«Vielen Dank. Ich habe keinen Hunger.» Sie stand auf. «Ich will euch nicht länger stören.»

«Soll ich dich nach Hause fahren?»

«Das ist nicht nötig. Ich nehme den Dreier.»

«Da bist du aber gut eine Stunde unterwegs.»

«Auf mich wartet niemand zu Hause, Monika.»

«Dann kannst du auch hier bleiben und mit uns essen», brummte Ferrari.

Puma sah ihn warnend an.

«Ich will euch aber nicht stören.»

«Du störst nicht. Und da alles bestens ist, du keine Probleme hast und wir alle bis ans Ende der Welt glücklich sind, trinken wir noch zwei oder drei Flaschen Champagner, sprechen über belanglose Dinge wie, dass ihr nicht in Urlaub fahren könnt, weil der Vesuv ausgebrochen ist, und wenn wir nicht gestorben sind, dann …»

«Francesco!»

«Nichts Francesco. Hier stimmt etwas nicht. Hilde, was zum Teufel ist los?»

«Nichts, gar nichts. Es ist alles bestens.»

«Wunderbar!»

«Aha! Dacht ichs mir doch. Du hetzt Monika und Francesco gegen mich auf!»

Ferrari drehte sich um.

«Hallo, Mama. Das ist aber eine Überraschung.»

Provokativ setzte sich Martha Ferrari gegenüber von Hilde an den Gartentisch.

«Möchtest du auch ein Glas Champagner?»

«Gern, aber nur halb voll bitte.»

«Ich habe eine kalte Platte vorbereitet. Isst du mit uns mit?»

«Nur eine Kleinigkeit. Mir ist der Appetit gründlich vergangen.»

«Mir auch!», brummte Ferrari.

Puma krallte sich leicht in sein Bein. Keine Angst, kleine Maus, ich passe auf. Dieses Mal sitze ich bloss da und höre mir das Drama an. Es wird kein Kommentar über meine Lippen kommen.

«Hilde erzählte uns soeben, dass ihr nicht nach Sizilien fliegt, wegen des Vesuv.»

«Ha! Wegen des Vesuv ist gut. Das ist doch nur ein Vorwand.»

«Aha. Wieso fliegt ihr dann nicht?»

«Sags ihnen, Hilde. Du brauchst nicht hinter dem Berg zu halten. Der Champagner ist wirklich gut. Du kannst mir das Glas nochmals füllen, Monika. Ganz voll, bitte.»

«Wegen einer blöden Diskussion.»

«Keine blöde, sondern eine heftige, unfaire.»

«Ich war nicht unfair.»

«Sondern?»

«Ehrlich. Es war nichts als die Wahrheit.»

«Um was ging es dabei?»

«Ums Jassen», ertönte der zweistimmige Rentnerchor.

Monika sah Ferrari an und verdrehte die Augen.

«Hilde wirft mir vor, dass ich beim Jassen betrüge. Sie will das nicht mehr mitmachen.»

«Seit Jahren spielen wir zusammen. Und wir gewinnen nur, weil wir uns Zeichen geben und du falsch aufschreibst.»

«Na und?»

«Moment mal, Mama. Du gibst den Betrug zu?»

«Das gehört zum Spiel. Wer es nicht merkt, ist selbst schuld.»

«Interessant! Wie funktioniert das mit dem Zeichengeben, Hilde?»

«Ganz einfach. Wenn Martha will, dass ich Kreuz ausspiele, zupft sie sich am linken Ohr. Bei Schaufel am rechten. Bei Ecken reibt sie über die Tischkante und bei Herz kratzt sie sich am Hals.»

«Das ist ja … mir fehlen die Worte.»

«Na und? Die anderen betrügen auch oder glaubst du wirklich, die spielen ehrlich?»

«Allerdings, Mama. Ich zum Beispiel betrüge nicht.»

Martha sah ihren Sohn verächtlich an.

«Du warst schon immer blöd.»

Monika lachte.

«Und weil Hilde in Zukunft ehrlich spielen will, streitet ihr euch und sagt die gemeinsamen Ferien ab. Richtig?»

«Ich lasse mich nicht als Betrügerin hinstellen», polterte Martha.

«Absolut logisch. Du schummelst, dass sich die Balken biegen, und bist beleidigt, weil Hilde es ausspricht.»

«Sie ist genauso wie ich. Nur mimt sie jetzt plötzlich die ehrliche Haut.»

«Ich sterbe jedes Mal fast vor Angst, wenn du falsch addierst und erst noch falsch aufschreibst. Das mit dem Zeichengeben ist nicht weiter schlimm. Da ist uns noch nie jemand auf die Schliche gekommen, das können wir auch in Zukunft so halten.»

«Wie sollen wir das anstellen, wenn du unser Geheimnis allen erzählst?»

«Ich habe es nur Francesco gesagt.»

«Leider hört auch deine Tochter zu. Falls du es vergessen hast, mit ihr jassen wir ein Mal wöchentlich.»

«Dann denken wir uns eben etwas anderes aus.»

«Die Vorstellung, dass ihr aus Spass ehrlich spielt, ist wohl etwas abwegig?»

«Was für ein Spass? Das Gewinnen macht Spass.»

«Auch mit unlauteren Methoden?»

«Ich gewinne auch gern und ein wenig Schummeln ist nicht weiter schlimm», unterstützte Hilde ihre Freundin Martha.

«Sag ich doch. Was soll denn das ganze Theater?»

«Ich mag es nicht, wenn man uns erwischt, Martha.»

«Das tut keiner.»

«Doch!»

Hilde zeigte auf Ferrari.

«Ach der! Der zählt nicht, das ist ja nur mein Sohn.»

Monika fuhr sich ahnungsvoll durch die Haare, während Puma wie wild an Ferraris Oberschenkel kratzte.

«So! Ich bin also nur dein dämlicher Sohn, der dir auf die Schliche gekommen ist.»

«Auch ein blindes Huhn findet mal ein Korn.»

«Soso. Ich kann mich noch gut an die Diskussionen zwischen dir und Paps erinnern.»

«Ja, dein Vater. Gott sei ihm gnädig. Das war ein richtiger Mann.» Marthas Augen strahlten. «Der konnte betrügen, ohne dass es jemand bemerkte.»

«Wie bitte? Paps hat beim Jassen betrogen?»

«Wo er nur konnte.» Martha kicherte. «Zwischen uns ging es nur darum, wer den anderen zuerst erwischte. Das Jassen war nebensächlich.»

Ferrari hielt Monika sein leeres Glas hin. Was für eine Welt! Was für eine Familie!

«Am ganzen Schlamassel bist du schuld, Sohn.»

«Ich?»

«Wer denn sonst?! Monika hätte nie nachgerechnet, aber du musstest ja wieder einmal den Klugscheisser spielen.»

«Ja, genau», bestätigte Hilde. «Wegen dir sind wir aneinandergeraten.»

«Das ist doch die Höhe! Ihr zwei schummelt wie die Weltmeister und gebt nun mir die Schuld.»

«Schrei nicht so. Du kannst es nicht ertragen, wenn andere Leute glücklich sind. Du bist ein Intrigant, der die anderen gegeneinander aufhetzt!»

«Das nimmst du sofort zurück, Mama.»

«Aha! Jetzt spielst du auch noch den Beleidigten. Er ist eingeschnappt, Hilde.»

«Du solltest dich schämen, Francesco. Monika, wir bleiben nicht zum Essen.»

«Genau. Mit so einem wollen wir nicht am gleichen Tisch sitzen. Warst du schon einmal im Teufelhof, Hilde?»

«Das ist doch ein Hotel.»

«Mit einem ausgezeichneten Restaurant und einem wunderschönen Garten. Komm, ich bestelle uns ein Taxi. Du bist eingeladen.»

«Wunderbar. Dort können wir in Ruhe unsere Reise nach Sizilien planen. So ein Vesuv hält uns doch nicht davon ab.»

Puma drehte sich auf den Rücken. Sie ist ob so viel Frechheit ohnmächtig geworden oder wohl eher wegen meiner Dummheit. Monika kam mit einer Flasche italienischem Rotwein aus der Küche.

«Womöglich noch ein Sizilianer?»

«Aus der Toscana», lachte sie. «Du bist der Grösste!»

«Führ den Satz nur zu Ende, der grösste Trottel.»

«Ganz und gar nicht. Es gelingt dir immer wieder auf wundersame Art und Weise, die beiden zu versöhnen.»

«Auf meine Kosten.»

«Du wirst es überleben.»

«Die schummeln mit einer Unverfrorenheit sondergleichen und empfinden das als das Natürlichste von der Welt.»

«Manchmal vermutete ich schon, dass nicht alles mit rechten Dingen zuging. Aber dass sie systematisch betrügen, daran dachte ich nicht im Traum.»

Puma streckte sich und sprang auf den Stuhl, auf dem vor einigen Minuten noch Hilde sass.

«Möchtest du jetzt etwas essen, Francesco?»

«Ich bin nicht besonders hungrig.»

«Ich auch nicht. Es ist mir zu heiss.»

«Dann setzen wir uns doch einfach auf die Hollywoodschaukel und geniessen den Abend.»

«Das machen wir. Wie in guten alten Zeiten.»

9. Kapitel

Wie können wir Philipp Hochstrasser überführen? Der einzige Anhaltspunkt war der Audi. Hm. Er hatte nicht einmal einen Tag Zeit, um die Nachschlüssel anfertigen zu lassen. Wer kommt dafür infrage? Der Kommissär suchte Big Georg auf. Wenn einer über die dubiosen Gestalten in Basel Bescheid wusste, dann der Leiter der Fahndung.

«Was für Schlüssel?»

«Ein Schlüssel zu einem Eingangstor und ein Autoschlüssel für einen Audi Q7.»

«Oh, eine Luxuskarosse. Ist das Eingangstor mit einer Alarmanlage gesichert?»

«Ich glaube nicht. Es ist ein altes Tor mit einem ganz normalen Schloss.»

«Da gibt es einige, die dafür infrage kommen … Audi Q7, sagst du. Ich frage unseren Werkstattleiter. Ich kenne mich mit Automarken nicht besonders gut aus. Ich melde mich bei dir. Aber ich glaube nicht, dass es bei diesen neuen Modellen einfach ist, einen Schlüssel zu kopieren. Beim Tor schon.»

«Könntest du auch noch abklären, ob ein Philipp Hochstrasser und ein Thorsten Harr ein Zweitauto fahren?»

«Der Baukontrolleur? Wohl am liebsten einen Q7», schmunzelte Big Georg.

«Das würde uns entgegenkommen.»

«Und Yvo Liechti vielleicht entlasten. Okay, ich klärs ab.»

Nadine sass mit einem Pappbecher Kaffee in Ferraris Büro.

«Der Herr lässt auf sich warten. Scheint alles nicht so wichtig zu sein.»

«Guten Morgen, Nadine. Ich bin schon länger da und war bei Big Georg. Philipp hatte gerade mal einen Tag oder sogar etwas weniger Zeit, um Nachschlüssel herstellen zu lassen. Er ging sicher nicht zur Audi-Vertretung oder zu einem normalen Schlüsselservice. Vielleicht kann uns Georg helfen.»

«Meinst du, er findet das heraus?»

«Bestimmt.»

«Guten Morgen, die Herrschaften. Ich wollte mich nur erkundigen, ob es neue Erkenntnisse gibt.»

«Treten Sie ein, Herr Staatsanwalt. Wir verfolgen eine heisse Spur.»

«Yvo Liechti?»

«Philipp Hochstrasser.»

«Sag ichs doch.»

«Wie bitte?»

«Die Verdächtigen wechseln im Stundentakt. Gestern mit absoluter Sicherheit noch Yvo Liechti, jetzt hundertprozentig dieser Philipp Hochstrasser. Bis zum Mittag fällt Ihnen bestimmt noch jemand anderes ein. Ich will Fakten, Fakten und nochmals Fakten. Ich mache mich doch nicht zur Lachfigur, indem ich Ihnen einen Haftbefehl ausstelle, den wir dann wieder rückgängig machen müssen. In diesem Sinne, au revoir.»

«Ein Wonneproppen!»

«Wie immer. Er hat aber nicht ganz unrecht. Gestern waren wir ziemlich sicher, dass Yvo hinter den Morden steckt.»

«Zum Glück haben wir uns geirrt», Nadine war sichtlich erleichtert.

Big Georg keuchte ins Zimmer. Ferrari bot ihm seinen bequemen Bürostuhl an, der unter dem Gewicht des Fahnders bedenklich ächzte.

«Saumässig bequem, Francesco», stöhnte der Koloss. «Es kommen nur drei infrage. Rico Sonderegger, Franz Tarelli und Peter Mäder, sofern es jemand aus der Region ist.»

Der Kommissär nahm sein Jackett von der Garderobe.

«Wo ist das Geschäft von Rico Sonderegger, Georg?»

«An der Hammerstrasse. Warum gerade Sonderegger?»

«Sondi ist mit Yvo, Philipp und mir zur Schule gegangen.»

Nadine parkte ihren Porsche auf dem Kundenparkplatz vor dem Geschäft.

«Die alte Heimat lässt uns nicht los.»

«Das kannst du laut sagen.»

Ein Mann im Alter von Ferrari stand im Eingang zum Schlüsselservice.

«Ist er das?»

«Ich bin nicht sicher. Es ist ewig her.»

«Ich glaub, ich spinn», schrie der Mann, warf seine Kippe weg und rannte auf den Kommissär zu. «Der Franco! Was verschlägt denn dich in unsere Gegend?»

Er umarmte seinen Schulfreund.

«Hallo, Sondi. Wie gehts dir?»

«Sensationell. Das Geschäft floriert, die Kinder sind flügge geworden und das Leben bringt jeden Tag eine Überraschung.» Er musterte Nadine von Kopf bis Fuss. «Rico Sonderegger. Meine Freunde nennen mich Sondi.»

«Nadine Kupfer.»

«Kommt rein in die gute Stube. Wollt ihr ein Bier?»

«Dazu ist es etwas zu früh, Sondi. Wir sind dienstlich hier.»

«Dienstlich? Ah ja, stimmt. Du bist jetzt ein grosses Tier bei der Polizei. Ist das deine Frau?»

«Meine Kollegin.»

«So eine Kollegin würde ich auch nehmen. Bin ich zu schnell gefahren oder habe ich ein Rotlicht übersehen?»

«Du hast dem Falschen Ersatzschlüssel gemacht, Sondi.»

Er sah Nadine belustigt an.

«Wer ist aufgeflogen?»

«Noch niemand, aber das kommt noch.»

«Und weshalb bist du sicher, dass die Schlüssel von mir stammen?»

«Weil sie für Hochstrasser waren.»

Sonderegger pfiff durch die Zähne.

«Ist er aufgeflogen? Ich dachte mir schon, dass etwas faul ist. Der eine war kein Problem. Ein Klacks. Aber der andere, ein Sicherheitszylinder. Das war schwierig. Ich schlug ihm vor, den Schlüssel vor Ort zu testen, was er ablehnte.»

«Und der Autoschlüssel?»

«Von einem Autoschlüssel weiss ich nichts.»

«Ein Audi Q7.»

«Mach dich nicht lächerlich, Franco. Ich bin zwar ein Künstler, doch das kriege selbst ich nicht hin. Das sind halbe Computer. Ist er mit den Schlüsseln irgendwo eingebrochen?»

«Er hat eine Villa ausgeraubt und ist mit dem Diebesgut verschwunden. Der Schaden beläuft sich auf zehn Millionen.»

«Scheisse! Und was wollt ihr von mir?»

«Du bist sein Handlanger. Da Philipp abgehauen ist, halten wir uns jetzt an dich.»

«Scheisse! Können wir das nicht einfach vergessen? Unserer gemeinsamen Kindheit zuliebe?»

Nadine klopfte ihm auf die Schulter.

«Das war ein Joke von Franco. Wir lassen dich vorerst laufen. Unter einer Bedingung, kein Wort zu Hochstrasser.»

«Puh! Danke, Nadine. Falls du mal einen Schlüssel brauchst, ich stehe jederzeit zur Verfügung.»

«Ich erinnere dich vielleicht daran.»

«Und jetzt? Mit den Schlüsseln kam er durchs Tor und ins Haus, aber den Audi konnte er damit nicht knacken.»

«Ruf Yvo an. Frag ihn, ob der Ersatzschlüssel da ist.»

Nadine telefonierte einige Minuten mit dem Architekten und stieg dann zum Kommissär ins Auto.

«Und?»

«Der Ersatzschlüssel liegt in der Schublade im Sekretariat.»

«Woher weiss Hochstrasser davon?»

«Eine gute Frage.»

Nadine fuhr rückwärts aus der Parklücke.

«Deine Freunde sind echt schräg.»

«Es sind nicht alle so. Yvo zum Beispiel ist anders.»

«Die eine Hälfte besteht aus Gaunern, die andere ist seriös. Jetzt knöpfen wir uns Hochstrasser vor.»

«Noch nicht. Wir müssen zuerst am Claraplatz eine Kleinigkeit erledigen.»

Lothar Gründel sass mürrisch hinter seiner Kasse. Als er den Kommissär erblickte, holte er ein Couvert unter dem Tisch hervor.

«Nachzählen und quittieren», maulte er.

Ferrari zählte die Scheine und unterschrieb dann die Quittung.

«Vielen Dank. Ich hoffe, dass nun alles geregelt ist.»

«Darauf können Sie Gift nehmen.»

«Wo sind denn Ihre Kunden?»

«Anfang Woche ist nie viel los. Ab Donnerstag ist die Bude gerammelt voll. Übrigens, ich habe es mir überlegt.»

«Was genau?»

«Sandra kann wieder bei mir arbeiten. Zu besseren Bedingungen versteht sich.»

«Woher plötzlich diese Sinneswandlung?»

«Ich bin etwas übers Ziel hinausgeschossen, Sandra ist gar nicht so schlecht.»

«Wirklich? Andere behaupten, dass sie sogar sehr gut sei.»

«Wer zum Beispiel?»

«Sabrina, Agnes und Olivia Vischer. Ah ja, nicht zu vergessen Vivienne Burckhardt und Ines Weller.»

«Die von der Bank und die mit der Transportfirma auch?»

«Und noch viele mehr. Ich kann mir all die Namen nicht merken. Sie überlegt jetzt, einen eigenen Salon aufzumachen.»

«Scheisse!», brummte Gründel.

«Tja, so spielt das Leben. Anscheinend landet sie nicht in der Gosse. Danke für das Geld.»

Nadine und der Kommissär verliessen den Laden. Gründel rannte ihnen nach.

«He! Warten Sie. Ich … können Sie mir einen Gefallen tun?»

«Es kommt darauf an.»

«Würden Sie bei Frau Vischer ein gutes Wort für mich einlegen?»

«War sie wieder hier?»

«Nein, aber sie ruiniert meine Existenz.»

Nadine sah Gründel überrascht an.

«Wie kommen Sie darauf?»

«Ich erhielt heute früh die Kündigung auf Ende März 2017. Wenn ich hier raus muss, bin ich erledigt. Das ist kein Zufall. Da steckt Frau Vischer dahinter.»

«Wem gehört die Liegenschaft?»

«Der Grävenitz Immobilien AG.»

«Anna!», rutschte es Ferrari heraus.

«Sie kennen die Chefin?»

«Flüchtig», lächelte Nadine. «Mal sehen, was wir tun können.»

«Dieser verdammte Basler Daig», knurrte Gründel. Dann reichte er Nadine die Hand. «Ich danke Ihnen. Und wenn Sie einmal einen Wunsch haben … aber dann gehen Sie ja bestimmt zu Sandra.»

Ferrari schüttelte den Kopf.

«Man kennt sich eben in Basel. Das müsstest du ja am besten wissen, Francesco. Der nackte Wahnsinn. Sabrina forscht nach oder lässt nachforschen, wem das Haus am Claraplatz gehört, nur um gegen Gründel vorzugehen. Die glückliche Fügung will es, dass Anna die Inhaberin ist. Ein Anruf genügt und schon steht der Miesepeter mit Sack und Pack auf der Strasse. Erschreckend, wie einfach das geht.»

«Säuhäfeli, Säudeckeli.»

«Ein perfektes Netz. Zum Glück stehen wir auf der richtigen Seite. Hast du das Couvert eingesteckt?»

«Natürlich.» Ferrari klopfte aufs Jackett.

Hochstrasser empfing sie erst, nachdem Ferrari drohte, ihn vorzuladen.

«Ich bin auf dem Weg zu einem wichtigen Termin. Können wir das nicht morgen besprechen?», machte er nochmals einen Versuch.

«Wir bleiben nicht lange.»

«Also gut, setzt euch.»

«Kommen wir gleich zur Sache. Wo waren Sie am Sonntagvormittag?»

«Zu Hause.»

«Das stimmt nicht. Sie wurden gesehen.»

Er dachte nach.

«Welchen Sonntag meinen Sie? Den letzten oder den vorletzten?»

«Den letzten.»

«Richtig. Jetzt fällts mir wieder ein. Ich wollte mir den Neubau des Kunstmuseums anschauen, nachdem nun der erste Run vorbei ist. Ziemlich eindrücklich, was die Architekten Christ und Gantenbein erschaffen haben.»

«Aber da sind Sie nicht gewesen.»

«Sondern?», tastete er sich langsam vor.

«Das möchten wir gern von Ihnen wissen.»

«Was … was wollen Sie eigentlich von mir?»

«Bist du schon einmal mit dem Audi Q7 von Yvo gefahren?», schaltete sich Ferrari ein.

«Ein Mal. Marco lieh ihn mir.»

«Warum hast du Nachschlüssel fürs Tor und für Yvos Bürogebäude machen lassen?»

Philipp sah den Kommissär mit stechendem Blick an.

«Du willst mir den Mord an Dani und an diesem Jugo unterjubeln.»

«Du stehst ganz oben auf unserer Liste.»

«Dann verhafte mich doch.»

«So weit sind wir noch nicht.»

«Im Klartext, euch fehlen die Beweise. Na dann, man sieht sich.»

«Wir kriegen dich. Es gibt eine Zeugin, die dich identifizieren wird. Wir machen eine Gegenüberstellung.»

Hochstrasser sah Ferrari unsicher an.

«Ist das dein Ernst?»

«Oh ja. Und sollte der Staatsanwalt der Meinung sein, es bestehe Fluchtgefahr, kommst du in Untersuchungshaft.»

Ferrari beorderte eine Streife zur Socinstrasse, die Philipp Hochstrasser ins Kommissariat brachte.

«Was geschieht, wenn Sandra ihn nicht erkennt?»

«Wir machen keine Gegenüberstellung, wir lassen ihn einfach einige Stunden schmoren. Borer wird niemals einen Haftbefehl ausstellen, uns fehlen schlicht die Beweise. Aber jetzt weiss er, dass es ernst wird. Sobald er wieder draussen ist, wird er versuchen, Sandra unter Druck zu setzen, und dann schnappen wir ihn.»

«Wenn das mal gut geht.»

«Es ist unsere einzige Chance. Sandra wird rund um die Uhr bewacht. Ihr kann nichts passieren.»

Am Nachmittag war Hochstrasser wieder auf freiem Fuss. Ferrari beschwor den Sicherheitsdienst, Sandra keine Sekunde aus den Augen zu lassen.

«Jetzt können wir nur noch abwarten, Philipp wird reagieren.»

«Mir ist nicht wohl dabei. Wir bringen Sandra damit in grosse Gefahr.»

Staatsanwalt Borer klopfte an den Türrahmen.

«Nun, der Vormittag ist vorbei. Wen verhaften wir am Nachmittag? Oder besser noch, soll ich Ihnen einen Blankoschein ausstellen, dann können Sie situativ jeweils nach Lust und Laune jemanden einbuchten?»

«Witzig, wie immer.»

«Ich sehe schon, die Laune der Herrschaften hält sich in Grenzen. Meine übrigens auch. Kollege Obrist wird einige Zeit nicht zum Dienst erscheinen, der ist stark angeschlagen. Ich begreife nicht, dass ihm die Arbeit dermassen zusetzen konnte. Unter den Fällen ist kein einziger Mord. Der Prozess gegen Vischer und Hochstrasser wäre das Highlight gewesen und der findet ja bekanntlich nicht statt. Da schlummert noch etwas anderes in der Tiefe des menschlichen Wesens.»

«Oh, der Herr Staatsanwalt wird philosophisch.»

«Das hätten Sie mir nicht zugetraut, Frau Kupfer, was? Doch, doch, die Liebe zur Weisheit interessiert mich schon lange. Zurzeit lese ich ‹Kritik der reinen Vernunft› von Immanuel Kant, ein bedeutender deutscher Philosoph der Aufklärung, aber das führt hier zu weit … Äh … wo war ich stehen geblieben? … Genau, ich werde den Kollegen heute gegen Abend besuchen. Ich brauche noch die eine und andere Information. Ehrlich gesagt, glaubt weder der Erste Staatsanwalt noch ich, dass Obrist zurückkommt. Deshalb sind wir bereits auf der Suche nach einem Nachfolger.»

«Das wird bestimmt zu seiner Genesung beitragen.»

«Nicht meine Entscheidung, Frau Kupfer. Man muss der Situation ins Auge sehen und Entscheidungen treffen, auch wenn sie unbequem sind.»

«Wie gesagt, ein Wonneproppen! Und wie verbringen wir den Nachmittag?»

«Mit Abwarten. Du könntest inzwischen bei Anna ein gutes Wort für Gründel einlegen.»

«Das ist doch deine Freundin», protestierte Nadine.

«Von Frau zu Frau geht das bestimmt besser. Ich will nicht unbedingt mit ihr sprechen … Ja?» Ferrari hatte nach dem Telefonhörer gegriffen. «Was gibts?»

«Es ist ein dringendes Gespräch für dich auf Leitung eins», meldete sich Kollege Bieri.

Ferrari sah den leuchtenden Knopf auf dem Display seines Telefons.

«Danke, Kurt. Kann ich es einfach so abnehmen?»

«Es ist durchgestellt. Sobald ich auflege, bist du verbunden.»

Ferrari hörte aufmerksam zu, sein Blick verfinsterte sich zusehends. Nach zwei, drei Minuten legte er auf.

«Es war Christian Vischer, Sandra ist verschwunden!»

Mit Blaulicht rasten sie aufs Bruderholz. Die vier Personen des Sicherheitsdienstes standen betroffen im Salon, während Christian Vischer nervös hin und her tigerte.

«Diese verdammten Idioten. Ich werfe alle hochkant hinaus.»

«Beruhigen Sie sich», versuchte Nadine ihn zu beschwichtigen.

«Wie soll ich mich in dieser Situation beruhigen können?! Sie sind zu viert und trotzdem ist Sandra entführt worden. Notabene aus einem total gesicherten Haus, sogar das Tor war zu.»

Ferrari unterhielt sich lange mit den Sicherheitsleuten. Sandra war vor dem Mittag mit Kopfschmerzen aufs Zimmer gegangen und danach wie vom Erdboden verschluckt. Keiner hatte sie gesehen.

«Ich klopfte. Als sie nicht aufmachte, bin ich leise rein. Sie war nicht im Zimmer und auch sonst nirgends im Haus oder im Garten.» Der Sicherheitschef schüttelte immer wieder den Kopf. «Wie konnte das nur passieren? Ich habe dann sofort den Chef angerufen.»

Nadine sass mit Sabrina und Christian am Salontisch, Ferrari setzte sich zu ihnen.

«Gibt es einen Hinterausgang?»

«Von der Küche aus führt ein direkter Weg zu einem Seiteneingang. Da werden die Lebensmittel und die Getränke angeliefert. So müssen die Lieferanten nicht durchs ganze Haus.»

«Und wer hat einen Schlüssel für diese Tür?»

«Alle, die einen Hausschlüssel besitzen.»

«Auch Sandra?»

«Selbstverständlich.»

«Ich glaube nicht, dass sie entführt wurde.»

«Wie meinst du das, Nadine?»

«Sie ist freiwillig aus dem Haus gegangen oder unfreiwillig freiwillig.»

Der Kommissär nickte zustimmend.

«Philipp setzt alles auf eine Karte. Er muss irgendein Druckmittel gegen Sandra in der Hand haben.»

«Meint ihr Philipp Hochstrasser?», hakte Sabrina nach.

«Ja. Wir vermuten, dass er in die Morde verstrickt ist.»

«So ein verdammter Mist.» Christian Vischer fuhr sich mit zittriger Hand durch die Haare. «Es ist meine Schuld.»

«Deine?»

Nadine war ins vertrauliche Du übergegangen.

«Wir waren gestern alle auf dem Bau. Das Expertenteam wollte sich mit uns unterhalten.»

«Yvo auch?»

«Selbstverständlich. Ich rief Sandra von der Baustelle aus an, um zu hören, wie es ihr geht. Marco Frischknecht diskutierte in der Nähe mit Philipp Hochstrasser. Bleib bei meiner Mutter, da bist du sicher, riet ich ihr. Ich elender Idiot! Ich habe sie in Gefahr gebracht.»

Der Kreis schloss sich. Hochstrasser hatte Sandra kontaktiert, in welcher Form war noch unklar. War sie auf dem Weg zu ihm? Oder hatte das Treffen bereits stattgefunden? Lebte Sandra noch? Oder ging es um etwas anderes? Um etwas, das Hochstrasser in ihrer Wohnung vergeblich gesucht hatte?

«Hoffentlich geschieht ihr nichts», flüsterte Sabrina besorgt.

Ferrari griff zum Handy und löste eine Grossfahndung nach Philipp Hochstrasser aus. Es bestand dringender Tatverdacht und absoluter Handlungsbedarf. Sandra war in Lebensgefahr.

Gegen Abend wurde der Baumeister von der Baselbieter Polizei in Arisdorf kontrolliert und verhaftet. Um halb sieben übergaben ihn die Kollegen im Waaghof an Nadine und Ferrari.

«Machen wirs kurz, Philipp. Wir wissen, dass Sandra in deiner Gewalt ist und du nichts mehr zu verlieren hast. Trotzdem, bei allem, was dir heilig ist, wenn sie noch lebt, sag uns, wo wir sie finden.»

«Du spinnst doch! Kein Wunder, du warst schon in der Schule ein Arschloch. Immer den Saubermann spielen. Bravo. Du hast den richtigen Beruf ausgesucht. Und du, du elende Schlampe, du passt zu ihm. Ein Traumteam. Spätestens in vierundzwanzig Stunden bin ich wieder draussen. Dann lernt ihr mich kennen. Ich mache euch so was von fertig.»

«Wir finden Sandra. Mit oder ohne Ihre Hilfe, Sie verdammtes Schwein. Aber keine Sorge, es wird keinen Gerichtsfall geben, wir verhaften Sie nicht einmal. Da draussen, da wartet Christian Vischer auf Sie.»

«Christian? Was hat der damit zu tun?»

«Er liebt Sandra. Sollten Sie ihr nur ein Haar gekrümmt haben, wird er Sie bis ans Ende der Welt jagen.»

«Moment mal! Jetzt mal ganz von vorne. Ihr glaubt, dass ich Dani und diesen Ken auf dem Gewissen habe und jetzt hinter der Freundin von Christian her bin? Richtig? Ihr seid vollkommen bekloppt. Bringt mich in meine Zelle zurück. Morgen früh holt mich mein Anwalt wieder raus.»

Nadine schleuderte Ferraris Kugelschreiber gegen die Wand.

«Das hätte nie und nimmer passieren dürfen. Wir nehmen Sandra als Lockvogel und beschützen sie nicht.»

«Hm», brummte der Kommissär und hob seinen Lieblingsstift auf.

«Lass doch diesen Scheisskugelschreiber liegen. Es ist unsere Schuld, wenn ihr was passiert.»

«Komm, wir gehen nochmals zu Hochstrasser.»

Nadine folgte Ferrari wortlos. Philipp Hochstrasser sass auf seinem Bett und starrte an die Decke.

«Was ist noch?», murrte er.

«Weshalb hast du die Schlüssel kopiert?»

«Das geht dich einen Scheissdreck an.»

«Ich sags dir. Um bei Yvo zu spionieren.»

«Quatsch!»

«Du wolltest sicher gehen, dass du weiter pfuschen kannst.»

«Sonst noch was?»

«Du bist ein mieser, kleiner Gangster.»

«Was weisst denn du? Spielst hier den grossen Motz. Wer zahlt deinen Lohn? Wir KMU. Du hast dein ganzes Leben noch keinen einzigen Franken erarbeitet. Grosse Sprüche klopfen kann jeder.»

«Dann stimmts also. Du wolltest dich absichern, heimlich in den Akten stöbern. Und, wenn ganz schlimme Zeiten auf dich zukommen, noch das eine oder andere Gemälde von den Wänden abhängen.»

«Leck mich!»

«Wir kriegen dich. Dieses Mal kommst du nicht ungeschoren davon. Wer sagt uns, dass du keine weiteren Schlüssel von Kunden kopiert hast? Du bleibst schön brav hier sitzen und kein Anwalt holt dich so schnell wieder raus.»

«Okay, okay. Scheisse noch mal. Ja, wer weiss schon, ob man einen Schlüssel nicht mal brauchen kann? Aber ich schwörs, ich bin kein Mörder. Bist du jetzt zufrieden?»

«Wie mans nimmt. Kannst du dich an das Gespräch gestern zwischen dir und Marco Frischknecht auf der Baustelle erinnern? Christian Vischer stand in der Nähe.»

«Ach das! Der ganz normale Wahnsinn. Marco ist einmal mehr durchgestartet. Er drohte mir. Wenn sich herausstelle, dass ich gepfuscht hätte, würde er mich fertigmachen.»

«Christian Vischer telefonierte während dieser Zeit. Weisst du mit wem?»

«Keine Ahnung. Marco und ich schrien uns grausam an. Glaubst du wirklich, dass wir da noch verstehen konnten, mit wem sich Chris unterhielt?»

Ferrari nickte. Nachdenklich verliessen sie den Zellentrakt.

«Marco und Philipp waren so mit sich beschäftigt, dass sie kein Wort von Christians Telefongespräch mitbekamen. Christians Annahme beziehungsweise

Befürchtung, dass Philipp durch ihn von Sandras Aufenthaltsort erfuhr, ist falsch. Somit fehlt uns wieder das entscheidende Puzzleteil. Es ist zum Haareraufen.»

«Du meinst, Hochstrasser ist gar nicht unser Mörder?»

«Genau das meine ich. Wir fahren zu Sabrina, am besten mit einem Streifenwagen.»

Nadine raste mit hundert Sachen durchs Gundeli den Hang zum Bruderholz hoch. Die Villa von Sabrina Vischer war hell erleuchtet, mehrere Personen patrouillierten im Innern.

Christian Vischer öffnete. Mit müden Augen blickte er sie erwartungsvoll an.

«Habt ihr Philipp?»

«Er sitzt in der Zelle und bestreitet den Mord und die Entführung.»

«Wenn er ... wenn er Sandra etwas angetan hat, bringe ich ihn um. Ich schwörs. Das überlebt er nicht.»

«Können wir kurz rein?»

«Ja, natürlich. Entschuldigt. Das ungewisse Warten macht uns fertig.»

Sabrina sass weinend auf dem Sofa. Zitternd stand sie auf und warf sich Ferrari an den Hals.

«Wir finden Sandra. Ganz bestimmt. Aber du musst uns dabei helfen.»

«Ich tue alles, was du von mir verlangst, Francesco. Es ist das erste Mal, das Christian um etwas kämpft.

Wirklich kämpft. Ich will nicht, dass er Sandra verliert. Das darf nicht sein.»

«Lass uns ganz in Ruhe die letzten Tage Revue passieren.»

Sie setzten sich an den Tisch.

«Zuerst zu dir, Christian. Wem hast du erzählt, dass Sandra bei euch ist?»

«Niemandem. Nur indirekt Philipp und Marco.»

«Die stritten sich so miteinander, dass sie gar nicht mitbekamen, mit wem du geredet hast», wandte Nadine ein. «Sonst jemandem?»

«Nein.»

«Und du, Sabrina?»

«Ich habe mich die ganze Zeit um sie gekümmert und niemandem etwas von ihrer Anwesenheit gesagt.»

«Agnes oder Olivia?»

«Nein. Ganz bestimmt nicht.»

Der Kommissär dachte nach.

«War jemand in den letzten Tagen bei euch zu Besuch?», hörte er Nadine fragen.

«Nur Vivienne. Es geht ihr schlecht. Sandra und ich sprachen lange mit ihr. Ich glaube schon länger, dass sie Probleme mit Marco hat. Doch sie rückte nicht wirklich mit ihren Sorgen heraus.»

«Sonst war niemand hier?»

«Nur unsere Leute vom Bewachungsdienst, Christian, Vater und ihr.»

«Wo wohnen die Burckhardts?»

«In Binningen. Wo genau, weiss ich nicht, Francesco.»

«War Vivienne mit dem Auto hier?»

«Marco holte sie ab.»

Ferrari sah zu Nadine.

«Frischknecht?»

«Ich weiss es nicht, Nadine. Ist Borer heute Abend nicht bei Staatsanwalt Obrist?»

«Doch. Er will sich mit ihm über einen Fall unterhalten.»

«Ruf Borer an. Er soll das Alibi von Marco nochmals überprüfen. Irgendetwas stimmt nicht.»

Wenige Minuten später kam Nadine zurück.

«Staatsanwalt Obrist holte seine Freundin an diesem Abend ab», berichtete sie. «Doch gesehen hat er Marco Frischknecht nicht. Rebecca erwähnte lediglich, dass ihr Chef noch oben sei.»

«Wo ist diese Rebecca?»

«Vor einigen Tagen ausgezogen. Das scheint der wirkliche Grund für seinen Zusammenbruch zu sein.»

«Rebecca und Marco? Ruf Stephan an. Er soll Vivienne Burckhardt zu uns bringen. Sofort. Wenn sie sich weigert, soll er sie verhaften.»

«Ist das dein Ernst?»

«Es war mir selten so ernst, Nadine. Stephan soll auch eine Streife in die Stiftsgasse schicken. Allerdings glaube ich nicht, dass wir Marco Frischknecht in seinem Büro finden.»

Eine halbe Stunde später traf Vivienne Burckhardt in der Villa Vischer ein. Ferrari verzichtete auf jegliche Höflichkeitsfloskeln.

«Vivienne, wo ist Marco?»

«Ich weiss es nicht. Weg, Gott sei Dank. Einfach weg.»

Sie schwankte. Christian Vischer konnte sie im letzten Augenblick auffangen.

«Es ist ein Albtraum. Ein schrecklicher Albtraum. Ich kann nicht mehr.»

Nadine nickte dem Kommissär zu und setzte sich neben Vivienne Burckhardt.

«Marco hat Dani Martin ermordet.»

«Dani war die Liebe meines Lebens. Ich wollte mich von Marco scheiden lassen.»

Die Stille im Salon war erdrückend. Das letzte Puzzleteil fügte sich nahtlos ein.

«Dani war ganz anders. Liebevoll, rücksichtsvoll, charmant … er verkörperte all das, was mir Marco nicht geben kann.»

«Weiss Marco, dass du dich scheiden lassen willst?»

«Ja. Ich habe ihm auch gesagt, wie sehr ich Dani liebe. Es gab jedoch einen Augenblick, da hätte ich beinahe einen Rückzieher gemacht.»

«Wann war das?»

«Vor einigen Wochen. Marco vertraute sich Yvo an, der mir ins Gewissen redete und mich beinahe überzeugte, bei meinem Mann zu bleiben. Ihr müsst wissen, Yvo ist wie ein grosser Bruder für mich. Ihr kennt die Geschichte, oder?»

«Du hast seine Tochter aufgezogen.»

«Mit aufgezogen, Nadine.»

«Wusste Yvo, dass Dani deine grosse Liebe war?»

«Das weiss ich nicht. Wir sprachen nur über Marco und mich. Aber unsere Beziehung war schon längst vorbei, seit er mit Rebecca ein Verhältnis hat.»

«Rebecca Roth?»

«Ja, seine Assistentin. Ich weiss es schon seit Langem. Eines Tages wollte ich Marco in seinem Büro überraschen ... Das war wirklich eine Überraschung. Mein Gott!» Sie schlug die Hände vors Gesicht. «Marco beteuerte, es sei nur ein einmaliger Ausrutscher gewesen. Für mich ein No-Go. Ich wollte, ich konnte nicht mehr. Wenn er mich berührte, zuckte ich zusammen. Es ekelte mich vor ihm. Als ich Dani näher kennenlernte und mich in ihn verliebte, wollte ich den Schritt wagen.»

«Warst du in der Mordnacht bei Dani?»

Vivienne nickte. Tränen liefen über ihre Wangen.

«Zuerst ... zuerst waren wir essen», begann sie leise. «Dann gingen wir zu Dani nach Hause ... Marco muss mir gefolgt sein. Plötzlich stürmte er in die Wohnung. Es kam zum Streit. Marco griff nach einem Messer, das auf dem Tisch lag ... und stürzte sich auf Dani. Ich hatte solche Angst ... Überall war Blut ...» Vivienne verstummte kurz. «Ich warf mich über Dani. Er reagierte nicht, war tot. Marco stand hämisch grinsend mit dem Messer in der Hand da. Ich rappelte mich hoch, stiess ihn zur Seite und bin in Panik die Treppe hinuntergerannt. Ich wollte weg … nur weg. Ich weiss nur noch, dass ich mit meinem Absatz an einem Gully hängen blieb und dass jemand grölend hinter mir herlief. Es … es war grauenvoll. Ich bog um eine Ecke und da fuhr Marco mit seinem Auto neben mich. Völlig verstört und aus lauter Verzweiflung bin ich eingestiegen.»

«Und Ken merkte sich die Autonummer und versuchte, Marco zu erpressen.»

«Marco … seit er mit dieser Rebecca ein Verhältnis hat, ist er total verändert. Er drohte mir. Wenn ich zur Polizei gehe, würde er mich auch umbringen … Er wollte, dass alles so bleibt, sein Verhältnis mit Rebecca und die sichere Existenz mit mir. Ich habe einen entscheidenden Fehler gemacht, als ich ihm ins Gesicht sagte, er müsse in Zukunft auf eigenen Beinen stehen … Ich bin so froh, dass dieser Albtraum zu Ende ist.»

«Woher wusste Marco von eurer Beziehung?»

«Martin legte ein Fotoalbum von uns an. Ich wollte es durchblättern und nahm es mit. Ein weiterer unverzeihlicher Fehler. Marco entdeckte es in meinem Schlafzimmer.»

Damit war das Rätsel des fehlenden Ordners gelöst.

«Wieso liess er dich am Leben?»

«Ganz einfach, Nadine. Eine tote Vivienne bringt ihm nichts. Mein Vater bestand bei unserer Hochzeit auf Gütertrennung. Bei meinem Tod würde mein gesamtes Vermögen an meine Familie zurückfliessen.»

«Er sah seine Existenz gefährdet und die wollte er sich durch Dani Martin nicht kaputt machen lassen.»

Vivienne Burckhardt nickte stumm. Nachdem die Kollegen im Ingenieurbüro an der Stiftsgasse niemanden antrafen, liess der Kommissär Marco Frischknecht zur Fahndung ausschreiben.

«Wo könnte sich Marco verstecken, Vivienne?»

«Ich … ich weiss es nicht.»

«Du bleibst über Nacht bei uns, Vivienne», ordnete Sabrina an. «Ich zeige dir unsere Gästezimmer.»

Die beiden Frauen erhoben sich. Kaum wahrnehmbar schüttelte der Kommissär den Kopf. Wir verdächtigten die ganze Zeit den Falschen. Er glaube nicht an Zufälle, hatte der Ingenieur bei ihrem ersten Besuch gesagt und auf einen Zusammenhang zwischen dem Mord und dem Einsturz des Gebäudes verwiesen. Und später lenkte er den Verdacht geschickt auf Philipp Hochstrasser. Mit oder ohne Hintergedanken. Das spielt nun auch keine Rolle mehr. Wie konnte ich nur so blind sein?

«Marco Frischknecht bestellte Ken zur Dreirosenbrücke», spinnte Nadine den Faden weiter, «und erschlug ihn. Jetzt ist Sandra in seiner Gewalt. Er wird sie … er wird sie ebenfalls umbringen.»

Vischer schlug mit der Faust auf den Tisch.

«Das wird er mit seinem Leben bezahlen. Ich schwörs.»

«Wir müssen logisch überlegen, wenn es auch schwerfällt in der jetzigen Situation. Sandra verliess unfreiwillig freiwillig die Villa, um deine Worte zu wiederholen, Nadine. Warum?»

«Weil er etwas gegen Sandra in der Hand hat.»

«Nur was?»

«Das kann nur sie beantworten. Wir fahren zurück ins Kommissariat. Falls sich Sandra meldet, ruf uns bitte an. Und keine Einzelaktionen, ist das klar?»

«Wie? … Was meinst du, Nadine? … Ich … ich bleibe bei meiner Mutter.»

«Verdammter Mist! Hoffentlich finden wir sie lebend. Dein Natel ballert.»

«Ich fahre. Es liegt in meiner Handtasche.»

Umständlich kramte der Kommissär in der Tasche. Reisverschluss auf, Reissverschluss zu. Wie kann eine Tasche nur so viele Fächer haben?

«Ich habs … Zu spät … Es war Stephan.»

«Code 6666.»

«Nicht gerade originell … Hallo, Stephan … Was? … Von wem wurdest du informiert? … Wir fahren hin … Danke … Kitty wurde zusammengeschlagen», wandte sich Ferrari an Nadine. «Sie liegt im Kantonsspital. JJ verlangte zuerst dich, doch Stephan wollte ihm deine Handynummer nicht geben. Da rückte er mit der Geschichte raus.»

«Kitty! Das ist der Schlüssel. Marco schnappt sich Kitty und erpresst Sandra mit ihr.»

«Woher kennt er Kitty?»

«Das soll sie uns selbst erklären.»

JJ lief auf dem Flur hin und her.

«Wer ist dieses verdammte Schwein? Wer hat das meiner Kleinen angetan, Nadine?»

«Das dürfen wir dir nicht sagen.»

«Zuerst Ken, jetzt meine Kleine ... Schaut sie euch an.»

Sie betrachteten Kitty durchs Fenster.

«Sie hängt voll am Tropf. Keiner sagt mir was, ich ... ich ...», JJ verstummte.

Als einer der Ärzte aus dem Zimmer trat, bat ihn der Kommissär um Auskunft.

«Sind Sie ein Verwandter?»

Ferrari hielt ihm seinen Ausweis hin.

«Sie wird es überleben, Herr Ferrari. Ein Messerstich knapp am Herz vorbei, gebrochene Rippen und ein gebrochenes Nasenbein aufgrund mehrerer wuchtiger Schläge. Ich habe in meiner ganzen Laufbahn noch keinen solchen brutalen Fall erlebt. Sie muss sich tapfer gewehrt haben. Das Resultat sehen sie.»

«Bleibende Schäden?»

«Es ist noch zu früh für eine Einschätzung. Wir tun unser Möglichstes.»

«Können wir zu ihr?»

«Sie liegt im Koma.»

«Rufen Sie uns bitte sofort an, sobald sie aufwacht.»

Ferrari drückte ihm eine Visitenkarte in die Hand und setzte sich zu Nadine und JJ in die Wartezone.

«Kitty wird es überstehen. Mehr können die Ärzte noch nicht sagen. Was ist passiert, JJ?»

«Sie kam nicht zur Kirche, das tat sie sonst immer. Also rief ich sie an. Keine Antwort. Nach einer Stunde hielt ich es nicht mehr aus und bin zu ihr nach Hause.» JJ fuhr sich mit zitternden Händen durch die Haare. «Kitty lag bewusstlos in einer Blutlache. Ich rief die Bullen an und die schickten einen Krankenwagen. Daran ist Ken schuld. Dieses Arschloch! Nur weil der Scheisskerl den Rand nicht vollkriegen konnte.»

«Wieso Ken?»

«Kitty redete genauso dämlich daher wie Ken. Dass wir einen Sechser im Lotto gezogen hätten und all den Scheiss. Schaut sie euch an, sieht so der Jackpot aus?» Lautlos begann JJ zu weinen. «Sie hat nie jemandem etwas getan ... Wer war es?» Er packte den Kommissär am Jackett. «Sag mir, wer ist das Schwein?»

«Überlass das uns.» Ferrari löste JJs Griff. «Wir kriegen ihn.»

«Klar. Dann wird er für einige Jahre eingesperrt und läuft danach wieder frei herum. Und Kitty? Ihr Leben ist zerstört. Voll beschissenes Rechtssystem.»

Nadine und Ferrari verliessen nachdenklich das Spital. Kitty hatte Glück gehabt, sie lebte. Fragte sich nur, ob und welche Schäden zurückblieben. JJs Wut war mehr als verständlich. Während eine Straftat irgendwann verbüsst war, musste Kitty womöglich lebenslang unter den Folgen leiden.

«Noch eine, die den Hals nicht vollkriegen konnte.»

«Kitty wollte einfach auch ein Stück vom Kuchen.»

«Das kommt aufs Gleiche raus. Sie trifft Ken und der erzählt ihr von seinem grossen Deal. Nach seiner Ermordung geht Kitty selbst auf Erpressungstour.»

«Und wird von Marco halb tot geschlagen.»

«Sandra ist die Nächste. Sie weiss zwar von nichts, aber Marco wird ihr das nicht abnehmen. Wir müssen ihn finden, Nadine, bevor der nächste Mord passiert.»

«Vielleicht weiss Yvo, wo Frischknecht sich versteckt.»

«Gute Idee. Wir fahren zu ihm.»

Sie hatten Glück, der Stararchitekt arbeitete noch in seinem Büro. Offenbar rückte der Abgabetermin eines Wettbewerbs näher und näher. Verschiedene Skizzen und Entwürfe lagen auf dem Tisch. Nadine erzählte, was geschehen war.

«Das kann ich nicht glauben. Seid ihr sicher?»

«Absolut», bestätigte der Kommissär. «Zu unseren Hauptverdächtigen gehörten Philipp, Christian und du, aber nie Marco. Wir haben ihm vertraut. In der Hoffnung, irgendeinen Strohhalm zu finden, erzählte ich ihm sogar von den Untersuchungsergebnissen. Er führte uns bewusst in die Irre.»

«Ich wusste nicht, dass Dani der Liebhaber von Vivienne ist … war. Marco sprach immer nur von einem Nebenbuhler. Ich versuchte, Vivienne zur Räson zu bringen, ihre Ehe zu retten. Doch ich wusste nie, um wen es sich handelt … Jetzt ist mir auch klar, was der Brief bedeutet! Dani nahm an, dass ich von ihrer Liebe wusste, und war enttäuscht, dass ich versuchte, Viviennes Ehe zu retten. Er fühlte sich von mir verraten. Ganz klar.»

«Wo versteckt sich Marco?»

«Keine Ahnung. Vielleicht in einem der burckhardtschen Häuser.»

«Wovon es jede Menge gibt.»

«Ich ... vielleicht ist es absoluter Blödsinn, aber Christian wirkte vollkommen abwesend, als ich ihn vor Selbstjustiz warnte», sinnierte Nadine.

«Du meinst, er kennt Marcos Versteck?»

«Möglich wärs.»

Nadine rief Sabrina an. Christian war nicht zu Hause.

«Hoffentlich ist er nicht auf seinem persönlichen Rachefeldzug. Verdammter Mist!»

«Wo könnte er bloss sein? ... He, Yvo, hast du keine Idee?»

«Marco kaufte vor einigen Monaten einen Fischergalgen. Er sprach bei einem Aufrichtfest davon, Christian und ich sassen mit ihm am Tisch. Er bat uns, niemandem davon zu erzählen, weil er Vivienne damit überraschen wollte.»

Sie rasten mit Yvos Wagen quer durch die Stadt zum Rheinufer. Schon von Weitem sahen sie den roten Ferrari von Christian Vischer. Hoffentlich kamen sie nicht zu spät. Christian und Sandra sassen Arm in Arm vor dem Fischerhäuschen. Sie blutete aus Nase und Mund.

«Frischknecht?», keuchte der Kommissär ausser Atem.

Christian deutete zum Rheinbord. Sekunden später standen sie neben Marco Frischknecht, der schwer verletzt auf dem Boden lag. Nadine wählte sofort den Notruf.

«Es ... es ist alles schiefgelaufen.» Frischknecht versuchte zu lachen. «Dieser Ken ... ein aufsässiges Bürschchen. Und diese Kitty ... Sie wollten mich erpressen ... Nicht mit mir ... Die haben beide ihren Tod verdient ... Francesco ... Ich ... ich weiss, dass ... ich es nicht ... überlebe. Ich ... ich wollte mich ergeben ... doch Christian ... er stürzte sich auf mich.» Der Ingenieur wurde von einem Hustenanfall durchgeschüttelt. Blut rann aus seinem Ohr. «Ich ... flehte ihn an, er solle mir ... nichts tun. Er ... er stiess mich einfach über die Brüstung. Er ... er hat mich ermordet!»

Kaum war das letzte Wort gesprochen, kippte sein Kopf langsam zur Seite. Jegliche Hilfe kam zu spät. Marco Frischknecht war tot. Schweigend kehrten sie zum Fischergalgen zurück, wo sich Nadine um Sandra kümmerte.

«Er ... er ... rief mich an. Offenbar hatte er meine Nummer von Kitty. Wenn ich sie lebend sehen wolle, müsse ich tun, was er verlange ... Er schlug mich. Immer und immer wieder. Ich solle ihm die Dokumente geben.» Sie weinte. «Ich weiss nicht, was er meinte, Nadine. Wirklich nicht.»

«Pst. Ganz ruhig. Wir bringen dich ins Spital. Es wird alles gut.»

«Er lebte noch», wandte sich Ferrari an Christian Vischer.

«Dann hat er dir sicher auch gesagt, dass ich ihn über die Brüstung gestossen habe.»

«Im Kampf?»

Sandra blickte verzweifelt zu ihrem Freund.

«Es war ein Unfall! Bitte, Christian, sag es Francesco! Ihr habt miteinander gekämpft und da ist es passiert. Christian wollte ihn nicht töten», schrie sie.

«Er flehte mich an, ihn leben zu lassen. Diese elende Kreatur. Als ich sah, wie er Sandra zugerichtet hat, stiess ich ihn über die Brüstung.»

«Nein, so war es nicht! Christian wollte mich nur beschützen!» Sie riss sich von Nadine los und torkelte Christian in die Arme. «Ich … ich will dich nicht verlieren, Christian! Bitte, bitte sag, dass es ein Unfall gewesen ist.»

Christian Vischer lächelte.

«Es war so, wie ich gesagt habe. Und ich würde es wieder tun.» Er wandte sich an Nadine. «Kümmerst du dich bitte um Sandra?»

Nadine sah entsetzt zu Ferrari, sie brachte keinen Ton über die Lippen.

«Es ist sehr schwierig, solche Situationen selbst zu beurteilen», entgegnete der Kommissär. «Sandra ist deine Zeugin, Christian. Sie schwört, dass es Notwehr gewesen ist.»

«Ich weiss, dass …»

«Marco Frischknecht lebte noch, aber er konnte uns nicht mehr erzählen, was wirklich passiert ist.»

Ferrari nahm Sandra in den Arm.

«Christian begleitet dich ins Spital. Ich glaube dir, Sandra. Es war Notwehr.»

«Danke, Francesco», flüsterte sie und hielt den Kommissär lange fest.

Bei der Durchsuchung von Kittys Wohnung fanden sie einen von Ken an Sandra adressierten Umschlag, der einen Stick mit Aufnahmen von Frischknechts Auto enthielt. Die Fotos zeigten, wie Vivienne in den Wagen stieg. Als Kitty aus dem Koma erwachte, bestätigte sie, dass ihr Ken den Umschlag für Sandra anvertraut hatte. Nach dessen Ermordung hatte sie diesen geöffnet, aus reiner Neugier. Ihr war sofort klar, welche brisanten Aufnahmen sie in den Händen hielt. Das war die grosse Chance, ein Mal im Leben an wirklich viel Geld heranzukommen. Zweifellos. Eine solche gab es kein zweites Mal, und so versuchte sie, Marco Frischknecht zu erpressen, was sie beinahe mit dem Leben bezahlt hätte.

Yvo Liechti wurde nach sechs Monaten durch den Abschlussbericht der Untersuchungskommission entlastet, während man Philipp Hochstrasser Pfusch am Bau nachweisen konnte. Er verschwand für einige Jahre hinter Gitter. So spielt das Leben. Das Leben, das voller zweiter Chancen ist. Man muss sie nur nutzen.

Krimis im Friedrich Reinhardt Verlag

Anne Gold: **Tod auf der Fähre**

3. Auflage
212 Seiten, gebunden
mit Schutzumschlag
CHF/EUR 29.80
ISBN 978-3-7245-1433-6

Auch als Taschenbuch erhältlich
2. Auflage
CHF/EUR 14.80
ISBN 978-3-7245-1691-0

Anne Gold: **Spiel mit dem Tod**

2. Auflage
288 Seiten, gebunden
mit Schutzumschlag
CHF/EUR 29.80
ISBN 978-3-7245-1471-8

Auch als Taschenbuch erhältlich
CHF/EUR 14.80
ISBN 978-3-7245-1762-7

Anne Gold: **Requiem für einen Rockstar**

280 Seiten, gebunden
mit Schutzumschlag
CHF/EUR 29.80
ISBN 978-3-7245-1538-8

Auch als Taschenbuch erhältlich
CHF/EUR 14.80
ISBN 978-3-7245-1794-8

Anne Gold: **Und der Basilisk weinte**

2. Auflage
316 Seiten, gebunden mit
Schutzumschlag
CHF/EUR 29.80
ISBN 978-3-7245-1610-1

Auch als Taschenbuch erhältlich
CHF/EUR 14.80
ISBN 978-3-7245-1882-2

Anne Gold: **Helvetias Traum vom Glück**

320 Seiten, gebunden mit
Schutzumschlag
CHF/EUR 29.80
ISBN 978-3-7245-1680-4

Auch als Taschenbuch erhältlich
CHF/EUR 14.80
ISBN 978-3-7245-1994-2

Anne Gold: **Das Auge des Sehers**

368 Seiten, gebunden mit Schutzumschlag
CHF/EUR 29.80
ISBN 978-3-7245-1763-4

Auch als Taschenbuch erhältlich
CHF/EUR 14.80
ISBN 978-3-7245-2044-3

Anne Gold: **Das Schweigen der Tukane**

352 Seiten, gebunden mit Schutzumschlag
CHF/EUR 29.80
ISBN 978-3-7245-1850-1

Auch als Taschenbuch erhältlich
CHF/EUR 14.80
ISBN 978-3-7245-2106-8

Anne Gold: **Die Tränen der Justitia**

320 Seiten, gebunden mit Schutzumschlag
CHF/EUR 29.80
ISBN 978-3-7245-1930-0

Anne Gold: **Wenn Marionetten einsam sterben**

320 Seiten, gebunden mit Schutzumschlag
CHF/EUR 29.80
ISBN 978-3-7245-2018-4

Anne Gold: **Das Lachen des Clowns**

320 Seiten, gebunden mit Schutzumschlag
CHF/EUR 29.80
ISBN 978-3-7245-2081-8

 Die erfolgreiche Anne-Gold-Reihe ist jetzt auch als eBook erhältlich.